Barbara von Wickede

Rabe und Capricorn

Barbara von Wickede

Rabe und Capricorn

Roman am Limes

LOGO VERLAG Eric Erfurth
Obernburg am Main

Prolog

Über den brachliegenden Feldern jenseits des Moores kreiste ein Roter Milan. Noch hatte die Sonne es nicht geschafft, den Dunst zu durchdringen, der über dem Boden hing. Schon aber stiegen die ersten Lerchen in die Luft und in den Gräben quarrten die Frösche. Der Tag begann wie die Wintermorgen der letzten Wochen, und doch lag in ihm schon die Verheißung des sich aufschwingenden Frühlings.

Ein paar Ziegen rupften an den Zweigen eines Haselnussstrauchs und von seinen Lämmerschwänzchen stäubten gelbe Wolken auf ihre schwarzen Köpfe nieder. Die beiden Kinder, die die Herde hierher getrieben hatten, ein Mädchen von vielleicht zehn Jahren und ein etwas älterer Junge, schienen die Tiere vergessen zu haben. Die Augen auf den Boden gerichtet, streiften sie suchend zwischen den von Brombeergestrüpp überwucherten Ruinen eingestürzter Häuser herum.

Nur ein paar Schutthügel und die Schatten zahlreicher Brandstellen erinnerten an das große Dorf, das vor nicht langer Zeit an dieser Stelle gestanden hatte. Hier und da ragte noch einer der prächtig geschnitzten Firstbalken aus dem Gestrüpp, die einmal die Giebel stattlicher Höfe geschmückt haben mussten. Alles andere, was noch brauchbar gewesen war, hatten die Bauern von der anderen Seite des Moores längst weggeholt.

Hinter den niedergebrochenen Knüppelzäunen der Pferdeweiden hatten Wildschweine den Boden aufgeworfen und auf den Wegen wuchsen junge Birken. Trotz der Verwüstung schien das Mädchen, das leichtfüßig über die Haufen verkohlter Balken kletterte, genau zu wissen, wo es suchen musste. Den Pelzumhang über beide Schultern zurückgeworfen, tasteten sich ihre Hände durch den Verhau aus zusammengestürztem Flechtwerk.

Nein, Isa war kein ängstliches Kind. Im vergangenen Sommer hatte sie sich, allen Verboten zum Trotz, schon einmal an diesen Ort gewagt, den man den Geistern der Toten überlassen hatte. Am Ende des Weges hatte sie einem Meer von Brennnesseln gegenübergestanden. Die blauen Libellen, die über der flirrenden Fläche hin und her schossen, hatten ausgesehen wie gepanzerte Wächter. Damals war sie wieder umgekehrt.

Jetzt, nach dem Winter, da man die Wege endlich wieder begehen konnte, hatte sie Arbo, den Viehjungen, in ihr Geheimnis eingeweiht. Die Schätze, die sie ihm in Aussicht gestellt hatte, hatten dessen Bedenken schließlich zerstreut. Barfuß, in ausgefransten Kniehosen und einem vielfach geflickten Kittel kam er ihr jetzt entgegen. Seine braunen Augen leuchteten.

»Schau her«, er streckte ihr die linke Faust hin und öffnete sie. In seiner schmutzigen Hand lagen eine Münze und der abgebrochene Griff eines Dolches.

»Du darfst niemandem erzählen, wo du die Sachen her hast«, schärfte Isa ihm ein. »Schwör es mir!«

»Verlass dich drauf«, versicherte er. »Und du? Hast du's gefunden?«

»Hier«, sie klopfte auf eine ausgebeulte Stelle über ihrem Gürtel.

»Lass sehen.«

»Später. Wir müssen zurück.« Sie sprang auf, knickte im Laufen eine Weidenrute ab und begann mit Pfeifen und Rufen die Ziegen zusammenzutreiben.

In dieser Nacht konnte Isa nicht schlafen. Ihr Herz pochte. Unter ihrer Hasenfelldecke befühlte sie immer wieder ihren kostbaren Fund.

Das Herdfeuer war heruntergebrannt. Im Gesicht spürte sie die nächtliche Kälte, die von allen Seiten durch die dünnen Wände hereinkroch. Der alte Jagdhund, der ausgestreckt neben der warmen Asche lag, seufzte im Schlaf. Isa schaute in die Richtung, wo der hohe Stuhl stand, in dem die Großmutter saß. In der Dunkelheit konnte sie sie nicht sehen. Nächtelang saß sie dort, in ihren Wolfspelz gehüllt, aufrecht wie eine Wache, als warte sie wie früher darauf, dass die Männer von der Jagd heimkamen.

Isa tastete unter der Decke: Es war jetzt ganz warm, wie lebendig, das kleine geschnitzte Pferd. Sie befühlte seinen Kopf mit den spitzen Ohren, den glatten runden Rücken, die drei Beine, eines fehlte. An einigen Stellen war das Holz vom Brand geschwärzt, und von dem buschigen Schweifhaar war nur noch ein verkohlter Stummel übrig. »Rimfaxi«, flüsterte sie. Es war ein Name wie eine Zauberformel. Sie war sich sicher, dass mit ihm auch etwas von der Kraft des lebendigen Pferdes in die Holzfigur übergegangen war. Ihr Bruder hatte es für sie geschnitzt, aus einem ganz gewöhnlichen Stück Holz. Allein dass sie das Pferdchen heute in all dem Schutt fast auf Anhieb gefunden hatte, gab ihr neuen Mut. Er würde zurückkommen. Frija würde ihn finden. Aber lange durfte es nicht mehr dauern.

Scheu spähte sie hinüber zur Großmutter. Manchmal hatte sie Angst, sie könnte in ihrem Stuhl dort einschlafen und nicht mehr aufwachen. Dann wäre sie ganz allein.

Es war wirklich kalt. Ob die Großmutter fror? Lautlos glitt Isa vom Bett und schlich zur Herdstelle. Sie warf eine Handvoll Späne in die Glut. Kleine rote Punkte glühten auf. Die meisten erloschen gleich wieder, doch dann züngelte plötzlich ein dünnes Flämmchen aus der Asche. Isa legte ein Stück Holz dazu und knisternd machte sich das Feuer darüber her.

Der Rabe

In der Provinzhauptstadt Mogontiacum war vom Frühling noch nichts zu spüren. Man zählte den letzten Tag des Martius im Jahr der Konsuln Clarus und Severus. Ein schneidender Wind trieb aus dem bleigrauen Himmel Schneeflocken auf die Häuser nieder. Die Ziegeldächer des hoch über dem Rhein gelegenen Legionslagers unterschieden sich kaum noch von den Holzschindeldächern der Vorstadt, die sich am Fuß der Festung bis zum Flussufer hin dicht aneinanderdrängten. Und auch die *canabae*, die Lagerstadt, auf der Anhöhe vor dem Südtor überzog ein dünner weißer Schleier. An ihrem Rand, wo sich die Gräberfelder erstreckten und ein Aquädukt frisches Wasser in die Stadt führte, befand sich das große Amphitheater.

Ganz oben auf einer der leeren Zuschauertribünen schritt majestätisch ein Rabe und äugte mit schiefgelegtem Kopf hinunter in die Arena. Es sah aus, als hätte der Vogel auf die Männer gewartet, die gerade tief unten auf der weiten Sandfläche erschienen waren. Von dem kaum eine halbe Meile entfernten Legionslager drang am Vormittag undeutlich und vom Wind zerrissen das Signal der *hora quinta*, der fünften Stunde, herüber. Die Fechter des Telegenus begannen ihre Übungen.

In letzter Zeit kamen sie fast täglich aus ihrer Kaserne herüber, um für die Spiele zum Fest der Ceres zu üben. Angeführt von einem Trupp Wachsoldaten marschierten sie die breite Zufahrtsrampe des Südtores herunter. Die Arena betraten sie durch eine unscheinbare Pforte in dem Palisadenzaun, der die Kampffläche zu den Tribünen hin abschirmte. Nun strebten die Fechter in einer langen Reihe der Magistratstribüne auf der gegenüberliegenden Seite der Sandfläche zu, wo ihre Ausbilder schon warteten.

Der Letzte der Gladiatoren, der durch das schmale Tor in der Schutzwand hereingeschlüpft war, schaute sich in der Arena um und erblickte den Raben. Der hochgewachsene und schlanke Fechter trug den großen, rechteckigen Schild eines Murmillo. Sein rechter Arm steckte bis zur Schulter in einer *manica*, einem wattierten Schutzhandschuh, und am linken Bein trug er einen ebensolchen Schutzstiefel, der bis zum Knie reichte. Sein Gesicht konnte man hinter dem Visiergitter des Helms nicht erkennen. Doch seiner Haltung nach wirkte er jung und wenig kämpferisch. Auf den Rand seines Schildes gestützt, beobachtete er den schwarzen Vogel, der ihm gegenüber auf einer der obersten Tribünen eine Balustrade entlangstelzte.

Auf die Entfernung geschätzt muss es ein großer Rabe sein, dachte er, ein Kolk. Sein Vater hatte sie immer gegrüßt, die Vögel mit den mächtigen Schnäbeln und dem metallisch schimmernden Gefieder. Glücksvögel hatte er sie genannt, Boten der Götter. Von Munin und Hugin hatte er erzählt, die rechts und links auf den Schultern des Göttervaters saßen und ihm über die Schicksale der Menschen berichteten. »Merke dir ihre Namen, Muha«, hatte sein Vater gesagt, »Munin bedeutet Erinnerung und Hugin heißt Gedanke.« Das war lange her, der Vater lebte nicht mehr.

Der Schnee wirbelte in immer dichteren Flocken herunter. Muha kniff die Augen zusammen, um den Vogel nicht aus dem Blick zu verlieren. Vielleicht war der Rabe da oben kein Zufall, vielleicht war er ein Zeichen.

Inzwischen hatten sich die Wachsoldaten rechts und links der Tribüne postiert. Die Kommandos, mit denen die Ausbilder die ersten Kämpfer zur Aufstellung riefen, wurden von den Mauern zurückgeworfen. Aus dem grauen Himmel fielen unablässig die weißen Flocken. Sie taumelten und tanzten, sie trieben zur Seite, schwebten wieder nach oben und glänzten noch einmal im Licht, bevor sie den Boden berührten.

Der Rabe oben auf der Brüstung schüttelte sein Gefieder. Dann, plötzlich, breitete er die Flügel aus und flog mit einem Krächzen davon. Ein schwarzer Punkt, der kleiner wurde, bis ihn der Schnee verschluckte.

Muha schaute dem Vogel noch nach, als dieser schon längst verschwunden war. Der scharfe Wind drang durch den groben Wollstoff seiner Tunika. Ihn fror. Sein Blick glitt über die dünn beschneiten Zuschauerbänke. Noch zwölf Tage waren es bis zu den Spielen. Überall in der Stadt hingen schon die *edicta muneris*, die Ankündigungen. Auch wenn er Latein nicht lesen konnte, wusste er inzwischen auswendig, was darauf stand.

GLADIATORUM PARIA XIX DE FAMILIA TELEGENA MUNERE CONSULARE PUGNABUNT MOGONTIACO PRIDIE IDIBUS APRILES — 19 Gladiatorenpaare aus der Schule des Telegenus werden auf Kosten des Statthalters in Mogontiacum am Vortag der Iden des April kämpfen.

Muha musste an die Füchse denken, die ihnen einer der Tierwärter vor ein paar Tagen unten im Keller der Arena gezeigt hatte. Ein ganzer Zwinger voller Füchse, zwei, drei Dutzend bestimmt — im Schein der Fackel war ihre Zahl schwer zu schätzen gewesen. Es war einer ihrer abstrusen Bräuche, zum Auftakt der Spiele Füchse mit brennenden Fackeln an den Schwänzen durch die Arena zu jagen.

Wie oft hatte er als Kind wach gelegen, wenn in klaren Winternächten die Füchse unter dem Mond keckerten und keiften, schaurig und schön. Die Füchse hier würden ihre Wälder nicht wiedersehen, so viel war gewiss. Und er? Würde er seine Wälder wiedersehen?

In Telegenus' Truppe war er ein *tiro*, ein Neuling. Die Spiele zum Fest der Ceres wären sein erster öffentlicher Kampf. Lange war es ihm gelungen, sich an Telegenus' Rat zu halten und nicht allzu viel daran zu denken. Doch je näher der Tag seines ersten Kampfes rückte, umso schwieriger wurde es. Allein schon der Name, den sie ihm gegeben hatten, war ein schlechtes Vorzeichen: *Incitatus*, Hitzkopf. Aber Telegenus hatte natürlich nicht wissen können, woran er bei ihm damit rührte.

Schlimmer jedoch war die Ungewissheit. Keiner wusste im Vorhinein, gegen wen er antreten musste, denn die *compositio*, die Aufstellung der Kampfpaare, gab man traditionell erst am Morgen der Spiele bekannt. Von Tag zu Tag wurde die Stimmung gereizter. Fast täglich erhöhte sich die Zahl der Aufseher und immer öfter gerieten die Männer in ihrer Kaserne wegen geringster Anlässe aneinander.

Muha schaute hinüber zu den anderen, die am Fuß der Arenawand warteten, bis sie an der Reihe waren: zu Ferox, der auf der Stelle trat, um warm zu werden, zu seinem Freund Faustus, der neben ihm am Boden kniete und sein Netz ordnete, zu Dracon und Bato.

Nein, keiner von ihnen würde es sein. Als Murmillo musste er gegen einen Thraex kämpfen, einen der Thraker mit dem Krummschwert, gegen einen wie Achilles oder Pugnax oder Memnon.

Muha ließ den Blick über die Köpfe seiner Mitkämpfer schweifen. Er fand Memnon sofort. Der war einfach nicht zu übersehen. Und es war nicht einmal seine Größe, die ihn vor den anderen herausstechen ließ, auch nicht die prächtige Rüstung, die er trug, nein, es war seine Farbe. Memnon war schwarz! Schwarz, als sei er soeben den Tiefen des Moores entstiegen. So wie er, Muha, sich als Kind den Surtur vorgestellt hatte, den schwarzen Riesen mit dem Flammenschwert.

Memnon, *primus palus* in mehreren Waffengattungen, galt als der beste Kämpfer in Telegenus' Truppe. Allein in Mogontiacum hatte er sechsmal die Siegespalme entgegengenommen.

zwei Seiten schräge Rampen hinaufführten, wurde für eine Art Belagerungskampf am Schluss der Vorstellung verwendet. Doch heute wurde der *pons* offensichtlich nicht gebraucht und man hatte ihn an den Rand der Arena geschoben.

Mit einem Mal war der Nebel aus Muhas Kopf verschwunden. Während er auf die mit einer dünnen Schneeschicht überzogene Rampe zuhielt, spähte er im Laufen zur Tribüne, die nun fast auf gleicher Höhe gegenüberlag. Nein, sie schienen seine Absicht nicht erkannt zu haben. Nur noch wenige Schritte trennten ihn von dem Gerüst.

Muha rannte die Rampe hinauf. Halb sprang er, halb zog er sich an den Pfosten des Palisadenzaunes hoch. Ein, zwei Atemzüge lang balancierte er über den spitz zulaufenden Pfostenenden, dann hechtete er mit einem Sprung über den dahinter verlaufenden Gladiatorengang und landete auf Händen und Füßen hinter der niedrigen Brüstung auf der untersten Tribüne.

Im gleichen Moment durchschnitt ein Trompetensignal die Luft. Muha kauerte im Schutz der Brüstung am Boden, zerrte mit zitternden Fingern die Riemen seiner Beinschiene auf und streifte den Stiefel ab. Er versuchte auch, die Schnürbänder der *manica* aufzuknüpfen, gab aber rasch auf. Es waren einfach zu viele. Er musste den Handschuh anbehalten.

Schräg über ihm führte ein breiter Aufgang zu einem der tunnelähnlichen Gänge, durch die die Zuschauer zu ihren Plätzen gelangten. Die Arena, die wie ein Trichter in eine Geländevertiefung hineingebaut war, besaß mehrere solcher Zugangstunnel. Sie führten durch den Erdwall auf die andere Seite. Auch wenn die Ausgänge jetzt sicher verschlossen waren, konnte er sich dort drinnen vielleicht eine Zeit lang verstecken.

Muha rannte in den Tunnel hinein. Schon nach wenigen Schritten war es dunkel. Er konnte gerade noch erkennen, dass rechts ein schmaler Seitengang abzweigte. Kurz entschlossen bog er in diesen ein. Seine Hände tasteten sich an den rauen Wänden entlang voran. Er stolperte über eine Holzlatte und ein Stück weiter stieß er mit dem Kopf gegen die Decke. Der Gang wurde immer niedriger und enger. Kurz darauf war er zu Ende. Er saß in der Falle.

Muha drehte sich um. Mit dem Rücken zur Wand lauschte er angestrengt ins Dunkel. Irgendwo tropfte es von der Decke. Alles schien still.

Erst nach einer Weile vernahm er ein leises Raunen, das allmählich lauter wurde. Er begriff, dass das Geräusch von Stimmen herrührte und von den Schritten genagelter Stiefel, die in den Gängen widerhallten. Es war unmöglich auszumachen, aus welcher Richtung seine Verfolger kamen. Einmal schienen sie über ihm zu sein, ein anderes Mal unter ihm. Und dann, mit einem Mal, hörte er die Schritte ganz nah. Mehr noch, sie schienen geradewegs auf ihn zuzukommen. Es mussten mindestens zwei Wachsoldaten sein, schätzte er. Sie wurden langsamer und gerade an der Stelle, wo der schmale Gang abzweigte, in dem er saß, hielten sie an.

Muha spürte, wie ihm der Schweiß auf die Stirn trat. Der Schein einer Fackel huschte über den Boden des Ganges und zog sich wieder zurück. Er konnte hören, wie die Wachen sich leise berieten. Ein zweites Mal kam das Licht herein, glitt langsam durch den Gang und blieb an der Latte hängen, über die er zuvor gestolpert war. Muha drückte sich gegen die Wand. Der Lichtschein verschwand.

»He!«, rief einer der Soldaten, »wir wissen, dass du da drin steckst!«

Muha hielt den Atem an.

»Hier kommst du nirgends raus. Sei kein Narr.« Die Stimme klang tiefer. Das musste der zweite sein.

Muha rührte sich nicht.

»Also, was ist?« Das war wieder der Erste. »Ergib dich, sonst holen wir dich. Also, worauf wartest du?«

Muha ging in die Hocke.

Im gleichen Moment hörte er ein helles, schleifendes Geräusch. Sie zogen ihre Schwerter. Seine Knie zitterten. Er wusste, in dem engen Gang war er den beiden Bewaffneten ausgeliefert. Ja, worauf wartete er noch? Es gab nichts zu überlegen. Er rannte los.

Rasch war Muha am Ende des Ganges. Dort standen die beiden Soldaten. Er stieß sie mit solcher Wucht zur Seite, dass diese für einen Moment das Gleichgewicht verloren und rückwärts taumelten. Dann hastete er auf das Licht am Tunneleingang zu, wo er hergekommen war. Und plötzlich wusste er, es gab einen Weg. Es war der Weg, den ihm der Rabe gezeigt hatte.

Zurück im Zuschauerraum begann Muha, so schnell er konnte, über die in drei Rängen gestaffelten Sitzstufen nach oben zu klettern: *ima cavea, media cavea, summa cavea*. Zusammen waren es genau vierundzwanzig Stufen. Von der Arena aus hatte er sie zum Zeitvertreib oft gezählt. Die dünne Schneeschicht machte die Steine nass und rutschig. Mit Händen und Füßen kletterte er von Stufe zu Stufe. Rufe von unten aus der Arena, übertönt von gebrüllten Kommandos und einer schrillen Fanfare, kündigten an, dass sie die Verfolgung aufgenommen hatten.

Nicht umdrehen, schoss es Muha durch den Kopf. Nicht stolpern! Weiter! Nur weiter!

Ein Stück über ihm ragte die rotgetünchte Trennmauer der *media cavea* auf. Er hielt auf einen der Durchgänge zu. Noch lag mehr als die Hälfte der Stufen vor ihm. Einer seiner Verfolger brüllte, er solle stehen bleiben. Hatten sie aufgeholt oder hörte es sich nur so an?

Mit den Augen maß Muha die Entfernung zu der ockergelben Balustrade, die den oberen Zuschauerraum abgrenzte. Wenn er es bis dorthin schaffte?

Keuchend nahm er Stufe um Stufe. Lange würde er das

Tempo nicht mehr durchhalten. Jeder Atemzug schmerzte und seine Beine wurden schwer. Schneeflocken trieben ihm ins Gesicht. Er stolperte über die herabhängenden Lederschnüre des Schutzärmels und wäre um ein Haar gestürzt. Noch fünf Stufen waren es, noch vier, noch drei — völlig ausgepumpt kletterte er über die niedrige Brüstung in die *summa cavea*, den oberen Rang.

Acht weitere Reihen lagen vor ihm. Wenn er nur den Vorsprung halten konnte, bis er den oberen Umgang erreichte. Erst auf den letzten Schritten, als die weißgetünchte Umfassungsmauer mit dem sorgfältig aufgemalten Fugenmuster vor ihm aufwuchs, wurde Muha klar, dass sie höher war, als es von unten ausgesehen hatte. Sie war übermannshoch.

Muha warf jetzt doch einen Blick über die Schulter zurück. Die Soldaten, sieben oder acht Mann, hatten den oberen Zuschauerraum erreicht. Deutlich konnte er ihre erhitzten Gesichter erkennen. Einige hielten Speere wurfbereit in ihrer Rechten. Er hörte, dass sie sich gegenseitig etwas zuriefen. Er sah, wie sie sich in zwei Gruppen aufteilten, um ihm in einem weiten Bogen rechts und links den Weg abzuschneiden. Und er wusste, gleich hatten sie ihn.

Muha lief am Fuß der Umfassungsmauer weiter. Es schien kein Entkommen. Seine Augen suchten die glatte Wand nach einem Vorsprung ab, nach irgendeinem Halt, über den er hätte hinaufklettern können. Doch allein die hohen Masten, an denen im Sommer die *vela*, die Sonnensegel, vertäut wurden, ragten in regelmäßigen Abständen über den Rand der Mauer hinaus.

Angetrieben von einer schwachen Hoffnung, hielt Muha auf den nächstbesten Pfeiler zu. Tatsächlich wies der in das Mauerwerk eingelassene Mast am unteren Ende eine Reihe eiserne Keile auf, an denen die Seile der Segel festgezurrt werden konnten. Diese boten seinen Füßen eben genug Halt, um daran hochzuklettern.

Rasch stand Muha auf der Mauerkrone, halb triumphierend, halb überrascht, als er sah, wie steil der Hang auf der Außenseite des Amphitheaters abfiel. Unter ihm am Fuß des Erdwalles erstreckten sich in dichtem Gedränge die Dächer der südlichen Lagervorstadt. Darüber begann der schwere Himmel an einigen Stellen aufzureißen und zeigte Fetzen verlockenden Blaus.

Inzwischen hatten die Soldaten den Umgang erreicht. Einer reckte die Faust: »Brich dir den Hals, Verrückter!«

Muha blickte den Abhang hinunter. Wahrscheinlich hatte der Soldat recht. Das war kein Sprung, das war eher ein Sturz. Einen Augenblick blieb Muha unschlüssig stehen. Im gleichen Moment vernahm er ein leises Sirren. Instinktiv duckte er sich. Dann sah er den Speer fliegen. Die blanke Spitze leicht gegen den grauen Himmel gestellt, glitt dieser über den Abgrund hinweg und blieb tief unten am Hang in der Böschung stecken, zitternd vor Kraft. Zwei weitere Speere der Wachsoldaten zischten nur knapp an ihm vorbei.

Muha stand wie gelähmt.

Spring, dachte er. Spring endlich!

Da traf ihn an der Seite ein heftiger Schlag und er verlor das Gleichgewicht. Der schneebedeckte Abhang stürzte ihm entgegen. Der Himmel drehte sich, dann wurde es dunkel.

Als er wieder zu sich kam, fand er sich auf halber Höhe der Böschung im Schnee wieder. Ein Ginstergebüsch hatte seinen Fall gebremst. Sein Kopf dröhnte. Vorsichtig versuchte er sich aufzurichten, doch ein stechender Schmerz in seinem rechten Arm ließ ihn wieder zusammensinken. Neben ihm lag der abgebrochene Schaft des Speeres, der ihn getroffen hatte. Benommen blickte er sich um. Sein Sturz zeichnete sich als dunkle Spur aufgerissener Erde am Hang ab. Hoch über ihm ragte die weiße Mauer mit den dunklen Masten in den Himmel. Niemand war zu sehen, aber er wusste, sie würden jeden Moment hier sein. Er presste den verletzten Arm, der immer noch in dem steifen Armschutz steckte, fest an den Körper und kam wieder auf die Beine. Dann rutschte und stolperte er den Abhang hinunter.

Bald erreichte er die breite Pflasterstraße, auf der man zwischen Läden und Werkstätten vom Haupttor des Legionslagers in südlicher Richtung am Amphitheater vorbei aus der Stadt gelangte. Die Straße führte hinaus zu den Exerzierplätzen am Stadtrand und dann weiter bis zu den militäreigenen Manufakturen, den großen Ziegelbrennöfen, den Gießereien und Töpferwerkstätten draußen auf dem Land. Gerade rasselte eine Kolonne leerer Ochsenwagen mit eisenbeschlagenen Rädern durch die ausgefahrenen Wagenspuren stadtauswärts. Sie zwang eine Reihe bepackter Maultiere, die ihr entgegenkamen, zum Ausweichen auf den Straßenrand.

Nicht weit vom Amphitheater entfernt, ein Stück stadteinwärts, lag die Taverne des Ursus. Er war ein Veteran der 22. Legion und als junger Offizier zu einiger Berühmtheit gelangt. Denn er hatte innerhalb von sechs Monaten 50 lebende Bären für die Arenen von Mogontiacum und Colonia eingefangen. Die vielen germanischen Sommer und Winter, die er nun schon hinter der Theke mit dem Ausschank von einheimischem Gerstenbier und importiertem Wein verbrachte, waren nicht spurlos an ihm vorübergegangen. Ein Schicksal, das er mit dem mächtigen, von Wind und Wetter gebeutelten Bärenkopf teilte, der draußen über dem Eingang an seine früheren Heldentaten erinnerte.

Die Schenke florierte. In ihr trafen sich die römischen Soldaten ebenso wie die einheimischen Händler und Fuhrleute, die tagtäglich hier vorbeikamen. Und vom Morgengrauen bis zur ersten Nachtwache war schon von Weitem das Klopfen der Hackmesser und das Klappern der Töpfe zu hören.

Auch an diesem unwirtlichen Vormittag war der Schankraum voller Menschen. Ein paar Soldaten, die drinnen keinen Platz mehr gefunden hatten, lehnten draußen unter dem Vordach des *Ursus* und schlürften ihre Suppe. Aus der gegenüberliegenden Tischlerei klang Hämmern und Sägen herüber und der Wind trieb Sägespäne kreiselnd vor sich her.

Die Soldaten beobachteten belustigt, wie eine Schafherde stadteinwärts getrieben wurde. Sie hatte sich über die ganze Breite der Straße zerstreut und den Verkehr in beide Richtungen zum Erliegen gebracht. Zwei Jungen hieben mit Ruten auf die blökenden Tiere ein, die kopflos übereinander sprangen, eifrig unterstützt von zwei kläffenden Hunden.

In diesem Moment zerschnitt ein Trompetensignal den Lärm der Straße. Anders als gewohnt, kam es nicht vom Legionslager her. Die Soldaten vor dem *Ursus* hielten im Essen inne und reckten die Köpfe.

»He, seht euch den an!«, rief ein junger blondhaariger Legionär. Er wies mit dem Brotkanten auf einen einzelnen Mann, der in atemloser Flucht die Straße heraufgehetzt kam und sich einen Weg zwischen Fußgängern und Karren hindurch suchte.

Der Flüchtende rempelte zwei Lastenträger an, die unter Kiepen, hoch beladen mit Brennholz, dahinschwankten, und rannte mitten in die Schafherde hinein. Diese teilte sich vor ihm wie eine graue Wasserfläche und schloss sich wieder hinter ihm.

»Ein Schwertkämpfer«, stellte der graubärtige Nebenmann des jungen Blonden fest, »vielleicht aus Telegenus' Kaserne entwischt.«

Wieder ertönte das gellende Signal, und gleich darauf trabte ein Trupp Soldaten im Eiltempo die leicht ansteigende Straße herauf.

»Zur Seite, Leute! Macht Platz!«, brüllte ihr Anführer. »Haltet ihn!«

»Sind das nicht Leute aus deiner Kohorte?«, wandte sich ein dritter Soldat an den Blondhaarigen.

»Kann sein«, brummte dieser.

»Ich finde auch, ihr solltet euren Kameraden zu Hilfe kommen.« Ein hochgewachsener Mann mit schwarzgelocktem Haar und großen, dunkel geränderten Augen trat zu den Soldaten. Er drehte einen leeren Weinkrug in den Händen. »Man bekommt ja heute schon für die geringsten Verdienste eine Auszeichnung, so einen hübschen *torques* an den Hals oder eine *phalera* auf die Brust.«

»Oder ein Messer in den Bauch.« Der junge Soldat, dem die Aufforderung gegolten hatte, riss mit den Zähnen ein Stück von seinem Brot ab. »Nein danke«, sagte er kauend, »nicht heute, nicht an meinem freien Tag.«

Der Mann mit dem Weinkrug rümpfte die Nase. »Ich zu meiner Zeit, ich wäre gleich hinterher, das kannst du mir glauben. Damals, als ich noch konnte, das hätte ich mir nicht nehmen lassen.«

»Aber jetzt kannst du nicht mehr, also halt's Maul!«, wandte sich der Blonde verärgert ab.

»Der hat doch gar keine Waffe.« Der Grauhaarige schüttelte den Kopf. »Den kriegen sie auch ohne uns.«

»Na, täusch dich nur nicht, er hat einen ganz guten Vorsprung«, erwiderte der Schwarzgelockte. Mit einem Mal erhellte sich sein Gesicht. »Lass uns um einen *sextarius* wetten.«

Die Legionäre lachten. »Du suchst ja bloß jemanden, der dir den nächsten Wein bezahlt.«

Während sie sich weiter foppten, war Muha aus ihrem Blickfeld verschwunden. Die Soldaten wandten sich wieder ihrem Essen zu. Und auch von den Leuten auf der Straße hatte sich niemand dem ausgerissenen Gladiator in den Weg stellen wollen.

Muha kannte sich in der Stadt nicht aus. Als der Suchtrupp sich ihm an die Fersen geheftet hatte, war sein einziger Gedanke gewesen, möglichst viel Abstand zu dem schmetternden

Horn in seinem Rücken zu bringen. Er war noch immer von dem Sturz benommen und hatte Mühe, den Leuten auszuweichen, die ihm auf der Straße entgegenkamen. Doch eins war ihm klar, wenn überhaupt, konnte er nur hier in dem unübersichtlichen Gewirr aus Gassen und Gässchen, aus Handwerksbuden, Läden und Lagerschuppen seine Verfolger abschütteln.

Er hastete weiter und dachte an das Bild oben auf der Mauer kurz vor dem Sprung: das Stück blauer Himmel und die verschneiten Felder jenseits der Stadt. Es war das Bild der Freiheit.

Muha bog in eine Seitenstraße ein und nach wenigen Häusern gleich in die nächste. Er taumelte gegen einen Stapel Körbe, die nach allen Seiten davonrollten. Kinder rannten kreischend in einen Hauseingang und Hühner suchten gackernd das Weite. Er wunderte sich, dass niemand versuchte, ihn aufzuhalten. Dabei wäre es so leicht gewesen, ihn zu Fall zu bringen.

Der Wind drückte Rauch in die Gasse und man konnte nicht mehr weit sehen. Unvermittelt versperrte ein Maultierkarren vor ihm die schmale Straße. Männer luden strohumwickelte Amphoren ab und trugen sie in ein Haus.

Muha blickte sich um. Linker Hand öffnete sich zwischen zwei Häusern ein schmaler Hof. Ein Feuer loderte darin, Metall klang auf Metall. An einem Schmied vorbei drückte er sich zwischen einem Amboss und einem großen Bottich hindurch. Wasser schwappte über. Der Schmied riss drohend das Eisen, das er gerade hämmerte, aus dem Feuer. Ein Funkenregen stob auf. Muha rettete sich in einen engen Gang. Zwischen dunklen, feuchten Hauswänden hindurch gelangte er in einen zweiten Hof. Vergeblich suchte er nach einem Durchschlupf. Hier ging es nicht mehr weiter. Völlig ausgepumpt lehnte er sich gegen einen Stapel Feuerholz, das ordentlich in einer Ecke aufgeschichtet war. Er rang nach Atem. Neben seinen Füßen lagen die zusammengekehrten Scherben einer Amphore. In der

Luft hing der Geruch von frisch gebackenem Brot und irgendwo über seinem Kopf gurrten Tauben. Als er hinaufschaute, begannen sich die Giebel langsam um ihn zu drehen. Er schloss die Augen.

Irgendwo jenseits der Hauswände, die ihn umgaben, hörte er das Signalhorn. Es kam näher. Wie Odins wilde Jagd, dachte er. Wie Odin an der Spitze seines johlenden, kampflüsternen Gefolges, der kommt, um seinen müden Krieger zu holen.

Der Sesterz

Titus Cilnius Serenus zügelte sein Pferd. Er liebte diese Stelle an den Grenzpalisaden des Limes, der hier die dichten und dünn besiedelten Wälder zwischen dem Moenus, dem Main, und dem Nicer, dem Neckar, durchzog und das Römische Imperium vom Freien Germanien trennte. Serenus blieb oft hier stehen, denn es war der höchste Punkt des Postenweges, der im Schatten der Grenzpalisaden dem Auf und Ab des buckligen Bergrückens folgte.

Der Weg verband zwei Hochflächen miteinander, auf denen je ein Numerus, eine Einheit mit etwa 150 Soldaten, stationiert war — Hilfstruppen, die ursprünglich an der Westgrenze des Imperiums auf der britischen Insel ausgehoben worden waren und daher den Namen *Britones* trugen. Zwischen den Hochflächen verengte sich das Waldgebirge über eine Entfernung von gut fünf römischen Meilen zu einem mal breiteren, mal schmaleren Grat mit steil abfallenden Flanken. Und als sei diese natürliche Barriere noch nicht abweisend genug, sicherte zusätzlich eine Reihe steingemauerter, blendend weißgetünchter Wachtürme die Grenze. Wie eine Kette aus Wolfszähnen schieden sie weithin sichtbar den zivilisierten Teil der Welt von ihrem barbarischen Rest.

Es gab nur zwei Stellen, wo natürliche Einsattelungen die Überquerung des Waldgebirges mit Pferd und Wagen erlaubten. An diesen beiden Passübergängen war je ein kleineres befestigtes Lager eingerichtet, um den Verkehr zwischen dem Nicer und dem Moenus zu kontrollieren. Eines von ihnen stand unter seinem, Serenus', Kommando. Dieser Gedanke erfüllte ihn mit Stolz, gerade weil diese abgelegene Gegend in Militärkreisen als einer der unbeliebtesten Grenzabschnitte in der Provinz Obergermanien galt.

Dass ausgerechnet er mit seinen vierundzwanzig Jahren sich freiwillig als Zenturio für diesen Außenposten gemeldet hatte, war von seiner Familie zuhause in Rom mit großem Kopfschütteln hingenommen worden. Und ohne diese dumme Geschichte damals wäre er ja auch nicht im Traum darauf gekommen, seiner Heimatstadt den Rücken zu kehren.

Obwohl das alles nun schon drei Jahre zurücklag, war er immer noch nicht darüber hinweg. Ein kurzer Gedanke, wie eben jetzt, genügte, um die Flamme seines Zorns aufs Neue anzufachen. Dass sie ihn um ein halbes Vermögen gebracht hatte, diese Schlange von einem Weib, das war noch nicht einmal das Schlimmste gewesen. Aber dass sie ihn mit seinem besten Freund betrogen und ihn vor der Gesellschaft lächerlich gemacht hatte, das hatte ihn abgrundtief verletzt. Alle, ausnahmslos alle, hatten davon gewusst — nur er selbst hatte nichts geahnt.

Damals wollte er nur noch weg, irgendwohin, wo ihn keiner kannte und wo er abgelenkt war. Irgendwohin, wo es rau zuging — und eben das hatte er hier.

Nur wenige Schritte neben dem Postenweg fiel der Berghang in einem jähen Absturz mehr als 600 Fuß ins Tal. In Wellen reihte sich unter ihm Hügelrücken an Hügelrücken. So weit das Auge reichte, war hier Wald, nichts als Wald. Eichenwipfel, struppig wie das Fell eines Ebers, und Buchen, aufrecht wie Reisigbesen. Weit und breit befand sich keine Siedlung. Wenn dort unten einmal der dünne Rauchfaden eines Lagerfeuers aufstieg, erschien das dem Wachposten schon außergewöhnlich und einer Meldung wert.

Auch auf den Frühling musste man länger warten als anderswo. Aus dem lohfarbenen, vom Schnee flachgepressten

Laub des Vorjahres sprossen zaghaft einzelne zerknitterte Blättchen hervor. In den kalten, klaren Rinnsalen neben dem Weg spiegelten sich die Wolken. Ein paar kleine Vögel huschten durchs Unterholz und am Himmel ließ sich ein Bussard vom Wind hochtragen wie ein Stofffetzen, segelte über die Bergkuppe und entschwebte dem Blick.

Der Wind, der hier oben nie verstummte, der summte oder sang, pfiff oder heulte, je nachdem wie man den Kopf hielt, hob Serenus' schweren Mantel und zerwühlte die Mähne seines Pferdes. Der Wind blies immer und im Sommer wurde es nie heiß.

Serenus zog den Mantel enger um sich. Er war groß für einen Römer und sowohl seine schlanken Hände als auch sein gut geschnittenes schmales Gesicht mit dem leicht arroganten Zug um den Mund ließen ahnen, dass er nicht für das Militärlager geboren war. Sein Vater, der einflussreiche Finanzverwalter Lucius Cilnius Serenus, war ein Nachkomme des Claudius Cilnius Maecenas. Seine Familie besaß neben ihrem Stadthaus in Rom und einer Villa am Golf von Neapel auch große Landgüter im Latium, wo Serenus viele Sommer seiner Kindheit verbracht hatte.

Obwohl es für die Söhne der Ritter nicht unüblich war, ihre Karriere über die Militärlaufbahn zu beginnen, hatte der Vater seine Entscheidung, in die Legion einzutreten, nicht eben begeistert aufgenommen. In seiner Familie war der Kriegsdienst von jeher als gefährlich und verrohend verpönt. Man hielt es eher mit den schönen Künsten. Sein Onkel hatte ihm auch im Gegenzug vorgeschlagen, zur Ablenkung eine Weile nach Rhodos zu gehen, um sich der Philosophie zu widmen. Aber das hätte nichts genützt. Nein! Serenus wusste nur zu gut, was er brauchte. Er wollte sich endlich beweisen, beweisen als Mann.

So war er vor eineinhalb Jahren in die Provinz Obergermanien gekommen. Das erste halbe Jahr hier hatte er in dem großen Lager der *legio XXII. Primigenia pia fidelis* in Mogontiacum verbracht. Allerdings unterschied sich das Leben dort als privilegierter Offizier wenig von seinem früheren. Deswegen hatte er im letzten Sommer um seine Versetzung hierher an diesen Grenzabschnitt gebeten.

Am Anfang war er fast enttäuscht gewesen. An Stelle der kampflustigen Wilden, die er erwartet hatte, fand er nur friedliche Bauern und Handwerker vor. Das Leben im Passlager war, nachdem er sich an die Entbehrungen gewöhnt hatte, ziemlich eintönig. Selbst die Berichte, denen zufolge die germanischen Wälder von Bären und Wölfen nur so wimmelten, erwiesen sich als maßlos übertrieben.

Erst der in diesem Jahr früh einsetzende Winter hatte die hochgespannten Erwartungen von Serenus schließlich doch noch erfüllt, allerdings auf andere Weise, als er sich das vorgestellt hatte. Wochenlang waren die Wege unter dem Schnee nahezu unpassierbar gewesen. Stürme hatten die neuen Ziegel von den Dächern gefegt, als wären es trockene Blätter, und das Wasser in den Zisternen gefror zu Eis. Allein die Versorgung seiner Mannschaft mit dem Notwendigsten hatte all seine Kraft in Anspruch genommen. Für Träume von militärischen Heldentaten war da nicht mehr viel übrig geblieben.

Dabei hatte Serenus auch gegenüber seinen britonischen Soldaten oft keinen leichten Stand. Er war jünger als die meisten von ihnen, oft traf er ihnen gegenüber nicht den richtigen Ton und überdies hatten sie rasch durchschaut, dass er nicht nur militärisch, sondern auch in den allermeisten Alltagsgeschäften völlig unerfahren war. Ohne den zuverlässigen Beistand seines energischen und erfahrenen Unteroffiziers Aper hätte er vielleicht längst aufgegeben. Ja, die letzten Monate waren wirklich hart gewesen, aber jetzt war er stolz auf sich, weil er durchgehalten hatte.

Serenus' Lichtblick in all diesen Wochen und Monaten waren die Einladungen bei Valerius Crispus gewesen. Der Zenturio des benachbarten Numeruskastells pflegte einmal im

Monat die Offiziere der umliegenden Lager zum Abendessen bei sich zu versammeln. Die Gespräche unter Gleichrangigen und der gehobene Rahmen dieser Zusammenkünfte hatten Serenus über die dunklen Wintermonate hinweggerettet. Auch heute war er auf dem Weg dorthin.

Er drückte seinem Pferd die Fersen in die Flanken und der schwere Rapphengst setzte sich bedächtig in Bewegung. Serenus hatte ihn kurz nach seiner Ankunft in Mogontiacum dem Stallmeister seiner Einheit abgekauft, der ihm beteuert hatte, er stamme aus einer reinblütigen germanischen Zucht. Obgleich man ihn in Serenus' Augen bei Weitem nicht mit den rassigen Pferden vergleichen konnte, die er von zuhause gewohnt war, hatte er mit der Zeit die verlässliche Ausdauer und die ruhige Gelassenheit des Hengstes durchaus schätzen gelernt.

Trittsicher setzte das Tier einen Huf vor den anderen. Schon kam die lange Steinmauer in Sicht, die an diesem Berghang eine Strecke weit die Holzpalisaden ersetzte. Die Pfosten hatten in dem felsigen Boden nicht tief genug verankert werden können. Und so hatte man eine Mauer gebaut — Steine gab es hier ja wirklich in rauen Mengen.

Was für eine Plackerei diese Mauer für seine Vorgänger bedeutet haben musste, dachte Serenus. Doch auch sie war letztendlich nur ein Steinchen in dem großen Mosaik des römischen Weltreiches.

Das war es. Der Wille, Widerständen zu trotzen. Die Entschlossenheit, auch noch dem hintersten Winkel der entferntesten Provinz schnurgerade Grenzen und gepflasterte Straßen aufzuzwingen, ebenso wie seinen ungebärdigen Bewohnern ein System von Recht und Ordnung. Das hatte Rom groß gemacht.

Der Weg führte jetzt steil bergab. Unter sich konnte er schon das zweite Passlager sehen. Wie ein Adlerhorst auf einer Klippe thronte es in der Einsattelung über dem senkrecht abfallenden Steilhang. Sein quadratisches Mauerkarree nahm die ganze Breite des eingeebneten Bergsattels ein und konnte, ebenso wie sein eigenes Lager, gerade eine Zenturie mit 30 Mann aufnehmen. Mehr wären auch nicht nötig gewesen, denn über den steilen Saumpfad, der die beiden Täler verband, kam nicht gerade häufig jemand herauf.

Das Lagertor stand offen. Zwei Soldaten kehrten ohne besonderen Eifer den schmalen Platz zwischen den beiden Mannschaftsbaracken. Außer ihnen und dem Wachposten, der vom Ausguck über dem Tor grüßend salutierte, war niemand zu sehen.

Serenus ließ sich vom Pferd gleiten und zog es hinter sich her in den Innenhof, wo er sich mit einem gellenden Pfiff bemerkbar machte. Als Antwort ertönte irgendwo hinter der Baracke ein wüstes Fluchen, und einige Augenblicke später bog ein drahtiger Mann um die Ecke. Zenturio Titus Tertius Felix zerrte, ein dickes Kleiderbündel unter dem Arm, ein störrisches graues Lastpferd hinter sich her.

»Verfluchtes Vieh, beißt und tritt.« Felix rieb sich den Arm.

»Wenn man von deinem Geschrei absieht, ist es heute ausgesprochen still hier«, begrüßte ihn Serenus.

Felix grinste. »Meine Schwälbchen sind ausgeflogen. Sonderkommando Brennholz! Wir haben diesen Winter unseren gesamten Vorrat verheizt, um auf dieser lausigen Aussichtsterrasse nicht zu erfrieren. Hier, halt mal!« Er drückte Serenus die Zügel in die Hand und begann, sein Gepäck am Sattel festzuschnallen.

»Ich muss mal Aper fragen«, sagte Serenus, »aber ich glaube, wir haben auch nicht mehr viel übrig.«

»Gib acht, Natalis lässt manchmal Kontrollen durchführen, Brennholz, Vorräte, Signalfackeln, all so was. Du weißt, er nimmt es mit den Vorschriften genau.«

Serenus winkte ab. »Alles Schikane. Der will nur nicht, dass wir untätig herumsitzen. Meinst du, er kommt heute Abend?«

Felix lächelte. »Nicht auszuschließen.«

Antonius Natalis war der Befehlshaber des nächstgelegenen Kohortenlagers und der Oberkommandierende des gesamten Grenzabschnittes. Obgleich ebenfalls aus einer vornehmen Ritterfamilie stammend, hatte er nicht eben viel mit Serenus gemein. Im Gegenteil, Natalis war durch und durch Militär. Herkunft galt ihm nichts, Tüchtigkeit war alles. Er hatte einen untadeligen Ruf, galt als unbestechlich und gerecht, streng bis zur Härte und wurde von seinen Untergebenen respektiert und gefürchtet. Natalis sah in Serenus nur den verwöhnten Patriziersohn und machte ihn wegen seiner Unerfahrenheit häufig zur Zielscheibe seines beißenden Spotts. Serenus, der sich nach nichts so sehr wie nach Anerkennung sehnte, kränkte dies zutiefst.

Eine halbe Stunde später, nachdem sie die Pferde in der Garnison untergestellt hatten, schlenderten die Freunde, jeder mit seinem Bündel unter dem Arm, den Weg hinunter zum Bad. Ein dünner Wolkenschleier schirmte die Sonne ab, dennoch war das Licht unangenehm hell. Serenus hielt schützend die Hand vor die Augen, während sein Blick erst über die kleine Ansiedlung und dann in die Ferne schweifte.

»Wann immer ich mir früher den Rand der Welt vorgestellt habe, dann gerade so wie dieses öde, von allen Göttern verlassene Nest. Ein schlammiger Weg, ein letztes Haus und dann nichts mehr.«

»Wenn du den Rand der römischen Welt meinst, liegst du da gar nicht mal so falsch. Aber was die Götter angeht, scheinen ja ein paar ihren Schützlingen gefolgt zu sein.«

Felix deutete mit dem Kopf auf eine kleine *aedicula*, ein Schutzhäuschen, für Merkur, das jedes Mal, wenn sie hier vorbeikamen, etwas schiefer am Wegrand lehnte.

»Hoffen wir, dass du recht hast.« Serenus wollte weiter.

»He sieh mal!« Felix bückte sich. »Das nenn ich Glück.« Er hob eine kleine schmutzverkrustete Münze vom Weg auf.

»Ist das nicht seltsam?« Versonnen betrachtete er das Geldstück.

Serenus lächelte müde. »Um deinen kindlichen Glauben bist du zu beneiden. Ehrlich gesagt habe ich seit meiner Togaeinkleidung nicht mehr an göttliche Zeichen und Wunder geglaubt.«

»Vielleicht solltest du's wieder tun«, gab Felix zurück.

Das Badehaus lag ein Stück unterhalb des Lagers, wo eine kräftige Quelle zutage trat. Die Handvoll kleinerer und größerer Gebäude, aus denen die Siedlung bestand, reihte sich entlang des Weges vom Lagertor bis zum Bad. Das größte und ansehnlichste unter ihnen war eine Taverne mit einer überdachten Veranda auf der Frontseite, die ein Veteran mit seiner einheimischen Frau betrieb. Abgesehen vom Bad, war es der einzige Ort, der den Soldaten außerhalb des Lagers ein wenig Abwechslung bot. Die Schenke war sehr beliebt, auch wenn der Wein im Laufe des Winters so dünn geworden war, dass er seinen Namen kaum noch verdiente.

Vor dem Gebäude verbreiterte sich der Weg zu einem kleinen Platz, der, an seiner Querseite vom Badehaus begrenzt, von den Soldaten scherzhaft »das kleine Forum« genannt wurde. Jetzt stand dort ein großer, mit allerlei Körben und Kisten beladener Reisewagen, an dem mehrere Packtiere angebunden waren. Offenbar war er erst vor Kurzem angekommen.

Gegenüber dem Gasthaus befand sich die Werkstatt von Cerialis. Der hünenhafte Schmied war mit den Soldaten aus Britannien gekommen. Er hatte sich hier als Handwerker niedergelassen. Sein ganzer Stolz war seine mittlerweile beträchtlich gewachsene Kinderschar, die innerhalb und außerhalb der Siedlung die Gegend unsicher machte. Cerialis reparierte alles: Pferdegeschirre und Sättel, Waffen und Zeltbahnen. Dazu hielt er für den Lebensunterhalt noch Kleinvieh und pflanzte etwas Gemüse hinter dem Haus.

Das Bad war von allen Gebäuden der kleinen Ansiedlung der wahrscheinlich vollkommenste Ort. Es wurde morgens geheizt und war vormittags für Frauen und nachmittags für Männer geöffnet. Zwei Freigelassene, ein alter und ein junger, deren Namen Serenus vergessen hatte, kümmerten sich um die Heizung und hielten die Räume sauber. Auf Wunsch beaufsichtigten sie Wertgegenstände und wuschen, gegen einen geringen Betrag, die schmutzige Kleidung, die die Badegäste mitbrachten.

Schon als sie in den Vorraum eintraten, sahen sie an den Schuhen und den Bergen abgelegter Kleider in den Holzregalen, dass drinnen gerade Hochbetrieb herrschte. Felix legte den Sesterz, den er draußen gefunden hatte, auf den kleinen Fortuna-Altar in der Ecke. Ein paar Körnchen Räucherwerk schwelten in einer Bronzeschale und ihr dünner Duftschleier vermengte sich mit dem muffigen Geruch feuchten Schuhwerks und lange getragener Kleidung.

Nachdem sie sich ausgezogen hatten, konnte Felix seine *strigilis*, sein Schabeisen, nicht finden. Er holte seine Kleider wieder aus dem Regal und durchwühlte sie ein zweites Mal.

»Vielleicht hast du es verloren, als du mit deinem Pferd gekämpft hast«, grinste Serenus.

»Hier, nimm eins von meinen.« Er warf dem Freund eines seiner Schabeisen zu. Felix fing es geschickt auf.

»*Gratiam tibi ago*. Oh diese Therme ist der Trost meiner Verbannung an diesen unwirtlichen Ort.« Felix warf den Kopf zurück und hob beide Arme.

»Meinst du nicht, du übertreibst ein bisschen? Man meint ja gerade, wir wandeln durch die Thermen von Aquae Mattiacorum«, entgegnete Serenus. »Das hier ist doch ein ziemlich bescheidenes Vergnügen.«

»Aber ein ehrliches und vor allem ist es warm«, brummte Felix und stieß die Tür zum *sudatorium* auf. Atemberaubend heiße Luft schlug ihnen entgegen.

Serenus, der hinter Felix eintrat, musterte diesen verstohlen. Felix' Haut, unter der sich Muskeln und Sehnen hart abzeichneten, war sehr braun. Eine lange Narbe unterhalb der Schulter zeugte von bestandenen Gefahren, um die Serenus ihn beneidete.

Felix, der sich aus kleinsten Verhältnissen bis zum Zenturio hochgearbeitet hatte, war ein Mann aus dem Volk. Er nahm das Leben, wie es kam. Er trank den billigen Wein und liebte die billigen Mädchen. Noch im Fund eines schmutzigen Sesterzes erkannte er einen Fingerzeig der Götter.

Als sie später durchwärmt und mit wohlig brennender Haut das *caldarium* betraten, konnte Serenus das Treiben in dem dunsterfüllten Raum zuerst nur undeutlich wahrnehmen. Das Licht, das steil durch die verglasten Bogenfenster hereinfiel, brach sich in den in der Luft schwebenden Tröpfchen. Man hörte die Stimmen der Badenden vermischt mit dem Plätschern und Aufspritzen des Wassers. Felix stieß Serenus mit dem Ellenbogen an und wies mit dem Kopf auf einen älteren Mann, der ihnen zunickte.

Der Zenturio Caius Valerius Crispus saß nackt auf dem Rand des großen Tauchbeckens und hörte angestrengt zu, was ihm sein Gegenüber lebhaft gestikulierend ins Ohr schrie. Über ihnen, an der Stirnwand des Bassins, prunkte ein farbenfrohes Wandbild, das Neptun und Amphitrite in einem von Meerespferden gezogenen Wagen zeigte.

Valerius war ein untersetzter Mann mittleren Alters. Mit seiner stattlichen Nase unter der fliehenden Stirn und den schweren Lidern war er in seinem Äußeren von der Natur nicht gerade begünstigt worden. Zu allem Überfluss verunzierte auch noch eine große Warze sein Kinn. Dennoch strahlte sein Gesicht Klugheit und Wärme aus. Er besaß einen feinen Humor, liebte gutes Essen und Geselligkeit und kümmerte sich auf geradezu väterliche Art und Weise um die Belange seiner Leute.

Vorsichtig schlurften sie über den glitschigen Boden zu Valerius hinüber. Der Mann neben ihm war sein Schreiber Trebellius Maximus.

»Na, da seid ihr ja endlich. Ich dachte schon, ihr hättet mich heute versetzt«, begrüßte sie Valerius.

»Da müssten uns schon die Barbaren überfallen, bevor wir auf ein Essen bei Euch verzichten«, rief Felix.

»Du hast den Schneesturm vergessen«, ergänzte Serenus. Er musste daran denken, wie sie vor noch nicht allzu langer Zeit zwei volle Wochen jeder in seinem Lager eingeschneit gewesen waren.

»Was ist das für ein Wagen draußen auf dem kleinen Forum?«, schrie Felix durch den Lärm.

»Wagen was?«, Valerius beugte sich vor und legte eine Hand ans Ohr.

»Der Reisewagen«, wiederholte Felix, »ist das ein Händler?«

»Ein Grieche. Hat schöne Sachen. Er wird wohl ein paar Tage bleiben, eines seiner Packtiere ist hochträchtig.«

»Und wo kommt er her?«, fragte Serenus.

»Von Nida, wenn ich ihn richtig verstanden habe«, sagte Trebellius, »er hat seine Waren mit dem Schiff den Moenus hochgebracht und klappert jetzt die ausgehungerten Lager entlang der Grenze ab.«

»Ausgehungert ist gut. Also, hat er auch was zu essen dabei?«, fragte Felix.

Valerius nickte. »Fischsoße aus Cartagena, Oliven, sogar Datteln. Ich sage ja, sein Sortiment kann sich sehen lassen.«

»Felix, du bekommst ja schon ganz glänzende Augen«, lachte Serenus, »aber jetzt gehe ich erst mal ins Wasser.«

Er streifte seine Holzpantoffeln ab, schwang die Beine über den Beckenrand und ließ sich in das dampfende Wasser gleiten, das durch einen Zulauf unter der Wasseroberfläche in heißem Schwall hereinströmte. Während sich das Wasser wie ein warmer Kragen um seine Schultern schloss, fiel sein Blick auf zwei krakelige Zeilen, die jemand auf die Wand neben dem Becken gekritzelt hatte.

»*Balnea, vina, Venus corrumpunt corpora nostra,*
At vitam faciunt balnea, vina, Venus.«
(Bäder, Wein und Liebe richten unseren Körper zugrunde,
doch nur Bäder, Wein und Liebe machen das Leben aus.)

Wer das geschrieben haben mochte? Serenus fand, dass Bäder wie auch der Wein hier draußen in der Wildnis knapp bemessen waren. Von Zugrunderichten konnte nicht die Rede sein, von Venus ganz zu Schweigen. Aber an Venus wollte er sowieso keinen Gedanken mehr verschwenden.

Mattiacus

Muha spürte, wie jemand an seinem Arm rüttelte. Erschrocken öffnete er die Augen. Vor ihm befand sich eine Hauswand. Er stand immer noch in dem engen Hinterhof, in den er geflüchtet war. Da fasste ihn jemand leicht am Ärmel. Muha drehte sich um, es war ein bärtiger Alter in einem grauen Kapuzenmantel. »*Veni mecum!* Komm rein, schnell!« Der Alte zog ihn zu einer offenstehenden Tür, die in einen nur spärlich erhellten Raum führte.

Drinnen war es warm und es roch nach getrockneten Kräutern. An den Längswänden waren unzählige große und kleine, in Stoff eingeschnürte Ballen neben- und übereinandergestapelt. Sie sparten eine schmale Bettstatt aus, auf der eine grobgewebte Wolldecke lag. Auf einem Tisch in der Mitte des Raumes brannte eine bronzene Öllampe und beleuchtete ein Rechenbrett und kleine Stapel beschrifteter Holztäfelchen, die auf der Tischplatte verstreut waren. Das Zimmer erhielt nur wenig Tageslicht von einem kleinen, mit Pergament bespannten Fenster neben der Tür. Eine eisenbeschlagene Holztruhe und ein paar grob gezimmerte Schemel waren neben dem Bett die einzigen größeren Möbelstücke. Links hinten glimmte in einem gemauerten Herd ein Holzkohlenfeuer. Rote Lichtschimmer tanzten über einige Becher und Krüge auf dem Ofensims und auf einem geschwärzten Kessel, der darüber an der Wand hing.

Der Alte drängte Muha hastig in den rückwärtigen Teil des Raumes, der durch eine schmale Zwischenwand von der Kochstelle getrennt war. Muha wollte den Alten ansprechen, aber dieser bückte sich rasch, schob den Riegel einer niedrigen Holztür zurück und öffnete sie. Kalte Kellerluft schlug ihnen entgegen. Eine Leiter führte in bodenloses Dunkel.

»Versteck dich da unten und rühre dich nicht!«, beschwor ihn der alte Mann, bevor er hastig die Tür zuschlug und wieder verriegelte.

Vorsichtig, Sprosse für Sprosse, kletterte Muha nach unten. Verhalten atmete er die modrige Luft ein. Es war so dunkel, dass er nicht einmal seine Hände an der Leiter erkennen konnte. Schon nach wenigen Sprossen spürte er Boden unter den Füßen. Mit ausgestreckten Händen tastete er um sich und stellte fest, dass der ganze Raum mit Weinamphoren vollgestellt war. Über sich hörte er Schritte. Muha kauerte sich auf die Erde nieder und horchte.

Der Alte war kaum zu seinem Tisch zurückgekehrt und hatte sich wieder über sein Rechenbrett gebeugt, als im Hof draußen Stimmen laut wurden. Wenige Augenblicke später wurde die Tür aufgerissen und ein Zenturio mit klingelndem Gürtelgehänge und rotem Helmbusch rauschte herein. Zwei mit Speeren bewaffnete Soldaten folgten ihm, der Rest des Trupps wartete draußen.

Der Alte erhob sich langsam.

»Ein Strafgefangener ist aus der Arena geflüchtet. Er ist in diesem Viertel untergetaucht«, sagte der Zenturio. »Wir haben Anweisung, alle Häuser zu durchsuchen.« Mit einer knappen Kopfbewegung befahl er den Soldaten: »*Pergite,* fangt an!«

Die Soldaten schlugen den Deckel der Holztruhe zurück und durchwühlten ihren Inhalt. Sie zerrten die verschnürten Tuchballen von der Wand und stachen ihre Speere hinein. Eine intensive Duftwolke breitete sich im Raum aus.

»Was ist da drin?«, fragte der Zenturio barsch.

»Heilkräuter.«

»Wie viele Räume hat das Haus?«

»Insgesamt drei. Zur Straße hin noch zwei.«

»Und wie viele Personen?«

»Auch drei, meine beiden Gehilfen sind vorne im Laden.«

Ein Soldat schaute unter dem Bett nach, der andere klopfte mit der Spitze seines Speeres gegen die Kellerluke.

»Und da drin?«

»Wein. Mein Weinkeller«, die Stimme des Alten klang brüchig.

»Dein Weinkeller?« Der Zenturio ging auf die Tür zu.

»Seht hier«, rief der Alte hastig, »dieser ist soeben neu eingetroffen.« Er deutete auf einige Amphoren, die gegenüber der Kellertür an der Wand lehnten.

Der Zenturio drehte sich auf der Stelle um und ging in die Hocke, um die schwarze, verwischte Aufschrift am Hals eines der Gefäße zu lesen. »*ALLOBROGUM VINUM*«, buchstabierte er mühsam. »Wo ist denn das?«

»Im Süden der Provinz Gallien. Aber ich habe auch römischen, Falerner, sogar dreijährigen, Setiner, Caecubier, was du willst.« Der Alte wies auf einige Holztäfelchen, die neben seinem Abakus auf dem Tisch aufgereiht lagen.

»Die hast du alle?«

Der Zenturio machte den beiden Soldaten, die immer noch im Zimmer herumstöberten, ein Zeichen aufzuhören. »Vorne im Laden. Meine Leute sind noch am Auspacken. Ich bin gerade dabei, die neue Lieferung zu überprüfen.«

Der Offizier machte Anstalten, die Täfelchen auf dem Tisch zu überfliegen. Da blieb sein Blick an der Bronzelampe hängen, die diese schwach beleuchtete. Sie hatte die Form eines lebensecht nachempfundenen Windhundkopfes, der einen erbeuteten Hasen in seiner schmalen Schnauze trug. Der Docht war auf kunstfertige Weise im Kopf des Hasen verborgen. Belebt vom Schein ihrer Flamme, wirkte die Lampe in der Einfachheit des Zimmers fremdartig schön.

»*Bellissima!*«, in der Stimme des Römers schwang Bewunderung. »Wo hast du die her?«

»Von meinem Sohn. Er hat sie aus Pannonien mitgebracht, von seinem ersten Sold.«

»Dein Sohn ist bei den Hilfstruppen?«

»Soldat der *cohors II Augusta Nervia Pacensis.*«

»Warum sagst du das nicht gleich?« Der Zenturio schlug dem Alten auf die Schulter. »Die Götter mögen dir und deinem Sohn gewogen sein.« Dann gab er ihm die Hand.

Er wandte sich an seine Soldaten, die abwartend hinter ihm standen. »In Ordnung. Das genügt. Wir müssen weiter!«

An der Tür drehte er sich noch einmal zu dem Alten um. »Aber ich komme wieder.« Und mit einem Augenzwinkern fügte er hinzu. »Du machst mir einen guten Preis?«

»Du wirst zufrieden sein.«

»*Dictum, factum,* gesagt, getan!«

Nachdem sie verschwunden waren, blieb der Alte einen Moment im Eingang stehen und schaute ihnen nach. Dann ließ er den Vorhang fallen, schloss die Tür und verriegelte sie sorgfältig. Vorsichtig nahm er die Lampe vom Tisch, ging nach hinten zur Kellertür und schob den eisernen Riegel zurück.

»Du kannst rauskommen«, rief er leise, »sie sind fort.«

Muha kletterte aus dem Keller. Er blickte an dem Alten vorbei in das Zimmer. Es war niemand mehr da. Langsam wich die Anspannung aus seinen Zügen.

Einen Moment lang standen der Alte und Muha sich gegenüber und musterten einander. Muha bemerkte erst jetzt, dass der Alte nur ein Auge hatte. Aber dennoch hatte dessen zerknittertes Gesicht einen freundlichen Ausdruck. Das schon gelichtete weiße Haar fiel dem Alten in dünnen Strähnen bis auf die Schultern.

»*Mater magna!* Das war knapp.« Der Alte lächelte. Muha sah ihn an.

»*Quare mihi haffuisti,* warum hast du mir geholfen?«, fragte er mit dem typischen aspirierten Akzent der Germanen.

»Oh, es machte mir Spaß«, sagte der Alte, aber seine Stimme schwankte ein wenig.

»Ich war, ich bin ...«, begann Muha.

»Ein Chatte, nicht wahr?«, ergänzte der Alte. Das heil gebliebene Auge in seinem zerfurchten Gesicht funkelte lebhaft.

»Woher weißt du das?«

Der Alte lächelte. »Ihr Chatten habt doch meistens Schwierigkeiten mit den Römern. Und außerdem«, er hielt die Lampe ein Stück höher, »sehe ich es an deinem Halsreif. Solchen Schmuck tragen die jungen Männer hier nicht.«

Muha zögerte einen Moment, dann sagte er: »Mein Name ist Muha. Ich stamme aus Cairacas.«

»Cairacas? Das kenne ich gut.« Das Gesicht des Alten leuchtete.

Er wechselte ins Chattische, während er weitersprach.

»Und ich bin Mattiacus. Jedenfalls nennen mich hier alle so. Meine Frau Allia, die Erde möge ihr leicht sein, war auch eine Chattin, aus der Gegend von Aquae Mattiacorum, wenn du weißt, wo das ist.«

»Ich glaube, ich habe den Namen schon gehört«, erwiderte Muha.

»Ja, in jungen Jahren bin ich viel dort oben herumgekommen, diesseits und jenseits der Grenze«, fuhr Mattiacus eifrig fort, »damals war ja alles noch offen.« Er hob die Hände. »Aber du bist ja verwundet!«

Auch Muha bemerkte jetzt den großen dunklen Fleck, der sich auf der Unterseite des Schutzärmels ausgebreitet hatte.

»Komm mit zum Fenster, da ist es heller.« Mattiacus stellte die Lampe zurück auf den Tisch und schob Muha zu dem kleinen Fenster neben der Tür.

»Zeig mal! Hhm, was war das?«

»Ein Speer!«, antwortete Muha.

Mattiacus runzelte die Stirn. »So kann ich nicht viel sehen. Ich muss erst die Verschnürung öffnen. Setz dich besser hin.«

Er schob Muha einen der Holzschemel hin und begann behutsam, die Lederriemen aufzuknüpfen.

Muha erschien es wie eine halbe Ewigkeit, bis Mattiacus sich endlich so weit vorgearbeitet hatte, dass er ihm den Armschutz abnehmen konnte. Muha biss sich auf die Unterlippe, es tat sehr weh.

»Teuflische Dinger, diese Speere.« Mattiacus schüttelte angewidert den Kopf. »Dabei hast du noch Glück gehabt, der schäbige Ärmel hat tatsächlich das Schlimmste abgefangen. Die Wunde ist nicht sehr tief, aber ein bisschen musst du noch durchhalten. Warte!«

Der Alte eilte am Herd vorbei und verschwand durch eine Tür, die in den vorderen Teil des Hauses führte. Als Muha einen Blick auf seinen Arm riskierte, drehte sich ihm der Kopf. Hoffentlich kam der Alte schnell zurück.

Endlich wurde die Tür aufgestoßen und Mattiacus erschien mit einem rothaarigen jungen Mann, der einen großen Kasten aus poliertem dunklem Holz unter dem Arm trug.

»Stell ihn dort hin«, Mattiacus deutete auf die große Holztruhe. Zu Muha gewandt sagte er: »Das ist mein Neffe Jucundus. Sozusagen meine rechte Hand im Geschäft.«

»Und manchmal auch deine linke.« Jucundus zwinkerte Muha zu. Sein Gesicht war über und über mit Sommersprossen bedeckt.

»Jucundus, ich brauche noch eine Lampe!«, befahl Mattiacus. Dann klappte er den Kasten auf und legte unter Muhas argwöhnischen Blicken zierliche und äußerst merkwürdig geformte Instrumente auf einem sauberen Tuch bereit. Zuletzt griff er nach einem kleinen Fläschchen aus geschliffenem Glas und träufelte ein paar Tropfen einer rötlichen Flüssigkeit auf einen flachen Löffel. »Nimm das!«

Muha schnüffelte zunächst daran, dann schluckte er gehorsam. Das Zeug schmeckte süßlich und bitter. Es hinterließ eine warme Spur in seiner Kehle, die sich wohlig in seinem Kopf ausbreitete.

Mattiacus wartete eine Weile, dann fragte er. »Wie fühlst du dich?«

Muha blinzelte. »Ganz gut. Als hätte ich ein bisschen zu viel Met getrunken.«

»Sieh mich an.«

Muha starrte in Mattiacus' Auge. Eine seltsame Kraft schien von diesem auszugehen. Es war, als könne er den Blick nicht mehr von ihm abwenden. Wie durch einen Nebel hörte er jetzt Mattiacus' Stimme. »Ich fange jetzt an. Du wirst nichts spüren, hörst du, es wird nicht weh tun.«

Die Stimme entfernte sich immer weiter. Muha sah, wie Mattiacus ein langstieliges Messer ergriff und sich über seinen Arm beugte. Er schloss die Augen und wartete auf den Schmerz. Aber der Schmerz kam nicht.

Als Muha die Augen wieder aufschlug, lag er auf Mattiacus' Bettstatt und anstelle der schmutzigen *manica* trug er einen sauberen Verband um seinen rechten Arm. Er hob den Kopf und sah sich um. Das Zimmer war aufgeräumt, Mattiacus saß vor seinem Abakus und rechnete. Jucundus war fort.

»Wie komme ich auf das Bett?«

»Du hast dich selbst darauf gelegt, du weißt es nur nicht.« Mattiacus lächelte. Er stand auf, kam herüber und fühlte ihm den Puls.

Im Raum hing der Geruch von Fenchel und Honig. Muha setzte sich auf und blickte den Alten nachdenklich an. »Du bist ein Lachner, ein Zauberkundiger«, murmelte er.

Mattiacus lachte. »Nicht so, wie du denkst. Wie man Wunden versorgt und Schmerzen stillt, habe ich von einem Legionsarzt gelernt, dem ich einmal geholfen habe. Von ihm habe ich auch den Kasten mit den Instrumenten bekommen.«

Im vorderen Teil des Hauses hörte man eine Tür quietschen und einen Moment lang tönten die Geräusche der Straße herein. Dann war es wieder still bis auf das leise Knacken des Herdfeuers.

»Das ist Jucundus, ich habe ihn weggeschickt, um etwas zu essen zu besorgen und um sich draußen umzuschauen.«

»Meinst du, sie kommen wieder?«, fragte Muha.

»Ich glaube nicht«, sagte Mattiacus, »ich habe einen ganz guten Ruf in diesem Viertel.«

Einige Zeit später kam Jucundus zurück. Er berichtete, die Streife habe noch die Häuser der gegenüberliegenden Straßenseite durchsucht und sei dann unverrichteter Dinge abgezogen. Er hatte zwei duftende runde Brotfladen unter den Arm geklemmt und trug mit beiden Händen eine große Schale Milch, die er neben das Rechenbrett auf den Tisch stellte, bevor er wieder nach vorne in den Laden verschwand.

»Komm, Muha«, Mattiacus machte eine Handbewegung zum Tisch hin. »Iss und trink!«

Etwas unsicher stand Muha vom Bett auf. Das neblige Gefühl war noch nicht ganz aus seinem Kopf verschwunden. Trotzdem fühlte er sich plötzlich hungrig wie ein junger Wolf. Mattiacus führte ihn zu einem der Schemel am Tisch. Mit zitternden Händen führte Muha die Schale an die Lippen. Zuerst nippte er nur, dann trank er die Milch in tiefen Zügen.

Mattiacus stand neben ihm und sah ihm zu. »Du erinnerst mich an Ruto, meinen Sohn«, sagte er. »Vorhin, als ich dich draußen im Hof sah, dachte ich einen Moment, er wäre es. Obwohl, es kann ja nicht sein.«

Muha hielt im Trinken inne und blickte auf. »Dein Sohn, ist er, ich meine, hast du ihn verloren?«, fragte er.

»Verloren? Ja, so könnte man es nennen. Verloren an das römische Heer.«

Muha setzte die Schale hart auf den Tisch. »Du meinst, du willst sagen, dein Sohn ist ein römischer Soldat?«

»Du brauchst nicht zu erschrecken, es war nicht meine Idee.« Mattiacus ging um den Tisch herum und setzte sich Muha gegenüber. »Er war einfach nicht mehr davon abzubringen«, sagte er. »Schon als Junge war er betört, wenn er draußen in langen Reihen die römischen Kohorten vorbeimarschieren sah. Das Rasseln ihrer Waffen, ihre glänzenden Rüstungen und farbigen Standarten, alles faszinierte ihn. Damals dachte ich, es sei nur eine jugendliche Schwärmerei, die vorübergehen würde. Aber ich irrte mich.« Mattiacus schob mit seinen knochigen Fingern die Perlen seines Abakus hin und her.

»Eines Tages erklärte er mir, er wolle nicht Zeit seines Lebens Untertan eines besetzten Landes sein. Er wolle auf der Seite der Sieger stehen, teilhaben an ihrer Macht, an ihrem Glanz. Also hat er seinen Namen geändert und seine Freiheit geopfert und trat in den Dienst einer Auxiliareinheit. Fünfundzwanzig Jahre für ein römisches Bürgerrecht.« Mattiacus schüttelte den Kopf. »Ein halbes Menschenleben.«

»Wann hast du ihn zuletzt gesehen?«, fragte Muha.

»Das ist schon eine Weile her, eineinhalb Jahre glaube ich. Damals brachte er diese Lampe mit.« Mattiacus deutete mit dem Kinn auf den Windhundkopf. »Nun, ich werde sie jedenfalls nicht mehr erleben, seine *missio honesta*, seine ehrenhafte Entlassung.«

Eine Weile schauten sie schweigend in die ruhig brennende Flamme.

»Ich glaube, ich kann ihn verstehen«, brach Muha unvermittelt die Stille. »Auch ich habe sie bewundert«, sagte er leise, »gehasst und bewundert zugleich.«

Mattiacus hob fragend den Blick.

»Du? Aber du bist doch jenseits der Grenze geboren?«

Muha zögerte einen Moment. »Asugisalar, hast du schon einmal von ihm gehört?«, fragte er vorsichtig.

»Dieser Chattenfürst? Aber sicher, nach dem Aufstand vor zwei Jahren kannte jedes Kind in der Stadt seinen Namen.«

Muha schluckte. Schließlich holte er tief Luft. »Asugisalar war mein Vater.«

Mattiacus blieb einen Moment der Mund offen stehen. »Das, das ist ein Scherz?«

»Nein«, schüttelte Muha den Kopf, »es ist kein Scherz. Ich bin Asugisalars jüngster Sohn. Aber die Geschichte von dem Aufstand, die ist erfunden.«

»Erfunden, sagst du? Die Sache hat hier große Aufregung verursacht. Man dachte, die Chatten seien endlich befriedet, und dann das.«

»Glaub mir, es war kein Aufstand«, beharrte Muha. »Es hat nie einen Aufstand gegeben.«

»Das musst du mir näher erklären. Damals wurde in der ganzen Provinz öffentlich verkündet, der Statthalter habe in einem Straffeldzug den Aufstand niedergeschlagen. Asugisalar wurde getötet und alle Verantwortlichen gefangengenommen. Und du behauptest, das stimmt nicht?«

Muha blickte zu Boden und schwieg.

Mattiacus legte Muha die Hand auf den verbundenen Arm. »Erzähl mir, was passiert ist«, sagte er behutsam, »ich möchte dir helfen.«

Muha schaute auf Mattiacus' Hand. Es war lange her, dass jemand so mit ihm gesprochen hatte. Er atmete tief und dann fing er an zu erzählen.

»In jenem Sommer vor zwei Jahren«, begann er, »fiel wenig Regen. Wir fürchteten um die Ernte und auf den Weiden vertrocknete das Gras. Unsere Priester opferten den Holzmännern im Moor, aber es nützte nichts. Du musst wissen, unser Stamm lebte hauptsächlich von der Pferdezucht. Die beiden Stammhengste meines Vaters, Skinfaxi und Rimfaxi, stammten von den heiligen Pferden der Nerthus ab. Seit Jahren verkaufte mein Vater junge Pferde an das römische Heer. Wegen der Dürre kam es ihm nur gelegen, dass die Römer in diesem Jahr doppelt so viele Pferde angefordert hatten wie üblich.«

Muha machte eine Pause. Er hatte langsam gesprochen. Sein Kopf war immer noch nicht ganz klar. Mattiacus wartete geduldig.

»Wie jedes Jahr«, fuhr Muha fort, »sollten die Pferde kurz nach dem Mittsommerfest an einem bestimmten Grenzvorposten übergeben werden. Weil sich mein Vater beim Einreiten eines Fohlens verletzt hatte, beauftragte er meinen älteren Bruder Marald, an seiner Stelle die Führung zu übernehmen. Ich war gerade siebzehn geworden und durfte zum ersten Mal mit. Außerdem sollten uns noch ein Dutzend seiner Gefolgsleute begleiten. Einige von ihnen waren kaum älter als ich. Wir hatten zwanzig junge Pferde dabei.«

Muha blickte Mattiacus an und einen Moment lang ließ die Erinnerung seine Augen leuchten. »Kannst du dir vorstellen, wie wir uns fühlten?«

Mattiacus schmunzelte. »Stolz und stark und übermütig.«

Muha nickte. »Aber da wussten wir noch nicht, wie es ausgehen würde. Als wir bei dem römischen Lager ankamen«, berichtete er weiter, »war der Abgesandte des Prokurators noch nicht da. Wir verbrachten die Nacht unter den Sternen und auch am anderen Tag mussten wir noch lange warten. In dieser Zeit gab es schon ein paar Reibereien mit den römischen Soldaten, die sich über unser Aussehen und unsere Aussprache lustig machten.«

»Also schon mal kein guter Anfang«, murmelte Mattiacus.

»Du hättest sie hören müssen, wie sie sich brüsteten, oben auf ihren Wällen«, entgegnete Muha heftig. »Unverschämt und feige. Sie wussten ja genau, dass wir ihre Schmähreden ertragen mussten, alleine, um unseren Handel nicht zu gefährden.«

Er verstummte. Da war es wieder. Muha spürte, wie ihm das Blut ins Gesicht schoss. Aber Mattiacus tat so, als habe er nichts bemerkt.

»Und weiter?«, fragte er nur.

Muha blickte finster. »Als der Beamte endlich eintraf — ein neuer Verwalter, der sich alles von einem Übersetzer erklären lassen musste — weigerte er sich plötzlich, den zuvor ausgehandelten Preis zu zahlen. Er behandelte uns von oben herab, gerade so, als wären wir tributpflichtige Untertanen. Marald und der Älteste der Gefolgsleute, die die Verhandlung führten, ließen sich nichts anmerken. Sie haben sich ehrlich bemüht«, Muha schüttelte den Kopf, »aber der Kerl hat nicht einen Sesterz nachgelassen.«

»Um wie viel wollte er den Preis denn drücken?«, fragte Mattiacus.

Muha winkte ab. »Lächerlich, um fast ein Drittel. Als alles Reden nichts nützte, beschloss Marald, die Pferde wieder mit zurück nach Hause zu nehmen. Er wollte meinen Vater entscheiden lassen. Doch da geriet der Römer in Rage. Er schimpfte uns ein betrügerisches Pack und weigerte sich, die Pferde, die schon in den römischen Pferch getrieben worden waren, wieder herauszugeben. Da habe ich es nicht mehr ausgehalten. Ich sprang auf und rief, wir dürften uns das nicht länger gefallen lassen.«

Muha senkte die Stimme. »Ja, ich habe unsere Leute angestachelt. Und es war auch nicht schwer. Vor allem die Jüngeren waren sofort auf meiner Seite. Aber bei Tyr, ich schwöre, ich habe kein Unglück über meinen Stamm bringen wollen.«

Er stützte den Kopf in die Hände und fuhr sich in das kurze Haar. »Ich bin ein Hitzkopf, Mattiacus, ein *incitatus*, genauso, wie sie mich in der Arena genannt haben.«

»Wärst du kein Hitzkopf, wärst du da auch nicht wieder herausgekommen«, sagte Mattiacus.

Muha hob überrascht den Kopf. So hatte er es noch nicht betrachtet.

»Siehst du.« Mattiacus nickte ihm zu. »Und wie ging es mit eurem Handel weiter?«

»Unserem Handel?« Muha dachte noch immer über Mattiacus' Worte nach. »Ach so, ja, alle schrien durcheinander. Ein Wort gab das andere. Einer packte den Übersetzer am Kragen, da bekam der Abgesandte des Prokurators Angst und er befahl den Soldaten, uns aus dem Lager zu werfen. Sie versuchten, uns mit ihren Schilden durch das offene Tor hinauszudrängen. Dabei entstand ein Handgemenge. Marald rief zur Vernunft, aber es war zu spät. Niemand hörte mehr auf ihn. Plötzlich lag einer der römischen Soldaten am Boden und stand nicht mehr auf. Da machten wir, dass wir fortkamen. Wir rannten zu unseren Reitpferden und mit knapper Not gelang es uns zu entkommen. Nur die Pferde im Pferch, die mussten wir zurücklassen.«

»Und sie haben euch nicht verfolgt?«

»Nicht weit.«

Muha fasste mit der linken Hand an seinen verbundenen rechten Arm. In dem Maße, wie sein Kopf wieder klar wurde, kehrte auch der Schmerz in die Wunde zurück.

»Tut es weh?«, fragte Mattiacus.

»Nein, es geht schon.«

»Wenn du willst, mische ich dir einen Trank gegen die Schmerzen«, bot Mattiacus an.

Muha bemühte sich zu lächeln. »So schlimm ist es nicht, aber ein Becher Wasser wäre gut.«

Mattiacus erhob sich und ging zum Herd, wo er einen kleinen Tonkrug in einen Kessel mit Wasser tauchte. »Erzähl weiter«, rief er über die Schulter.

»Wir ritten zurück, ohne anzuhalten«, fuhr Muha fort. »Als wir meinem Vater vom Ausgang des Handels berichteten, war er entsetzt. Nie zuvor hatte ich ihn so gesehen. Trotzdem weigerte ich mich, irgendeine Schuld bei mir zu suchen. Ich dachte, ich hatte doch nur unser Recht eingefordert.«

Mattiacus kam zurück und stellte den Krug vor Muha auf den Tisch.

»Ein paar Tage nach dem missglückten Handel erschien ein

Bote«, sagte Muha. »Er forderte meinen Vater im Namen des Statthalters auf, er solle alle Beteiligten innerhalb einer Woche an den Präfekten des Grenzpostens ausliefern, damit sie von einem römischen Gericht abgeurteilt werden könnten.«

»Und das hat er abgelehnt?«, fragte Mattiacus.

»Natürlich. Wir sind ein freier Stamm und nicht der römischen Gerichtsbarkeit unterstellt. Mein Vater bot im Gegenzug an, sich mit einem Vertreter des Statthalters auf neutralem Boden zu treffen, um mit ihm über eine Entschädigung zu verhandeln. Damals dachte ich insgeheim noch, die einbehaltenen Pferde wären wohl Entschädigung genug gewesen. Es verging ein Tag nach dem anderen, aber der Bote kam nicht wieder.«

Muha griff zum Krug und trank.

»Das war schon ein schlechtes Zeichen«, murmelte Mattiacus.

Muha atmete schwer. »Ich war in diesen Tagen selten im Dorf«, sagte er leise. »Marald und ich hatten einen heftigen Streit. Er hat mir vorgeworfen, ich könne mich nicht beherrschen. Mein Vater hatte mich für mehrere Nächte hintereinander als Wache auf den Pferdeweiden eingeteilt. Ich glaube, er wollte mich nicht sehen. Er muss sehr enttäuscht von mir gewesen sein. Tagsüber trieb ich mich auf den Feldern herum, es war ja gerade Erntezeit und es gab überall genug zu tun.«

Muhas Stimme versagte. Tränen rannen ihm über sein Gesicht und er schämte sich nicht dafür.

»Und du hast deinen Vater nicht mehr gesehen?«, fragte Mattiacus.

Muha schüttelte den Kopf. Mit seiner gesunden Hand wischte er sich energisch über die Augen. »Es ging alles so schnell. Sie kamen wenige Tage später im Morgengrauen.« Er schluckte. »Das kann ich bis heute nicht verstehen, wie sie so nahe herankommen konnten, ohne dass auch nur ein Hund anschlug. Eine ganze *ala*, mehr als fünfhundert Mann.« Er hob den Kopf und blickte Mattiacus an, als hätte der eine Erklärung dafür.

»In jener Nacht«, fuhr Muha fort, »hatte ich wieder bei den Pferden Wache gehalten. Es wurde gerade hell. Ich hörte ein leises Dröhnen. Es kam von der gegenüberliegenden Seite des Dorfes von den Feldern her. Die Nacht war schwül und warm gewesen, deshalb dachte ich zuerst, ein Donner grollte. Auch die anderen Jungen horchten auf. Als uns klar wurde, dass es der Hufschlag galoppierender Pferde war, hatten sie die ersten Höfe schon erreicht. Sie legten sofort Feuer. Wir hörten unsere Leute schreien. Das Vieh brüllte. Wir ließen die Pferde stehen und rannten los. Es war nicht weit bis ins Dorf, aber wir erreichten es nicht mehr. Auf halbem Weg haben uns die Soldaten aufgegriffen. Sie legten uns in Fesseln und brachten uns zu ihrem Befehlshaber, der von seinem Pferd aus zusah, wie ein Haus nach dem anderen in Flammen aufging. Wer sich den Reitern entgegenstellte, wurde niedergemacht. Nur wenige Männer wurden gefangengenommen. Mein Vater, mein Bruder und auch mein Onkel wurden getötet. Aber das habe ich erst später erfahren.«

Als Muha zu Ende gesprochen hatte, war es lange still. Mattiacus stand auf, ging zum Herd und streute etwas Holzkohle über die Glut. »Und der Rest deiner Familie?«, fragte er, als er zurückkam.

»Wenn ich das wüsste.« Muha blickte auf seine Hände. Wie oft hatte er darüber nachgedacht? »Die Frauen und Kinder ließen sie laufen«, sagte er zu Mattiacus. »Ich hoffe, dass meine Großmutter und meine beiden Schwestern überlebt haben. Meine jüngere Schwester war damals neun. Unsere Mutter war bei ihrer Geburt gestorben und meine Großmutter zog sie auf. Meine andere Schwester ist älter als ich.«

»Du hast überhaupt nichts mehr von ihnen gehört?«, fragte Mattiacus.

»Nein. Wie auch? Nachdem vom Dorf nichts mehr stand,

zwangen die Soldaten die Gefangenen, alle Pferde und alles Vieh zusammenzutreiben. Das war das Letzte, was ich sah. Dann brachten sie mich weg.«

»Wie konnten sie überhaupt wissen, dass du Asugisalars Sohn bist?«, überlegte Mattiacus.

»Einige der Soldaten, die bei dem Pferdehandel dabei gewesen waren, haben mich wiedererkannt. Daraufhin ließ mich der Kommandant der Strafexpedition sofort von einer Abteilung seiner Reiter zum kaiserlichen Statthalter nach Mogontiacum bringen.«

»Claudius Quartinus. Ein ehrgeiziger Mann«, murmelte Mattiacus. »Und der hat dich dann verurteilt?«

»Ja. Das heißt nein. Jedenfalls nicht gleich. Er hat zu mir gesagt, im Frühjahr, wenn er nach Rom zurückkehre, würde er mich mitnehmen, zu seinem Kaiser als Beweis dafür, dass er unseren Aufstand niedergeschlagen habe.«

»Aber Quartinus ist doch immer noch im Amt«, warf Mattiacus ein.

Muha zuckte die Schultern. »Ich weiß auch nicht. Alles kam anders. Zuerst brachten sie mich in eine Festung auf der gegenüberliegenden Seite des Rheins. Den Rest des Sommers und den ganzen Winter war ich da. Als der Frühling kam, brach dort eine Seuche aus. Später sagten sie, es habe am Wasser gelegen. Wie es auch war, jedenfalls hat die Krankheit innerhalb von zwei, drei Wochen fast alle Gefangenen und mehr als die Hälfte der Besatzung dahingerafft. Am Ende wurde das ganze Lager aufgelöst und ich kam mit ein paar Gefangenen, die übriggeblieben waren, in die Kaserne des Telegenus.«

»Telegenus?«, fragte Mattiacus. »Da hat er wahrscheinlich ein gutes Geschäft gemacht. Ich habe sein Zeichen auf deiner Schulter gesehen, den Siegerkranz auf der Lanze. Er ist berüchtigt hier in der Stadt. Kauft Sklaven und Kriegsgefangene von der Armee, bildet sie aus und verleiht sie dann an die Spielgeber — für horrende Summen.«

»Am Anfang«, sagte Muha, »war es besser dort als in dem römischen Kerker. Man bekam satt zu essen und man konnte wenigstens mit jemandem reden. In den ersten Wochen hat er uns nur Holzwaffen gegeben. Es war wie ein Spiel. Erst später wurde es hart.« Muha starrte auf seinen verbundenen Arm. »Sie bestimmten mich zum Murmillo. Jeder Kämpfer bekam ein Brandzeichen und einen anderen Namen.« Er blickte Mattiacus an. »Trotzdem habe ich gehofft, irgendwie heil wieder herauszukommen, wie wir alle. Nach drei Siegen würden die meisten begnadigt, hieß es.«

»Und das hast du geglaubt? Hast du dir je überlegt, Claudius Quartinus hätte es als Spielgeber darauf ankommen lassen, dass er einem chattischen Aufwiegler die Siegespalme überreichen muss?«

Muha zuckte die Schultern. »Vielleicht war es das, was mir heute Morgen klar geworden ist.«

Mattiacus lächelte. »Im letzten Augenblick, sozusagen. Und jetzt?«, fragte er. »Was willst du jetzt tun?«

»So schnell wie möglich zurück, meine Schwestern und meine Großmutter wiederfinden.«

»Ganz leicht wird das nicht sein.«

»Ich dachte, in vier oder fünf Tagesmärschen ...«

»Auf direktem Weg, mag sein«, unterbrach ihn Mattiacus, »aber das schaffst du nicht. Das ganze Dreieck zwischen Mogontiacum, Nida und Aquae Mattiacorum ist fest in römischer Hand, ein Landgut neben dem anderen und die Grenze streng bewacht. Da kommst du nicht durch. Wo willst du dich verbergen? Auf die Hilfe der Einheimischen würde ich mich nicht verlassen, die leben hier ganz gut unter der römischen Verwaltung.«

»Und was soll ich deiner Meinung nach tun?«

Mattiacus, der im Zimmer auf und ab gegangen war, blieb stehen und kratzte sich hinter dem Ohr. »Ich denke«, überlegte er, »es wäre sicherer, einen Umweg zu machen.«

»Einen Umweg?« Muha blickte ihn fragend an.

»Ja, warum nicht?« Mattiacus' Gesicht erhellte sich zusehends. »Pass mal auf.« Er setzte sich wieder auf seinen Schemel und rückte dicht an den Tisch heran. »Angenommen hier ist Mogontiacum.« Er zeigte auf die Bronzelampe. »Wenn du nun mit dem Schiff rheinaufwärts fahren würdest, an Borbetomagus vorbei, bis Lopodonum, dem Hauptort der Civitas Ulpia Sueborum Nicrensium«, sein dünner Finger fuhr zwischen den Holztäfelchen hindurch bis zu dem kleinen Krug, aus dem Muha getrunken hatte, »dann bräuchtest du nur noch ein Stück den Nicer hoch, etwa hier.« Mattiacus' Finger rückte bis an die Tischkante vor. »Dann wärst du dem Pfahl schon sehr nahe. Die Wälder sind dort unzugänglich und menschenleer. Dort kann ein einzelner Mann leicht unbemerkt auf die andere Seite kommen.«

Muha blickte skeptisch auf Mattiacus' Finger. »Ein solcher Umweg würde mich Wochen kosten.«

»Soviel ich weiß, braucht ein Treidelkahn für die Strecke drei bis vier Tage. Und überhaupt, was sind schon ein paar Wochen gegen all die Monate, die du in Ketten verbracht hast! Jetzt ist es Frühling, und wenn du erst den Moenus erreicht hast, wirst du rasch vorankommen. Ein Vetter meiner Frau, der alte Girisonius, betreibt dort einen Holzhandel und eine Flößerei. Ich bin sicher, er wird dir helfen.«

»Ja, und wie soll das gehen mit dem Schiff?«, fragte Muha vorsichtig.

»Das lass nur meine Sorge sein. Aber zuallererst brauchst du etwas zum Anziehen.« Mattiacus stand auf und ging zu der eisenbeschlagenen Holztruhe unter dem Fenster. Er klappte den Deckel zurück und kramte einen Haufen Kleider heraus. »Hier«, er hielt einen wollenen Umhang hoch, »von meinem Sohn. Probier mal, was dir davon passt.«

Das Orakel

Als Serenus mit Felix am späten Nachmittag das Bad verließ, wehte ihnen ein kalter Wind ins Gesicht. Der Platz, der vor zwei Stunden noch verlassen dagelegen hatte, war jetzt voller Menschen. Römische Soldaten und die hier ansässige Bevölkerung drängten sich um eine Reihe aus Stangen und Brettern errichteter Tische unter dem Vordach der Herberge. Dort waren alle Arten von Waren ausgebreitet und der Händler, ein schmaler Mann mit olivbrauner Haut, packte unter den neugierigen Blicken der Umstehenden immer noch neue Sachen aus.

»Komm, lass uns mal sehen, was es da alles gibt.« Felix zog Serenus mit sich. Sie schlenderten zu dem kleinen Markt hinüber und ließen ihre Blicke über das bunte Angebot schweifen. All die Dinge waren eigens dafür ausgesucht, um den entbehrungsreichen Alltag eines Grenzsoldaten in der Weite der germanischen Wälder angenehmer zu gestalten. Da gab es Ledersäckchen mit Würfeln und kleine Brettspiele mit Steinen aus farbigem Glas, wachsüberzogene Schreibtäfelchen samt Griffeln, Gürtelmesser und Gewandnadeln, Öllampen in verschiedenen Größen sowie kleine Kultbilder und buntbemalte Götterfigürchen.

»Hier ist was für dich«, rief Serenus, eilte zum nächsten Tisch und hob einen Bronzering hoch, an dem mehrere Striegel und ein winziges Ölgefäß klimperten. Aber Felix schüttelte den Kopf. »Später vielleicht.«

Serenus zuckte die Schultern und legte die Striegel zurück.

Das Angebot ließ wirklich keine Wünsche offen. Neben daumengroßen, mit Wachs versiegelten Glasfläschchen voll teuren Salböls gab es auch Tiegel mit billigem Fett, einfache Kämme und Ohrlöffel aus Horn, Nagelschneider, Pinzetten und Holzpantinen in verschiedenen Größen.

Als der Händler die beiden Offiziere auf sich zukommen sah, rückte er sein besticktes Käppchen zurecht und trat ihnen entgegen. Silbernes Haar und ein gepflegter weißer Backenbart umrahmten sein hageres Gesicht. Mit einer leichten Verbeugung zeigte er auf das feine Glanztongeschirr, das auf dem Tisch vor ihm aufgestellt war. Und als Serenus stehen blieb, griff er rasch in einen mit Holzspänen gefüllten Korb und zog behutsam einen Gegenstand daraus hervor, der in ein Seidentuch eingewickelt war. Geheimnisvoll, wie ein Zauberer, blies der Händler den Staub von der Umhüllung, bevor er seinen Schatz sehr langsam und umständlich auszuwickeln begann. Schließlich stellte er ein buntes Glas mit filigranen Verzierungen auf den Tisch. Es war atemberaubend schön.

»Oh!«, Serenus atmete tief. Alles Mögliche hätte er hier erwartet, nur das nicht. Er nahm den glockenförmigen Becher in beide Hände und hielt ihn gegen das Licht. Sein kristallklarer innerer Kelch wurde von einem zweiten aus smaragdgrünem gläsernem Netzwerk umfangen, der in vollendeter Kunstfertigkeit aus der äußeren Glaswand herausgeschliffen worden war. Rings um seinen leicht ausgestellten oberen Rand lief ein zierlicher Schriftzug aus griechischen Buchstaben in funkelndem Rot, umrahmt von einem Ornament in kräftigem Gelb.

»Ein Meisterstück!«, entfuhr es Serenus.

»Als ich Euch sah, wusste ich gleich, dass Ihr ein Kenner seid«, lächelte der Händler.

»Wo habt Ihr es her?«

»Aus der Colonia. Ein gewisser Frontinus versteht sich auf solche Kunstfertigkeit. Der Becher wurde von einem Präfekten in Auftrag gegeben, aber nie abgeholt. Seht Ihr die Inschrift?«

Serenus drehte den Becher. »Trinke, lebe wohl, immerdar!«, übersetzte er. Behutsam stellte er das Glas wieder zurück auf den Tisch.

»Eine seltene Gelegenheit«, sagte der Händler.

»Sicher auch selten teuer.«

»Darüber ließe sich reden.«

»Ich werde es mir überlegen.«

Der Becher reizte ihn, doch Serenus wusste, dass er es nicht übereilen durfte, wollte er einen halbwegs annehmbaren Preis aushandeln.

Serenus schaute sich nach Felix um, doch der war längst weitergegangen. Auf dem nächsten Tisch stapelten sich Schöpfkellen und Siebe, Reibschalen, Hackmesser, Mischgefäße und tönerne Mörser. Dahinter, über einen Stapel von Kochtöpfen hinweg, sah er Felix vor dem essbaren Teil des Sortiments. Gerade begann dieser zu probieren.

Serenus ging das Glas nicht aus dem Sinn. Während er überlegte, wie viel er dafür auszugeben bereit wäre, fiel ihm eine Gruppe Soldaten auf, die etwas abseits der Verkaufstische einen Kreis gebildet hatten. Neugierig trat er näher heran.

Zwischen den Schultern der Soldaten erblickte er eine hagere, ältere Frau. Sie hatte dieselbe südländische Hautfarbe wie der griechische Händler, der ihr Mann sein mochte. Das Kopftuch tief in die Stirn gezogen, hockte sie in der Mitte des Kreises auf einem dreifüßigen Schemel und beugte sich murmelnd über die ausgestreckte Hand eines Soldaten. Eine Wahrsagerin nur — und er hatte Wunder gedacht, was es dort zu sehen gab. Enttäuscht wollte Serenus sich abwenden, da bemerkte er, halb verdeckt hinter der Alten, noch eine zweite Gestalt, groß, schlank und von geradezu königlicher Haltung. Im Gegensatz zu der hockenden Alten war sie jung, fast noch ein Mädchen. Das Erste, woran Serenus' Blick voll Erstaunen hängen blieb, war ihr Kopfschmuck, eine Art leuchtend blaue, von einem glänzenden Metallband eingefasste Kappe, an deren Rand zu beiden Seiten Gehänge aus gravierten Schmuckringen befestigt waren. Auch ihr fein gewebter Umhang aus dunkler Wolle war mit Fibeln, gepunzten Bronzescheiben und anderem Zierrat reich besteckt.

Um ihren Hals lag ein glatter polierter Bronzereif, der fast denselben goldschimmernden Ton hatte wie ihr Haar, ein Ton, der so gar nichts mit dem auffälligen Blond gemeinsam hatte, das zur Zeit bei den Römerinnen so in Mode war. Seine Farbe erschien ihm unschuldiger und zarter, sie erinnerte ihn an Herbstgras im Wind.

Serenus merkte, dass er sie anstarrte. Auch sie sah zu ihm herüber. Die Soldaten folgten ihrem Blick und traten respektvoll zur Seite.

»Tritt näher!«, rief ihm die Alte entgegen, während ihr der Soldat, dem sie geweissagt hatte, ein paar Münzen in die offene Hand zählte.

»*Omnia in manu scripta sunt*«, murmelte sie beschwörend, »nur fünf Sesterzen und ich lese dein Schicksal aus deiner Hand.«

Serenus fühlte die Blicke der Soldaten und der jungen Frau auf sich ruhen. Er musste sich entscheiden. Eigentlich hielt er nichts von Wahrsagerei.

»Versteht sich deine Gefährtin auch auf diese Kunst?«, fragte er rasch.

»Selbstverständlich, und nicht schlechter als ich.«

Die Alte winkte ihre Gehilfin heran. Dabei redete sie weiter. »Wie die Götter unser Schicksal lenken, bleibt ihr Geheimnis. Doch der Weg ist vorgezeichnet, so viel ist gewiss.«

Unter den Augen der Alten und der Soldaten trat die junge Frau auf Serenus zu.

»*Salve!*« Sie neigte leicht den Kopf und die Bronzegehänge gerieten in Bewegung.

»*Sinistra,* zeig mir deine linke Hand«, forderte sie ihn auf.

Obgleich sie fließend Latein sprach, war es offensichtlich nicht ihre Muttersprache.

Serenus warf einen Blick auf die Soldaten, aber jetzt konnte er nicht mehr zurück. Er räusperte sich, während er ihr seine offene Hand hinstreckte. Diese kam ihm plötzlich vor wie ein dunkler und grober Gegenstand. Und als sei es nicht schon genug, dass sie seine Hand in der ihren hielt, begann sie, mit zwei Fingern leicht über die darin eingekerbten Furchen und Linien zu streichen, so, als wollte sie diese glätten.

Serenus stand steif und unbeweglich. Er hoffte, dass man ihm nicht ansah, wie hilflos er sich fühlte. Er betrachtete ihr Gesicht — die niedergeschlagenen Lider mit den hellen Wimpern unter den fein geschwungenen Brauen und ihre blasse, mit goldfarbenen Sommersprossen gesprenkelte Haut.

Wenn sie ihn jetzt etwas gefragt hätte, er hätte keinen Ton herausgebracht. Aber sie studierte seine Handfläche und begann zu sprechen.

»*Media naturalis,* die Kopflinie. Die Götter schenkten dir Gesundheit und klaren Verstand. Um Geld und Güter brauchst du dich nicht sorgen, nur Venus ist dir nicht treu.«

Serenus spürte, wie ihm das Blut ins Gesicht schoss, und es ärgerte ihn. Was hatte das schon zu bedeuten? Wem war Venus schon treu? Eine Floskel, weiter nichts.

»*Mensalis,* die Herzlinie«, hörte er sie fortfahren. »Herz und Verstand liegen im Widerstreit. Im Zweifelsfall höre auf dein Herz.«

Ihr Finger rückte weiter. »*Saturnia,* die Lebenslinie. Diese Linie zeigt das Unabänderliche. In deiner Kindheit hat dich ein Unfall beinahe das Leben gekostet.«

Serenus zuckte. Das war aber nun wirklich seltsam. Als Kind war er tatsächlich einmal im Garten seines Onkels in ein Fischbecken gefallen und um ein Haar ertrunken. Ein Sklave hatte ihn gerettet. Aber so etwas konnte man doch nicht in der Hand sehen.

»In deinem weiteren Leben wirst du …«, sie brach mitten im Satz ab. Als Serenus den Kopf hob, begegneten sich ihre Blicke.

»Und, wie geht es weiter?«, fragte er heiser.

Sie warf einen Blick in Richtung der Soldaten, die in Hörweite standen, senkte den Kopf und fuhr dann leise fort. »Fordere das Schicksal nicht heraus. Hüte dich vor der Zahl IV.«

»Das klingt wie ein Rätsel.«

»Mehr kann ich nicht sagen.«

Sie wich seinem Blick aus und schüttelte bedauernd den Kopf. Die Ringe an ihrem Kopfputz klirrten.

»Schade«, Serenus hatte seine Fassung wiedergefunden, »ich hätte dir gerne noch länger zugehört.«

Während er in seiner Gürteltasche nach passenden Münzen suchte, spürte er einen kräftigen Schlag auf dem Rücken.

Felix stand hinter ihm und grinste. »*Sic erat in fatis*, so war es vorhergesagt. Wer hätte gedacht, dass du etwas auf solchen Zauber gibst?«

Serenus reichte dem Mädchen rasch das Geld und nickte ihr zu. Dann drehte er sich um und zuckte die Schultern. »Ich überlege gerade, ob ich etwas darauf geben soll«, sagte er nachdenklich.

»Caesar soll daran geglaubt haben, du bist also nicht in schlechter Gesellschaft«, gab Felix zurück.

»Man sagt, Aristoteles und Plinius auch.«

Serenus sah sich nach dem Mädchen um, aber sie war schon mit einem anderen Soldaten beschäftigt. »Und, alles erledigt?«, wandte er sich Felix wieder zu.

»Danke, ich bin zufrieden. Demetrius, der Händler, bringt die Sachen nachher hinauf in die Garnison.«

»Ausgezeichnet, dann wollen wir Valerius nicht länger warten lassen.«

Die Privatwohnung des Zenturios lag neben dem Stabsgebäude im mittleren Teil des Lagers. Als Felix und Serenus dort ankamen, waren die übrigen Gäste bereits da. Während Valerius' anmutiger Sklave Theander ihnen im Vorraum Mäntel und Stiefel auszog, hörten sie, dass die Unterhaltung im angrenzenden Speisezimmer schon im Gange war.

Theander schlug den Vorhang zur Seite und ließ sie eintreten. Als Serenus den warmen, mit Teppichen belegten Boden betrat und den zarten Weihrauchduft einatmete, hatte er, wie jedes Mal, wenn er bei Valerius zu Gast war, das Gefühl, in ein römisches Landhaus versetzt zu werden. Die rotgetünchten Wände des langgestreckten Zimmers waren durch eine aufgemalte Säulenarchitektur untergliedert, deren Zwischenräume mit Marmor-Ornamenten und bunten Tafelbildern ausgefüllt waren, die Szenen aus griechischen Sagen darstellten. Alles wirkte so täuschend echt, dass das flackernde Licht der hohen Bronzekandelaber die Figuren fast lebendig erscheinen ließ. An einer der Schmalseiten stand ein kleiner Hausaltar, und ihm gegenüber befand sich das *triclinium*. Um einen niedrigen Tisch auf Löwenfüßen waren drei bequeme, mit Polstern und Pelzen bedeckte Liegen gruppiert, auf denen Valerius und die vor ihnen angekommenen Gäste sich bereits niedergelassen hatten.

Serenus überflog die Anwesenden mit einem raschen Blick. Titus Manius Magnus war da, der Befehlshaber der auf der gegenüberliegenden Hochfläche stationierten Einheit, des *Numerus Brittonum Triputiensium*. Er war ein groß gewachsener, zurückhaltender Mann aus Sinope in Kleinasien, mit dem nicht leicht ins Gespräch zu kommen war. Manius hatte seinen Garnisonsarzt Viatorinus mitgebracht, der sich angeregt mit Valerius' Feldzeichenträger Gaius Aemilius Rufus unterhielt.

Natalis war nicht gekommen. Dafür ließ er sich von seinem Reiterführer und engen Vertrauten Maris vertreten, einem Damaszener mit gekrümmter Nase und einem Raubvogelblick, mit dem er einen förmlich durchbohren konnte. Serenus verstand nicht, warum Felix so gut mit diesem auskam.

»*Salve! Salvete!*«, begrüßte sie Valerius leutselig und hob ihnen seinen Becher entgegen. »Wir haben uns schon mit einem Trunk begrüßt. Nehmt Platz und trinkt! Auf unser Zusammensein! Auf die Gesundheit!«

Serenus und Felix grüßten in die Runde. Felix nahm neben Maris Platz und Serenus ließ sich zwischen Aemilius und Viatorinus nieder. Er nahm den Becher entgegen, den ihm Theander reichte, prostete dem Gastgeber zu und nippte daran. Der *mulsum,* ein mit Honig und Kräutern gewürzter Wein, hinterließ in seinem Mund eine wohlige, bitter-süße Wärme. Serenus nahm gleich noch einen zweiten Schluck und Valerius, der es sah, lächelte ihm zu.

Serenus fing seinen Blick auf. »Sag nichts, lass mich raten.« Er schnüffelte an seinem Glas. »Ein Spanier, wenn ich nicht irre.«

Valerius lachte vergnügt. »Und wie du dich irrst. Du wirst es nicht glauben, aber dieses Tröpfchen kommt ganz aus der Nähe. Ich hab's von Ateius Genialis, einem Weinhändler, den ich in Augusta Treverorum kennengelernt habe, wo ich früher stationiert war. Er hat sich jetzt mit seinem Handel am Moenus niedergelassen. *Mulsum geniale* nennt er das Zeug.«

Valerius schnippte mit den Fingern und ließ Serenus noch einmal nachgießen. Dann wurden die Vorspeisen aufgetragen: Eier in Pinienkernsoße, marinierte Oliven, Weinbrötchen und *iscia omentata,* gebratene Fleischbällchen mit Fischsoße, auf die sich Valerius' Koch besonders gut verstand.

»Was für ein Festmahl, Valerius!«, Aemilius seufzte. »Man könnte Heimweh bekommen.«

»Das verdanken wir diesem Griechen Demetrius«, erwiderte Valerius. »Wissen die Götter, woher er all diese Köstlichkeiten hat.«

Eine ganze Weile kreiste das Gespräch um den griechischen

Händler, um die Schwierigkeiten, bestimmte Lebensmittel zu beschaffen, und um ihren Preis. Später erzählte Serenus von dem kunstvollen Becher, den der Grieche ihm gezeigt hatte, und es stellte sich heraus, dass dieser den Becher auch Valerius angeboten hatte. Das Orakel erwähnte Serenus nicht, und er war froh, dass auch Felix nicht davon sprach.

Inzwischen war das Hauptgericht aufgetischt worden, ein Ragout von gebratenem Hirschkalb mit Lauch und Koriander, und das Gespräch wechselte unvermeidlich zur Jagd. Leicht benebelt von dem Setiner, den Valerius zum Hauptgericht aus einem Silberpokal ausschenken ließ, hallten Serenus die Stimmen von Aemilius und Viatorinus, die sich gegenseitig mit ihren Jagdgeschichten zu übertrumpfen suchten, rechts und links in den Ohren wider. Als Aemilius dann auch noch den in Gold gefassten Reißzahn eines Bären herumgehen ließ, den er unter Einsatz seines Lebens irgendwo in Pannonien erlegt haben wollte, murmelte er einige Worte der Bewunderung, bevor er das Ding weitergab. Mit seinen Gedanken aber war er woanders.

Er betrachtete die Linien seiner linken Handfläche, *palma humana*. Wie sollte er es nur anstellen, dieses Mädchen wiederzusehen?

»Ich weiß nicht, ob du gerade zugehört hast, Serenus, aber das Thema betrifft dich auch.« Maris' Stimme ließ Serenus zusammenzucken. »Wir sprachen gerade über die Winterschäden an den Grenzanlagen«, fuhr Maris fort. »Natalis hat mir aufgetragen, darauf hinzuweisen, dass die Reparaturen unverzüglich in Angriff genommen werden müssen. Bis zum Ceres-Fest könnt ihr eine Liste einreichen, was ihr für euren Grenzabschnitt braucht.«

»Gibt es einen Grund für solche Eile?«, fragte Valerius freundlich und griff nach dem Setiner.

Maris schien einen Augenblick zu zögern. »Konkret nicht. Allerdings wisst ihr ja alle, dass es in den vergangenen Monaten wiederholt zu Überfällen auf Grenzlager und römische Güter gekommen ist.«

»Zuletzt in Noviomagus«, bemerkte Viatorinus.

»Das liegt nun nicht gerade um die Ecke«, wandte Valerius ein und schenkte sich noch einmal nach.

»Mag sein, aber das gehört zur Taktik dieser Banden. Sie tauchen auf, wo man sie nicht erwartet«, gab Maris zurück.

»Soviel ich gehört habe, haben sie es hauptsächlich auf Waffen abgesehen. Da scheint im Hinterland ein reger Handel zu herrschen«, warf Aemilius ein und langte nach dem bei Viatorinus stehenden Weinkrug.

»Das kann doch nicht sein, dass man so eine Bande nicht zu fassen kriegt«, sagte Serenus.

»Man erwischt natürlich jedes Mal ein paar, aber die Entkommenen tauchen in den Dörfern hinter der Grenze unter, da bist du machtlos«, entgegnete Manius.

»Aber das muss doch herauszubekommen sein«, beharrte Serenus.

Maris warf ihm einen spöttischen Blick zu. »Da fehlt es dir vielleicht noch ein wenig an Erfahrung, mein Lieber. Zweifellos genießen die Banditen oft Rückhalt in der Bevölkerung. Da halten die Dörfer zusammen, da kommst du nicht dahinter.«

»Dann eben anders«, platzte Serenus heraus. Maris' herablassender Ton machte ihn wütend.

Maris winkte ab. »Die Leute sind an sich loyal. Wenn wir auf reinen Verdacht hin ein paar unschuldige Bauern foltern, machen wir uns das ganze Dorf zum Feind. Das können wir überhaupt nicht brauchen. *Parce subiectis et debella superbos*, schone die Ergebenen und besiege die Übermütigen.«

Valerius nickte zustimmend, während er Theander ein Zeichen gab, den Gästen nachzuschenken.

»Umso wichtiger daher«, fuhr Maris fort, »es gar nicht erst so weit kommen zu lassen, also Grenzanlagen und Signaleinrichtungen in Schuss zu halten und die Wachsamkeit nicht zu vernachlässigen — auch in so ereignislosen Gegenden wie der unseren hier.«

Warum schaute Maris ausgerechnet ihn an? Serenus zerbiss den Zahnstocher, auf dem er herumgekaut hatte. Könnte er Natalis samt seinem hochmütigen Reiterführer einmal, ein einziges Mal nur, beweisen, wie sehr sie ihn unterschätzten. Warum ließen sie ihn immer wie einen Trottel aussehen?

Er hielt Theander seinen Becher hin und leerte ihn dann in einem Zug.

Valerius ließ noch Teller mit Süßigkeiten herumreichen. Draußen auf dem Wall wurde zur zweiten Nachtwache geblasen. Allmählich wurde es Zeit aufzubrechen.

Blussus

Nachdem Mattiacus am nächsten Morgen Muha geweckt und mit ihm gefrühstückt hatte, verließ er sein Haus durch den Laden. Es schneite nicht mehr, aber ein scharfer Wind schnitt ihm ins Gesicht und er zog sich fröstelnd die wollene Kapuze über den Kopf. Jucundus wartete schon neben dem einachsigen Wagen, vor den ein Maultier gespannt war.

»Hast du an den Wein gedacht, Jucundus?«

»Ja, Onkel, ist schon im Wagen.«

»Festgebunden?«

»Gut festgebunden.«

»Es kann Abend werden, bis ich zurück bin«, sagte Mattiacus mit gedämpfter Stimme. »Wenn jemand fragt, sagst du, ich sei zum Hafen gefahren.«

Jucundus runzelte die Stirn, aber er entgegnete nichts.

Mattiacus umarmte seinen Neffen und raunte ihm ins Ohr. »Kümmere dich ums Geschäft und lass dir nichts anmerken. Ich bin sicher, sie haben keinen Verdacht geschöpft. Sie werden nicht zurückkommen.«

Ein wenig ungelenk kletterte er auf den Kutschbock und ergriff Peitsche und Zügel. Der Sitz war ungemütlich kalt und das Lederzeug fühlte sich klamm und steif an.

»Dieses Jahr will es einfach nicht Frühling werden«, sagte Mattiacus laut und nickte Jucundus aufmunternd zu. Dieser klatschte dem Maultier mit der flachen Hand auf die Kruppe und knirschend setzten sich die Räder in Bewegung.

Mattiacus lenkte den Wagen durch das Netz der schmalen

Gassen, bis er die gepflasterte Straße erreichte, die zuerst an der südöstlichen Mauer am Legionslager entlang und dann zum Rhein führte. Zweimal musste er einer berittenen Streife ausweichen, die ihm entgegenkam. Überhaupt hatte er den Eindruck, dass mehr Militär unterwegs war als sonst um diese Zeit. Vielleicht lag es aber auch daran, dass er an anderen Tagen kaum darauf achtete. Erst jetzt, während er so ruhig auf dem Wagen saß, begann sein Herz zu klopfen. Natürlich hatte er den Jungen hereinholen müssen, da machte er sich gar keine Vorwürfe. Dass er dadurch Jucundus und Tritus mit in Gefahr gebracht hatte, war ihm erst hinterher klar geworden. Das ließ sich jetzt nicht mehr ändern. Doch war es richtig, noch mehr Menschen in die Sache hineinzuziehen? Und was, wenn sie doch noch einmal zurückkamen und sein Haus durchsuchten? Einen Moment lang überlegte er umzukehren. Aber was hätte das genutzt. Es gab nur diesen einen Ausweg. Er musste zu Blussus. Nur Blussus konnte ihm helfen.

Mittlerweile hatte er die Abzweigung der Landstraße erreicht, die rheinaufwärts nach Borbetomagus führte. Er folgte der Straße bis zum Kenotaph des Drusus und bog dann in den Weg ein, auf dem man am Theater vorbei hinunter zum Rhenus gelangte. Von hier aus konnte man schon die Landungsstege sehen, an denen auch Blussus' Schiffe festmachten. Auf dem in grauen Dunst gehüllten Fluss trieben immer noch einzelne Eisschollen. An schönen Tagen, wenn das Wetter klar war, konnte man von hier den Schiffsverkehr von der Mündung des Moenus gegenüber bis jenseits der mächtigen Rheinbrücke beobachten. Dort lag der Handelshafen, an dem die großen Schiffe ankerten, die zum Teil aus den fernsten Provinzen kamen. Für Blussus hätte es wirklich keinen besseren Platz für seinen neuen Wohnsitz geben können, dachte Mattiacus.

Blussus, sein alter Freund und Geschäftspartner, hatte sich im vergangenen Jahr ein Stück flussaufwärts am Rheinufer eine Villa im römischen Stil errichten lassen. Nicht besonders groß, aber mit Glasfenstern, einem eigenen Bad und einer Warmluftheizung. Als Mattiacus zum letzten Mal dort gewesen war, waren die Innenräume noch nicht ganz fertiggestellt. Jetzt war er gespannt, wie es heute dort aussah. Ungeduldig trieb er das Zugtier zu einer schnelleren Gangart an.

Als er ankam, war Blussus nicht zu Hause. Mattiacus folgte dem alten Sklaven Satto durch den Säulenvorbau in die Eingangshalle und von dort ins Empfangszimmer. Er blickte sich neugierig um. Was für ein Aufwand! Die ockerfarben getünchten Wände waren mit schwarzen und grünen Mäandern und kleinen Blumenmedaillons verziert. Und von einem Mosaikboden, in dessen Mitte der Flussgott Rhenus dargestellt war, stieg wohlige Wärme auf.

Blussus' Frau, Menimane, saß, über eine Handarbeit gebeugt, in einem Korbstuhl. Als sie Mattiacus hereinkommen sah, breitete sich über ihr Gesicht sofort das warmherzige Lächeln aus, das Mattiacus so gern an ihr mochte. Sie legte die Handarbeit weg, an der sie eben gearbeitet hatte, und kam ihm entgegen. »Willkommen, Mattiacus! Was für eine schöne Überraschung!«

Menimane, wie ihr Mann keltischer Abstammung, war eine große und stattliche Frau, die Mattiacus um gut einen halben Kopf überragte. Zu ihrem schlichten Obergewand aus dunkler Wolle, das an den Schultern von zwei geschwungenen Fibeln gehalten wurde, trug sie schwere Armreifen und einen breiten Halsschmuck aus Bernstein und Korallen. Alles an ihr war üppig und großzügig, und der Schmuck passte zu ihr. Mattiacus schätzte an Menimane und an Blussus, dass ihnen ihr Geld nicht zu Kopf stieg, wie es bei vielen Neureichen der Fall war. Gleichwohl verstanden sie es durchaus, die Annehmlichkeiten römischer Lebensart zu genießen.

Als er Blussus vor vielen Jahren kennengelernt hatte, waren sie beide junge fahrende Händler gewesen. Später, nachdem sie sich verheiratet hatten, hatte Mattiacus in der Lagervorstadt mit dem Weinhandel begonnen und Blussus sich als Transportunternehmer einen Namen gemacht. In den letzten Jahren hatte er seine Schiffe ganz in den Dienst des Militärs gestellt. Er hatte das römische Bürgerrecht erworben und war sogar Mitglied der Ratsversammlung geworden.

»Setz dich!«, Menimane scheuchte ein wolliges Hündchen von einem Korbsessel und drückte Mattiacus mütterlich auf den Sitz nieder. »Ich bin froh, dich gesund zu sehen. Ich weiß gar nicht, wie viele Monate verstrichen sind, seit du zum letzten Mal hier warst?«

»Das war letztes Jahr kurz vor den Saturnalien, da war das Haus noch gar nicht fertig.« Mattiacus lehnte sich zurück und blickte sich im Zimmer um. »Ich muss sagen, ich bin beeindruckt. Menimane, lass dich beglückwünschen.«

Menimane setzte sich Mattiacus gegenüber. Sie strahlte. »Wenn du willst, zeige ich dir auch die anderen Räume ...«, sie beugte sich zu ihm hin und musterte ihn. »Aber du bist sicher gekommen, um mit Blussus zu sprechen.«

»Er ist nicht da?«

»Er ist schon im Morgengrauen zum Hafen gefahren. Seit der Fluss endlich wieder schiffbar ist, kann er sich vor Aufträgen kaum retten. Schwer zu sagen, wann er zurückkommt. Soll ich Satto nach ihm schicken?«

Mattiacus schüttelte den Kopf. »Eine Weile kann ich schon warten.«

»Ach, bevor ich es vergesse«, Menimane stand auf, ging zu einem Regal und tastete mit der Hand zwischen den Kästen, die darauf standen. »Das hast du bei deinem letzten Besuch vergessen.« Sie reichte Mattiacus eine lederne Kappe.

»Ja wirklich«, rief Mattiacus, »die hatte ich damals auf. Ich habe sie gar nicht vermisst, sie gehört eigentlich Ruto.«

»Wie geht es ihm denn?«, Menimane hatte ihren Platz wieder eingenommen. »Ich habe gehört, er macht eine glänzende Laufbahn beim Militär.«

Mattiacus seufzte. »Er ist immer noch in Pannonien stationiert. Ich habe schon Monate nichts von ihm gehört, aber das hat nichts zu bedeuten.« Er drehte die Kappe in seinen Händen hin und her. »Irgendwann wird er sich schon wieder melden.«

Er lächelte Menimane zu. »Und was macht Primus, wird er das Geschäft übernehmen?«

Menimane lachte. »Es wäre dumm von ihm, wenn er die Beziehungen seines Vaters nicht nutzt. Er stellt sich auch ganz geschickt an, aber natürlich fehlt ihm noch Erfahrung …«

Draußen hörte man, wie die Haustür geöffnet wurde und dann dumpf wieder zufiel. »Ah, du hast Glück, ich glaube, das ist Blussus.« Menimane eilte zur Tür und drehte sich noch einmal um, bevor sie das Zimmer verließ. »Aber dieses Mal musst du zum Essen bleiben.«

Mattiacus nickte. Er dachte an die Sätze, die er sich sorgfältig zurechtgelegt hatte, um Blussus von seinem Plan zu überzeugen.

Schon vernahm er draußen den scharrenden Schritt des Freundes. Als Blussus eintrat, füllte er den ganzen Türrahmen aus. Er war ein großer, schwerfällig wirkender Mann mit purpurner Gesichtsfarbe und blau geäderten Wangen. Mattiacus erhob sich aus seinem Sessel.

»Als hätte ich es geahnt.« Strahlend schloss Blussus Mattiacus in die Arme. »Was machen die Geschäfte? Alles in Ordnung?« Etwas außer Atem tupfte er sich ein paar Schweißperlen von seinem glänzenden Schädel.

»Ich muss mich erst mal setzen.« Blussus ließ sich in einen Korbsessel sinken, dessen Weidengeflecht ächzend unter seinem Gewicht nachgab. Dann bedeutete er auch Mattiacus, wieder Platz zu nehmen.

Nachdem Satto seinem Herrn die Fußbinden abgenommen hatte, lehnte Blussus sich zurück. »Ich nehme an, du bist bei dieser Kälte nicht heruntergekommen, um meine Villa zu besichtigen?«

Mattiacus blickte zur Tür und holte Luft. »Blussus …«, seine Stimme klang rau.

Blussus beugte sich vor. »Was ist? Du bist so aufgeregt? Wie kann ich dir helfen?«

»Es wäre gut«, begann Mattiacus vorsichtig, »wenn wir unter vier Augen bleiben könnten.«

Blussus zog die Brauen hoch. »So brisant?«, fragte er. Er legte seine Hand auf Mattiacus' Arm. »Du kannst beruhigt sein. Außer Menimane und Satto kommt niemand in dieses Zimmer, und vor ihnen habe ich keine Geheimnisse.«

Mattiacus blickte einen Moment auf Blussus' Hand. Dann sah er ihm ins Gesicht. »Eigentlich sollte ich nicht noch jemand in diese Sache hineinziehen, aber ich sehe keinen anderen Ausweg …«

Blussus wurde ungeduldig. »Spann mich nicht auf die Folter. Wenn ich dir helfen kann, helfe ich dir gerne, das weißt du doch. Also, worum geht's?«

»Ich habe einen Strafgefangenen bei mir versteckt, einen Gladiator, der geflohen ist, einen Chatten.«

Blussus zog abrupt die Hand zurück. Seine leicht vorstehenden, stets ein wenig geröteten Augen schienen noch weiter aus ihren Höhlen zu treten. »Das ist nicht dein Ernst.«

»Sonst wäre ich nicht hier.« Und dann berichtete Mattiacus von den Ereignissen des Vortages. Er bemühte sich, langsam und überzeugend zu sprechen und seine Stimme ruhig klingen zu lassen. Blussus hörte ihm, halb vorgebeugt, den Kopf auf eine Hand gestützt, ohne äußere Regung zu.

»Und jetzt?«, schnaufte er, als Mattiacus fertig war.

Blussus ließ sich in den Sessel zurücksinken. »Ich meine, wo ist er jetzt?«

»In meinem Weinkeller«, antwortete Mattiacus rasch.

Das entsprach nicht ganz der Wahrheit, denn Mattiacus hatte es nicht über sich gebracht, den Jungen wieder zurück in den Keller zu schicken.

Blussus blickte ihn an. »Bist du von allen Göttern verlassen? Oh, Mattiacus, was bist du für ein Narr! Versteckst einen Gladiatoren zwischen deinen Amphoren — das ist ja ein Witz!« Er griff sich an die Stirn. »Und auch noch ein Chatte!«

Mattiacus schwieg. Blussus beugte sich vor und packte ihn am Arm. »Was hast du da gemacht? Das muss dir doch klar sein, wie gefährlich das ist?« Er schüttelte den Kopf. »Du hast kein römisches Bürgerrecht. Wenn die Sache auffliegt, bist du dran. Und dein Sohn? Und Jucundus und Tritus? Willst du sie alle ins Unglück stürzen?«

Mattiacus zuckte mit den Achseln.

»Verflucht, ich konnte doch nicht zusehen, wie sie, ich meine, gerade vor meiner Haustür, er hätte mein Sohn sein können.« Er verhaspelte sich und verstummte.

»Und wie soll es jetzt weitergehen?«

Mattiacus setzte sich aufrecht. »Das ist es ja. Bei mir im Vicus ist es zu gefährlich. Er muss weg. Er muss so schnell wie möglich raus aus der Stadt. Ich habe auch schon einen Plan.«

Mattiacus rückte nach vorne auf die Stuhlkante. »In ein paar Tagen, wenn die erste Aufregung verflogen ist und sie die Kontrollen lockern …«

»Wenn du dich da mal nicht täuschst«, fiel ihm Blussus ins Wort. »Falls es überhaupt stimmt, was er dir erzählt hat. Nehmen wir an, Quartinus hat tatsächlich einen kleinen Grenzzwischenfall zu einem Aufstand aufgebauscht, um sich vor seinem Kaiser zu profilieren. Das ist doch ein unglaublicher Gesichtsverlust für ihn, wenn er zugeben muss, dass ihm dieser Chattenführer durch die Lappen gegangen ist — und das, kurz bevor er ihn im Zirkus dem Volk vorführen will. Das wird er nicht einfach so hinnehmen.«

Blussus schüttelte den Kopf. »Und abgesehen davon«, fuhr er fort, »geht es auch um Geld, um viel Geld.«

Damit, das war Mattiacus klar, war Blussus bei seinem Lieblingsthema angelangt.

Blussus stemmte die Hände in die Seiten. »Nach fast vier Jahren in der Ratsversammlung kann ich dir genau sagen, was diese Spiele jährlich kosten. Unsummen sage ich dir! Und davon sind die Gladiatorenkämpfe mit Abstand am teuersten. Weißt du, was Telegenus für den Auftritt eines seiner Fechter verlangt? Halt dich fest! Sechshundert Silberdenare. Das musst du dir mal vorstellen! Sechshundert pro Mann!«

Blussus, dem warm geworden war, krempelte die Ärmel hoch.

»Aber das spielt doch jetzt gar keine Rolle«, unterbrach Mattiacus.

»Das spielt keine Rolle? Ist dir klar, dass es einige gibt, die alle Hebel in Bewegung setzen werden, um deinen Chatten wieder einzufangen? Nicht nur heute und morgen, und nicht nur oben im Lagerdorf.«

Mattiacus starrte auf die kunstvoll eingelegten Mosaiksteinchen zwischen seinen Füßen und überlegte, wie er seinen Plan retten konnte.

Währenddessen kam Blussus gerade erst so richtig in Fahrt. »Dass es aber auch ausgerechnet ein Chatte sein muss! Versteh mich nicht falsch, Mattiacus, nichts gegen deine verehrte Allia — die Erde möge ihr leicht sein —, aber wir kennen sie doch, diese Stämme jenseits der Grenze. Einfach dumm und halsstarrig, wie sie sich noch immer dem Fortschritt widersetzen. Für neblige Begriffe wie Freiheit und Ehre sind sie bereit, ihre besten Männer zu opfern. Dabei merken sie nicht, dass die Zeit sie längst überholt hat.«

Mattiacus hob den Kopf. »Ich weiß, du hältst nicht viel von den Chatten«, entgegnete er, »aber du musst zugeben, sie haben sich bis heute erfolgreich gegen die römische Herrschaft gewehrt. Sie haben ihr Land unter den größten Verlusten verteidigt, und wenn die Römer *Germania* sagen, so sagen sie es nicht ohne Respekt.«

Blussus winkte ab.

»Ja und? Was haben die Chatten davon? Sieh uns an! Wie klein haben wir angefangen, du und ich. Die ganze Grenze zu Fuß abgeklappert und viel einstecken müssen. Heute sind wir angesehene Männer. Unsere Söhne haben eine Zukunft. Ich habe mir dieses Haus gebaut, und wenn du nur wolltest, könntest auch du dir eins bauen. Die römische Herrschaft hat uns reich gemacht. Reichtum ist auch eine Art von Freiheit.«

Mattiacus schüttelte den Kopf. »Nein, Blussus. Ich glaube, da täuschst du dich. Reichtum ist höchstens eine Art Ersatz dafür. Die Menschen empfinden die Fremdherrschaft nicht so hart, wenn es ihnen gut geht. Aber Freiheit ist etwas anderes. Ein freier Mann muss sein Haus nicht durchsuchen lassen. Er kann das Gastrecht gewähren, wem immer er will, und sei es einem Geächteten. Die Römer benutzen dieses Land für ihre Zwecke und sie benutzen auch unsere Söhne für ihre Zwecke. Man kann nur für sie sein, nicht gegen sie.« Mattiacus hatte immer lauter gesprochen.

Aber Blussus ließ sich nicht umstimmen. »Auch wenn ich dir Recht gebe, Mattiacus, ich kann nicht alles leichtfertig aufs Spiel setzen, noch dazu — verzeih, wenn ich das so hart sage — für einen dahergelaufenen Fremden.«

Er verschränkte die Arme vor der Brust.

»Ich kann dich verstehen«, lenkte Mattiacus ein und senkte den Kopf. »Ich weiß, es ist gewagt. Aber hör meinen Plan doch wenigstens an. Ich glaube, das Risiko für dich ist kalkulierbar.« Mattiacus brach ab.

Menimane war hereingekommen.

»Lasst euch nicht stören.« Sie stellte lächelnd zwei Becher Wein auf den Tisch. Dabei warf sie Mattiacus einen aufmunternden Blick zu, und er begriff, dass sie die ganze Zeit zugehört hatte.

»Und«, begann Blussus, nachdem sie wieder alleine waren. »Wie sieht dieser Plan aus?«

»Eigentlich ganz einfach. Du nimmst den jungen Mann in

die Besatzung eines deiner Schiffe auf, die in nächster Zeit rheinaufwärts fahren.«

Blussus sah ihn an. »Ja, bist du denn völlig verrückt?«

»Wieso? Die Römer werden einen entflohenen Gladiator kaum auf einem Schiff vermuten, das römische Garnisonen ansteuert. Und es wäre die beste Möglichkeit für ihn, rasch von hier wegzukommen.«

»Das ist dreist.« Blussus schnappte nach Luft. »Und außerdem ein Riesenumweg.«

»Ich weiß«, gab Mattiacus zu.

Blussus schnaufte. »Nein, nein und nochmals nein! Nimm es mir nicht übel, aber ich bin mein Leben lang mit den Römern gut ausgekommen. Warum soll ich mich auf meine alten Tage in solche Händel einlassen? Ich muss auch an Primus denken und an Menimane.«

»Ich finde, Mattiacus hat Recht. Du solltest dem jungen Mann helfen.« Menimane, die unbemerkt eingetreten war, legte ihre Hände besänftigend auf Blussus' massige Schultern. »Für dich ist das doch ein Leichtes.«

»Was fällt dir ein! Menimane!« Blussus erhob sich, schob den Sessel zurück und schritt im Zimmer auf und ab.

Aber Menimane, die ihren Gatten lange genug kannte, ließ sich nicht einschüchtern. »Hast du dich nicht selbst oft genug über diese abscheulichen Spiele beklagt? Wie kann man sich am Blut anderer Menschen ergötzen? Wir sind freie Bürger, wir sind nicht Handlanger der Römer.«

So viel Eigensinn hatte Mattiacus Menimane nicht zugetraut.

Zu seiner Überraschung entgegnete Blussus nichts. Stattdessen wandte er sich ab und kehrte ihnen seinen breiten Rücken zu. Lange stand er so und schwieg. Es war vollkommen still im Zimmer. Endlich drehte er sich um. Er sah Mattiacus an und Menimane und schüttelte den Kopf. »Ihr seid verrückt«, sagte er. »Ihr seid wirklich verrückt, alle beide.«

Er griff nach seinem Weinbecher und trank ihn in einem Zug leer.

»Bist du sicher, dass dich auf dem Weg hierher niemand beobachtet hat?«, fragte er Mattiacus.

»Ziemlich sicher.«

»In deinem Keller kann dieser Mann nicht bleiben.«

Rasch ging Blussus aus dem Zimmer. Draußen hörte man ihn nach Satto rufen. Als er nach einiger Zeit zurückkam, sagte er: »Ich werde nach dem Essen noch einmal zum Hafen fahren. Mal sehen, was sich machen lässt.«

Eine Nacht im Hafen

Zwei Tage später im letzten Tageslicht rumpelte Mattiacus' Maultierkarren erneut hinunter zum Fluss. Es war immer noch kalt und windig. In dicke Kapuzenmäntel eingemummt saßen Jucundus und Muha auf dem Kutschbock. Muha trug Hosen, die ihm bis übers Knie reichten, hohe Schnürschuhe und eine langärmelige Wolltunika, die seinen verbundenen Arm verbarg. Obwohl die Sachen alle von Mattiacus' Sohn Ruto stammten, passten sie, als seien sie eigens für ihn gemacht. Zuletzt hatte Mattiacus Muha noch Rutos Lederkappe aufgesetzt. Sie verlieh ihm, wie Tritus grinsend versichert hatte, eine verblüffende Ähnlichkeit mit dem stiertötenden Mithras, jenem Gott, den die römischen Soldaten so enthusiastisch verehrten. Muha war es gleich, Hauptsache, sie verbarg sein immer noch sehr kurzes Haar, das ihn leicht als Strafgefangenen verraten konnte.

Die Straßen waren fast leer. Den ganzen Weg durch die Vorstadt und am Legionslager vorbei waren sie keinem Streiftrupp begegnet. Doch an der Wachstation unterhalb des Theaters würden sie ohne Kontrolle nicht vorbeikommen, befürchtete Jucundus. Tatsächlich sahen sie schon von Weitem, dass das Gatter geschlossen war. Muhas Herz begann zu klopfen. Er warf einen Seitenblick auf Jucundus. Aber der wirkte völlig ruhig. Jucundus war sofort einverstanden gewesen, als Mattiacus vorgeschlagen hatte, Muha nicht zu verstecken, sondern an Tritus' Stelle auf dem Wagen mitzunehmen. Tritus selbst war bereits am Vormittag auf einem anderen Weg zum Hafen gegangen. Dort wollte er an einem verabredeten Ort auf sie warten und abends dann mit Jucundus zusammen zurückfahren.

Als sie näher an die Wachstation herankamen, traten ihnen zwei Soldaten mit gekreuzten Speeren in den Weg.

»Wohin?«, fragte der Ältere der beiden.

»Wir haben noch eilige Ware für ein Schiff, das morgen nach Lopodonum ausläuft. Mein Oheim ist Mattiacus, der Weinhändler, hier …«

Jucundus zog ein Holztäfelchen mit dem Namen seines Onkels und der Warenaufstellung hervor. Er reichte es dem Wachsoldaten.

»So, Wein habt ihr dabei. Zehn Amphoren. Lasst mal sehen.« Die Wache deutete auf die Ladefläche.

Jucundus drückte Muha die Zügel in die Hand, sprang vom Kutschbock und schlug die Schilfmatten zurück, die über die Ladung gebreitet waren. Während der ältere der beiden Soldaten mit seiner Lanze zwischen den mit Stroh gepolsterten Tongefäßen herumstocherte, kauerte sich der andere auf den Boden und schaute unter den Wagen.

»Ihr seid reichlich spät dran, zur zweiten Nachtwache wird geschlossen. Wenn ihr wieder zurück wollt, müsst ihr euch beeilen«, murrte der Ältere.

»Das schaffen wir.« Jucundus zwang sich zu einem freundlichen Lächeln und schwang sich wieder auf den Wagen. Der jüngere Soldat, der bisher nichts gesagt hatte, musterte Muha mit verkniffener Miene. »He, und wer bist du?«

»Ich bin, ich heiße Tritus.« Muhas Stimme war stockheiser.

»Nimm die Kapuze ab, wenn ich mit dir rede!«, raunzte ihn der Römer an.

Doch statt die Anweisung zu befolgen, brach Muha in ein unterdrücktes Husten aus. Es gelang ziemlich überzeugend.

»Bluthusten«, erklärte Jucundus mit ernster Miene. »Das geht schon den ganzen Winter so mit ihm.«

Der Soldat, der Muha am nächsten stand, trat rasch zwei Schritte zurück.

»Schon in Ordnung, ich kenn die beiden«, sagte der ältere Wachsoldat. »Fahrt weiter!« Er öffnete das Tor und winkte sie hindurch.

Jucundus nahm hastig die Zügel auf. Aber sie hatten die Rechnung ohne das Maultier gemacht. Nicht daran gewohnt, zu so später Stunde noch zu arbeiten, war es zu keinem weiteren Schritt zu bewegen. Jucundus schnalzte und ließ dem Tier die Peitsche über die Ohren pfeifen, doch es warf nur unwillig den Kopf in den Nacken, stemmte die Beine in den Boden und rührte sich nicht.

»Verfluchte Mähre!«, zischte Jucundus.

»Warte, ich mach das«, Muha hatte sich gerade erhoben, um vom Wagen zu klettern und das störrische Tier am Halfter weiterzuziehen, da versetzte der jüngere Soldat diesem einen kräftigen Tritt in die Flanke. Die Stute machte einen erschrockenen Satz vorwärts, der Wagen ruckte, und es hätte nicht viel gefehlt und Muha wäre kopfüber vom Kutschbock gestürzt. Im letzten Moment konnte er sich an Jucundus' Ärmel festhalten. Dabei bot er offenbar ein ziemlich komisches Bild, denn die beiden Wachleute brachen in ein schallendes Gelächter aus. Sie schlugen sich vor Vergnügen auf die Schenkel und konnten sich gar nicht wieder beruhigen. Im Weiterfahren hörte Muha ihre Witze. Sein Herz schlug ihm bis zum Hals. Das hätte leicht schiefgehen können. Jucundus legte ihm beruhigend die Hand auf die Schulter, aber Muha konnte durch den Mantel hindurch spüren, dass auch sie zitterte.

Den Rest der Fahrt über redeten sie wenig. Als sie das Hafenviertel erreichten, schwand aus den schmalen Gassen schon das Licht. Feuchtkalte Luft, durchsetzt mit dem Geruch von fauligem Holz, Pech und Rauch, zog vom Ufer herauf. Man spürte die Nähe des großen Flusses. Eine Kolonne heimkehrender Treidelknechte mit geschulterten Zugriemen kam ihnen entgegen. Ihre bis über die Knie durchnässten Hosen zeugten vom Hochwasser, das immer noch die Treidelwege überspülte. Die Durchfahrt war so eng, dass sich die Männer rechts und links gegen die Hauswände drücken mussten, um den Wagen vorbeizulassen. Muha zog den Kopf ein. Unter den niedrigen Dachtraufen waren lange Reihen von Fischreusen zum Trocknen aufgehängt. Eine Frau schüttete vor ihnen achtlos einen Bottich voll Wasser auf die Straße, durch die offen stehende Tür hinter ihr hörte man einen Säugling schreien.

Jucundus blickte sich mehrmals um, um sicherzugehen, dass ihnen auch niemand folgte. Dann bog er unvermittelt durch ein hohes Holztor in einen düsteren Hof ein.

»Da wären wir«, sagte er leise, »das ist die Schenke.« Er reichte Muha die Zügel und sprang vom Wagen.

»Mal sehen, ob die Luft rein ist«, sagte er, »warte auf mich.«

Muha sah ihm nach, wie er quer über den Hof ging und in einem Hintereingang verschwand, der zwischen den an der Hauswand aufgeschichteten Stapeln von Brennholz und leeren Fässern kaum zu erkennen war.

Einen Augenblick lang hörte man Fetzen von Wirtshauslärm. Das Klappern von Geschirr und laute Wortwechsel der Gäste drangen aus der Schenke.

Die Kapuze tief ins Gesicht gezogen, kauerte Muha auf dem Wagen und wartete. Draußen vor dem Tor hörte er ein paar Männer grölend vorbeiziehen und einmal hallte der Hufschlag eines Reiters durch die Gasse. Einige Zeit später erschreckte ihn ein Marder fast zu Tode. Das Tier schoss plötzlich unter dem Wagen hervor und verschwand auf der gegenüberliegenden Seite des Hofes in einem umgedrehten Boot.

Schließlich war es so finster geworden, dass er auch das Boot nicht mehr erkennen konnte. Er starrte so lange auf die Tür, hinter der Jucundus verschwunden war, bis seine Augen schmerzten.

Langsam wurde ihm kalt. Er kletterte vom Wagen. Eine Weile kraulte er das dösende Maultier zwischen den Ohren. Die Zeit verstrich quälend langsam. Einmal wurde die Tür geöffnet, aber es war nicht Jucundus. Das Licht, das durch den Türspalt fiel, beleuchtete die gebeugte Gestalt einer Frau, die ein paar Scheite Feuerholz in ihre Schürze packte und wieder im Haus verschwand. Warum kam Jucundus nicht zurück? War etwas schiefgelaufen? Hatte einer von Mattiacus' Verbindungsleuten nicht dichtgehalten? War etwas mit Tritus passiert?

Muha befühlte das Bernsteinamulett auf seiner Brust, das ihm Mattiacus zum Abschied geschenkt hatte. Es hatte die Form eines menschlichen Kopfes und trug auf der Vorderseite, mit feinen Linien eingeritzt, die Züge eines bärtigen Gesichtes. Dieses Gesicht besaß nur ein einziges glänzendes Auge. Es bestand aus einem silbernen Niet, der auf der Rückseite gleichzeitig als Befestigung diente. An einer Seite des großen Kopfes schienen zwei kleinere, ebenfalls bärtige Gesichter herauszuwachsen. Es war der Einäugige, der Herr der Raben. Angeblich hatte das Amulett Mattiacus' verstorbener Frau gehört. Muha musste daran denken, dass Mattiacus enger mit diesem Odins-Anhänger verbunden war, als er zugeben wollte. Konnte der Gott nicht jede beliebige Gestalt annehmen? Hatte Mattiacus etwa nicht gezaubert, als er ihn in den Schlaf versenkt hatte, damit er den Schmerz nicht spürte? Vieles an dem Alten erschien Muha mit einem Mal rätselhaft.

Die Tür klappte. Muha schrak auf. Da, endlich erschienen Tritus und Jucundus dicht hintereinander in dem Eingang. Eilig kamen sie über den Hof zum Wagen.

»Wir konnten nicht eher raus«, flüsterte Jucundus. »Es war ein ganzer Trupp Soldaten drin, voll bewaffnet. Sie haben jeden gefilzt. Wer sich nicht ausweisen konnte, musste sich ausziehen. Die suchen nach dir, es kann nicht anders sein. Sie suchen nach Telegenus' Zeichen.«

»Und was machen wir jetzt?«, fragte Muha.

»Wir müssen sehr vorsichtig sein. Sie sind gerade abgezogen. Der Wirt wartet, geh einfach hinter mir her und schau niemanden an.«

Tritus half Muha, eine der Amphoren auf die gesunde Schulter zu heben. Schweigend drückte er ihm die Hand.

Als Muha hinter Jucundus durch die Tür trat, fand er sich in der hell erleuchteten Wirtshausküche wieder. An einem lodernden Herdfeuer hantierten Frauen mit Kochkesseln und dampfenden Schüsseln. Ein untersetzter Mann mit blutunterlaufenen Augen und einer ölig schimmernden Glatze zerteilte gerade einen Hammel. Er legte das Hackbeil zur Seite, wischte sich die Hände an seiner Schürze ab und bedeutete ihnen mit einem Kopfnicken, mitzukommen. An der lärmerfüllten Schankstube vorbei führte er sie einen dunklen Gang entlang und über eine hölzerne Stiege in einen tiefen Keller hinunter.

Nachdem sie eingetreten waren, verriegelte der Wirt die Kellertür von innen und sie standen mit ihren geschulterten Amphoren in völliger Finsternis. Eine Weile hantierte der Wirt leise fluchend im Dunkeln, dann flammte eine Talglampe auf. Schwarze Klumpen Rauchfleisch, die von der Decke hingen, warfen groteske Schatten über Holzkisten, Fässer und Säcke, die den Raum bis auf einen schmalen Durchgang verstellten.

»Da drüben könnt ihr den Wein abstellen.«

Der Wirt senkte seine Lampe auf eine Reihe sandfarbener Amphoren an der gemauerten Kellerwand. Muha musste in die Knie gehen, um das schwere Gefäß abzustellen. Als er sich wieder aufrichtete, sah er eben noch, wie Jucundus dem Wirt einen prallen Lederbeutel zusteckte.

»Die übrigen Amphoren stellst du draußen im Gang ab«, raunte der Wirt Jucundus zu. »Ich kümmere mich derweil um deinen Kumpan.«

Jucundus ging noch einmal auf Muha zu und umarmte ihn.

»Mögen die Götter dir beistehen«, flüsterte er ihm ins Ohr. »Ich wünsch dir, dass du durchkommst.«

Muha wollte Jucundus für alles danken, was er für ihn getan hatte. Aber seine Stimme versagte. Er konnte die Umarmung nur schweigend erwidern.

»Nun komm schon.« Der Wirt wartete ungeduldig an der Tür. Er ließ Jucundus hinaus und verriegelte sie wieder von innen. Dann löschte er die Lampe. Er schob Muha vor sich auf die gegenüberliegende Seite des Lagerraumes. Dort rückte er eine Kiste an die Wand, stieg darauf und öffnete eine Luke, die sonst dazu diente, die Waren der ankommenden Schiffe hereinzuschaffen. Anschließend schlüpfte er mit einer Gewandtheit, die man ihm nicht zugetraut hätte, durch die schmale Öffnung ins Freie. Und nachdem Muha ihm gefolgt war, fand er sich auf einem mit Holzbohlen befestigten Kai am Ufer wieder.

Im verschwommenen Licht der aufgehenden Mondsichel setzten sich die dunklen Giebel von Schuppen und Lagerhäusern vom Nachthimmel ab. Unmittelbar vor ihnen ragte ein Landungssteg aufs Wasser hinaus, dessen Ende nicht genau auszumachen war.

Der Wirt pfiff leise — und einen Moment später ertönte vom Wasser her Antwort.

Erst jetzt bemerkte Muha in einiger Entfernung auf dem Wasser den schemenhaften Umriss eines großen Schiffes. Der Wirt deutete hinüber: »Die Nehalennia. Du wirst erwartet. Merk dir das Schlüsselwort *insomnia*.«

Bevor Muha noch etwas erwidern konnte, hatte sich der Wirt schon umgedreht und war verschwunden.

Zögernd betrat Muha den Steg. Unter seinen Füßen schlug das Wasser glucksend gegen die Steine. Schritt für Schritt tastete er sich über die feuchten Planken voran, bis der hohe Bug vor ihm aufragte.

Hier, im Schatten des Schiffes, waren Steg und Wasser

überhaupt nicht mehr voneinander zu unterscheiden. Muha hustete leise. Er blickte nach oben. Hatte sich hinter der Reling etwas bewegt?

»*Insomnia*«, flüsterte er. Nichts rührte sich. Er versuchte es noch einmal lauter: »*Insomnia.*«

Jetzt tauchte über ihm der Umriss eines Kopfes auf, verschwand wieder und im nächsten Moment fiel etwas dumpf neben ihm auf die Planken. Muha bückte sich. Es war ein Tau.

»Komm rauf!« Die Worte gingen im Rauschen des Flusses unter. Aber Muha hatte verstanden. Er ergriff das herabhängende Tau und kletterte an der Bordwand hoch. Eine Hand streckte sich ihm entgegen und half ihm über die Reling.

»Schscht! Niemand darf uns hören.« Eine dunkle Gestalt führte ihn unter einem Gewirr aus Hanfseilen und Tauen hindurch zu einem dicken Treidelmast, der im vorderen Drittel des Decks aufragte.

»Ich bin Valmarus«, stellte sich der Unbekannte vor. Ein heller Bart umrahmte sein im Schatten liegendes Gesicht. »Ich bin der Kapitän dieses Schiffes. Jetzt hör mir gut zu. Wir sitzen, wie man so sagt, beide in einem Boot. Meine Leute kommen erst morgen früh an Bord. Von nun an bist du Wig, der Heruler. Tu, als könntest du nur ein paar Brocken Latein — das erspart unnötige Fragerei. Wenn alles glatt läuft, schaffen wir die Fahrt in drei bis vier Tagen.«

Valmarus wies auf eine halbrunde, langgestreckte Bretterhütte zwischen Bugsteuer und Mast. »Da drüben ist die Mannschaftskajüte, da kannst du dir einen Schlafplatz suchen.«

In der Hütte roch es muffig. Muha kroch über Kleiderbündel und Strohsäcke und suchte sich einen Platz in der Nähe des Eingangs. Er wickelte sich fest in seinen Mantel und lauschte zum Ufer hin. Aber das Ächzen und Knarren des Schiffes, das sich im Auf und Ab der Wellen an den Bohlen des Anlegers rieb, übertönte alle Geräusche. Als ihn endlich der Schlaf übermannte, dämmerte schon der Morgen.

Auf dem Schiff

Es war die vierte Nacht auf der Nehalennia. Muha, der in der stickigen Enge der Kajüte nicht hatte schlafen können, stand auf dem Achterdeck. Er hatte die Ellenbogen auf die Reling gestützt und atmete die klare, kalte Nachtluft in tiefen Zügen.

Unter ihm schlugen die Wellen des Nicer gegen die Bordwand und ab und zu hörte man einen Fisch aus dem Wasser schnellen. Über seinem Kopf wölbte sich der Sternenhimmel der Frühlingsnacht. Wolkenschatten glitten über die steilen Waldhänge zu beiden Seiten des Flusses und hier und da ließ das weiße Mondlicht einen blühenden Baum aufglänzen und wieder erlöschen.

Muhas Arm schmerzte vom Umgang mit dem schweren Ruder und seine Hände fühlten sich pelzig an, aber alles war besser gegangen, als er gedacht hatte.

Von Mogontiacum an war das Schiff rheinaufwärts getreidelt worden. Wegen der mächtigen Strömung des Frühlingshochwassers hatten sie alle Hände voll zu tun gehabt, um nicht ans Ufer gedrückt zu werden.

Zwei volle Tage hatte die Fahrt bis Borbetomagus gedauert. Heute, am Mittag des dritten Tages, war endlich die Mündung des Nicer aufgetaucht, und am späten Nachmittag hatten sie in Lopodonum angelegt, dem Hauptort der Civitas Ulpia Sueborum Nicrensium. Nachdem dort ein Teil der Ladung gelöscht worden war, hatte Valmarus angeordnet, noch weiter den Nicer aufwärts bis zu einem Kohortenkastell zu fahren. Dieses lag am Rande des Waldgebirges, gerade an der Stelle, wo der Nicer machtvoll zwischen den steilen Hängen herausdrängte, bevor er sich dann in weiten Windungen durch die Ebene zum Rhenus hinschlängelte. Hier hatte Valmarus für die Nacht Anker werfen lassen. Obwohl sie für dieses Militärlager keine Lieferung an Bord hatten, waren einige Soldaten ans Ufer heruntergekommen, um Neuigkeiten aus der Provinzhauptstadt Mogontiacum zu erfahren. Die Schiffsbesatzung hatte am Ufer ein Feuer entfacht und briet die unterwegs gefangenen Fische. Die Soldaten steuerten Wein aus Militärvorräten bei.

Muha hatte nicht gewagt, an Land zu gehen, und es hatte ihn auch keiner der Schiffsleute gefragt. Weil er vorgab, ihre Sprache nur bruchstückhaft zu sprechen, konnten sie nicht viel mit ihm anfangen. Bisher hatte er seine Rolle gut durchgehalten. Jetzt lag die Mannschaft auf ihren Strohsäcken und schnarchte, dass man es bis aufs Achterdeck hören konnte. Muha genoss die Stille. Es war das erste Mal seit der Nacht im Hafen, dass er zur Ruhe kam.

Er dachte zurück an die Kais von Mogontiacum, an das morgendliche Gedränge von Lastträgern, Treidelknechten und Handwerkern. Er sah das bunt beflaggte römische Frachtschiff, das übers Meer gekommen war, aus einem Land, von dem er noch nicht einmal gehört hatte, und an die wendigen Liburnen der Militärflotte, die zwischen den Fischerbooten, Flößen und Lastkähnen hindurchschossen wie schlanke Raubfische.

Er dachte an die Weingärten und die blühenden Obstanger, die an seinen Augen vorübergezogen waren, an die gepflasterten Straßen mit ihren Meilensteinen, die über lange Strecken den Fluss flankiert hatten, an die weithin leuchtenden, säulengeschmückten Villen und die ausgedehnten Landgüter mit Herden prächtigen Viehs. Zwischen dieser Landschaft und den wilden Wäldern und Mooren seiner Heimat lagen Welten.

Doch der Preis für den Wohlstand war Unterwerfung. Es ist, als wäre das Land von einem *retiarius*, einem Netzkämpfer, gefangen, dachte Muha. Ein Netz mit kleinen Maschen aus Verwaltung und kontrollierter Ordnung. Die Einheimischen nahmen es hin. Es schien sie nicht zu stören. Viele lebten gut darunter. Aber das änderte nichts daran, dass dies ein besetztes Land war. Und wer es nicht zu einem römischen Bürgerrecht gebracht hatte, war den Eroberern auf Gedeih und Verderb ausgeliefert.

Mattiacus' Sohn Ruto schien dies klar erkannt zu haben, als er in das Heer eintrat. Muha konnte ihn immer besser verstehen. Gerne hätte er sich einmal mit ihm unterhalten. Aber dass sie sich je begegnen würden, war so gut wie ausgeschlossen. So versuchte er aus dem harzigen Geruch von Rutos Kleidern etwas vom Wesen ihres ehemaligen Besitzers zu erspüren.

Ein leises Plätschern riss Muha aus seinen Gedanken. Auf der gegenüberliegenden Seite des Schiffes bemerkte er eine schattenhafte Gestalt. Wahrscheinlich war dies einer der Ruderer, der sich über die Reling erleichterte. Doch da wandte der Mann sich um und kam direkt auf ihn zu. An seinem schlurfenden Schritt erkannte Muha den Steuermann, einen großen, schwarzgelockten Makedonier mit tiefliegenden dunklen Augen, der beim Gehen sein linkes Bein etwas nachzog. Er hatte Muha in Mogontiacum seinen Platz angewiesen und ihn seitdem nicht mehr beachtet.

Zuerst hatte es den Anschein, als wolle der Steuermann an ihm vorbeigehen. Aber dann trat er unvermittelt von hinten an Muha heran und legte ihm die Hand auf die rechte Schulter.

»So, so, Wig, der Heruler«, raunte er ihm spöttisch ins Ohr.

Muha zuckte zusammen und fuhr herum. In dem dunklen Gesicht des Makedoniers konnte er nur die Augen erkennen, zwei glänzende Lichtpunkte, in denen sich der Mond spiegelte.

»Du trägst hier einen Verband, nicht wahr?«, redete der Steuermann weiter.

»Was willst du?«, zischte Muha.

»Ich kenn dich«, sagte der Makedonier leise, ohne ihn loszulassen, »ich hab dich in der *canabae* von Mogontiacum gesehen, als sie hinter dir her waren. Du bist der Chatte, den sie überall suchen.«

Das Gesicht des Makedoniers war jetzt so nah, dass Muha seinen Atem auf der Wange spüren konnte. Der Steuermann roch stark nach Wein.

»Keine Sorge«, fuhr der Makedonier fort. »Außer uns beiden weiß das ja niemand ...«, sein Griff wurde schmerzhaft und seine Stimme drohend, »und es liegt ganz an dir, dass das auch so bleibt.«

Muha versuchte, sich aus der Umklammerung zu befreien. Aber der Steuermann drückte ihn gegen die Reling.

»Also?«

»Ich, ich kann dir nicht viel geben.«

»Gib, was du hast.«

Muha zögerte.

»Überleg nicht zu lange!«

Widerstrebend zog Muha den kleinen Lederbeutel hervor, den ihm Mattiacus beim Abschied gegeben hatte. Der Steuermann schnappte ihn, wog ihn kurz in der Hand und ließ ihn unter seinem Mantel verschwinden.

Endlich lockerte er den Griff.

»Ich will nicht wissen, was Valmarus dafür bekommen hat, dass er dich auf diesem Kahn mitnimmt«, knurrte er, »aber unsereins muss auch sehen, wie er durchkommt.«

Seine Stimme bekam einen bitteren Beiklang. »Neun Jahre habe ich Rom gedient, *classis Germanica*, stolze Flotte, hast du schon mal gehört, he? Bis zu dem Unfall. Hier«, er klopfte auf sein lahmes Bein. »Neun Jahre! Lange Zeit sollte man meinen. Und jetzt — ein Hungerlohn! Reicht nicht mal, um den Wein zu bezahlen.«

Er spuckte auf die Planken und flüsterte: »Ich hab nicht vor, dich zu verpfeifen. Nicht an die. Im Gegenteil! Warnen will ich dich. Sei auf der Hut! Die wissen es heute schon in Lopodonum, wenn gestern in Mogontiacum ein Kampfhund entlaufen ist.«

Leiser setzte er noch hinzu: »Und es wäre doch jammerschade, ich meine, wo du schon so weit gekommen bist.« Er lachte verhalten, drehte sich um und humpelte dorthin zurück, wo er hergekommen war.

Muha sah ihm verwirrt nach. War der Mann überhaupt bei klarem Verstand und was hatte er mit seiner Warnung gemeint? Hatte die Streife, die in Lopodonum aufs Schiff gekommen war, nach ihm gesucht? Und wie lange würde sich der Steuermann mit der Handvoll Münzen zufriedengeben?

Einen Moment lang spielte Muha mit dem Gedanken, das Schiff noch in der Nacht zu verlassen. Aber es war mehr als fraglich, ob ihm das helfen würde. Falls Valmarus' Berechnung stimmte, mussten sie im Laufe des kommenden Tages die Stelle erreichen, wo er nach Mattiacus' Plan an Land gehen sollte. Das war nicht mehr weit. Außerdem hätte der Steuermann auf der Fahrt genügend Gelegenheiten gehabt, ihn zu verraten, wenn er es wirklich gewollt hätte. Trotzdem musste er auf der Hut sein. Muha legte sich wieder zu den anderen, als wäre nichts geschehen. Doch er wagte nicht mehr zu schlafen.

Am nächsten Morgen regnete es. Die Luft war mild. Von nun an gab es den Nicer aufwärts keine Treidelwege mehr. Für diesen Fall war die Nehalennia zusätzlich zu ihrem Treidelmast mit Rudern ausgerüstet und an seichten Stellen konnte sie mit langen, eisenbeschlagenen Stangen auch gestakt werden.

Auf althergebrachte Weise als kastenförmiger Kahn mit kantig angesetzten Seitenwänden und flachem Boden gebaut, war Blussus' Schiff im Gegensatz zu den römischen Frachtschiffen weder auf tiefes Fahrwasser noch auf feste Kaianlagen angewiesen und konnte auch kleinere Flüsse mit unregelmäßigem Wasserstand befahren.

Wie am Vortag wurde Muha mit zwei anderen an die lange, über das Heck ausgelegte Ruderstange geschickt. Eine Weile beobachtete er von seinem Platz aus den Makedonier, der das breite, seitlich angebrachte Bugsteuer bediente. Doch der hatte längst wieder sein gleichgültiges Gesicht aufgesetzt.

Hier gab es an den Ufern des Nicer weder Straßen noch Weinberge. Dichte Wälder zogen sich bis tief ans Wasser hinab und außer einer Reihe entgegenkommender Flöße und dem einen oder anderen Nachen waren überhaupt keine Boote mehr zu sehen.

An manchen Stellen, wo die Berghänge den Nicer in ein schmales Bett zwangen, rauschte er schnell und strudelnd dahin und die Männer hatten Mühe, gegen die Strömung anzukämpfen. Dann wieder wurde der Fluss breit und träge. Kleine, mit Weiden bewachsene Inseln ragten aus dem seichten Wasser und helle Sandbänke schoben sich stellenweise bis in die Mitte des Fahrwassers. Hier war äußerste Vorsicht geboten, um das Schiff vor dem Auflaufen zu bewahren. Valmarus stakte am Bug mit einer langen Stange ununterbrochen nach dem Flussgrund. Seinen Kommandos nach wurde das Wasser immer flacher. Einmal scheuerte der Rumpf knirschend über den Grundsand. Alle schrien auf, aber im nächsten Moment schwamm das Schiff wieder frei. Dafür gab es eine halbe Meile weiter unvermittelt einen Ruck, der das ganze Schiff erzittern ließ, und gleich darauf begann sich das Heck der Nehalennia langsam quer zur Strömung zu drehen. Valmarus brüllte und gestikulierte. Das Heckruder pflügte tief durch den schlammigen Grund. Die Männer rannten nach hinten und stemmten und schoben mit ihren Stangen das Heck wieder in die Fahrtrichtung.

Dann begann ein langwieriges Manövrieren, um den Bug freizubekommen. Einige Zeit lang hatte es den Anschein, als sauge sich das Schiff immer tiefer in den aufgewühlten Boden, aber Valmarus ließ nicht locker. Er rannte hin und her, legte selbst mit Hand ans Ruder, ließ den Anker auswerfen und wieder lichten und kommandierte die mittlerweile schweißüberströmten Schiffer von einer Seite auf die andere — und mit einem Mal, genauso unvermittelt, wie sie aufgelaufen war, schwamm die Nehalennia wieder frei.

Am Nachmittag klarte der Himmel auf. Die Berge traten zurück und linker Hand öffnete sich ein Tal, aus dem sich ein von den Schmelzwassern angeschwollener Bach schäumend in den Nicer ergoss. Ein wenig zurückgesetzt vom Flussufer lag am Fuß eines bewaldeten Berghanges eine Ansiedlung. Ein morastiger Weg führte dorthin und verlor sich zwischen grauen, mit Holzschindeln gedeckten Häusern. Muha fand, die Stelle sah aus, wie Mattiacus sie ihm beschrieben hatte. Sollte er hier an Land gehen? Ein ums andere Mal schaute er ungeduldig zu Valmarus hinüber. Aber der hatte jetzt anderes zu tun.

Vor ihnen, unweit der Mündung des Baches, hatte sich am Ufer hinter einer einfachen Anlegestelle eine bunte Menschenmenge versammelt, die sich mit dem Näherkommen des Schiffes zusehends vergrößerte.

Schreiende Kinder und kläffende Hunde rannten aufgeregt am Ufer hin und her. Ein paar junge Burschen rissen sich übermütig die Kleider vom Leib, sprangen ins Wasser und schwammen dem Schiff entgegen.

Valmarus ließ beidrehen, die Ruder wurden eingezogen und die Männer brachten mit Hilfe ihrer Stangen die Nehalennia langsam ans Ufer, von wo sich dem Schiff schon Dutzende hilfsbereiter Hände entgegenstreckten. Jeder wollte der Erste sein, der das Tau zu fassen bekam. Endlich erwischte es einer der jungen Burschen und befestigte es an dem abgesägten Baum, der als Poller diente.

Die Bewohner des Vicus hatten Tauschwaren mitgebracht,

die sie sofort lautstark anzupreisen begannen. Doch bald gebot ein schmetterndes Hornsignal dem Treiben Einhalt. Erst jetzt sah Muha den Trupp römischer Reiter, die mit ihren zwei Ochsengespannen im Hintergrund gewartet hatten, um die bestellte Lieferung für ihre Einheit abzuholen.

Die Menge wich auseinander und ein römischer Dekurio in voller Uniform kam den Landungssteg herauf, dass die Holzplanken vibrierten.

»*Quid novi ex Mogontiaco,* was gibt es Neues aus Mainz?« Er begrüßte Valmarus wie einen alten Bekannten. Nachdem die beiden ein paar Neuigkeiten ausgetauscht hatten, wurde die Ladeluke geöffnet und man brachte zwei Dutzend Getreidesäcke, einige Amphoren Südwein, mehrere Ziegelstapel und ein paar große Kisten unbestimmten Inhalts ans Ufer.

Während Muha von seinem Platz am Heckruder aus zusah, wie die Soldaten ihre Waren auf den Ochsenwagen verstauten, fielen ihm zwei in Pelze gehüllte Männer ins Auge, die sich die ganze Zeit abseits von den Bewohnern der Ansiedlung gehalten hatten. Es schienen Jäger zu sein, denn ihre zottigen kleinen Pferde waren mit Bündeln aus Fellen und Pelzen bepackt.

Nachdem die Soldaten abgezogen waren, kamen die Jäger näher. Einer der beiden betrat vorsichtig den Steg. Er hatte den weich federnden Gang eines Waldläufers und in sehr bruchstückhaftem Latein bot er seine Pelze zum Kauf an. Valmarus ließ sich verschiedene Stücke zeigen, die Rede ging hin und her. Es dauerte eine ganze Weile, bis man handelseinig wurde.

Endlich waren die offiziellen Geschäfte beendet. Jetzt durfte die Mannschaft das Schiff verlassen.

Sogleich kam Bewegung in die Menge am Ufer und im Tausch gegen so begehrte Kostbarkeiten wie Eisenwerkzeuge, Glasperlen, Hauben und emailleverzierte Fibeln aus der Hauptstadt wanderten klebrige Töpfe mit Honig, Körbe voll Gänsefedern, schwarze Schinken und blonde Haarflechten in die

Mannschaftskajüte. In Mogontiacum würden diese Güter bare Münze einbringen.

Schließlich, als in all dem Trubel keiner mehr auf den anderen achtete, kam Valmarus auf Muha zu. »Du kannst jetzt von Bord. Die Straße da drüben führt geradewegs zum Pass und dann weiter zum Moenus. Ach ja, ich soll dir noch etwas geben.« Er verschwand kurz und kam mit einem in Stoff eingenähten länglichen Päckchen zurück, das er Muha überreichte. »Viel Glück!«

Während Muha das Päckchen entgegennahm, warf er Valmarus einen raschen Blick zu. Doch dieser ließ sich nichts anmerken.

Auch die Miene des Steuermanns, der sich in ihrer Nähe am Ruder zu schaffen machte, war so unbeteiligt und ausdruckslos, als hätten sie sich nie gesehen.

Niemand beachtete Muha, als er die Nehalennia verließ und sich zwischen den palavernden Menschen hindurchschob. Er folgte den tiefen Wagenspuren, die anzeigten, in welcher Richtung die römischen Soldaten abgefahren waren. Die Häuser, an denen er vorbeikam, wirkten verlassen. Die meisten Dorfbewohner waren ans Ufer gelaufen, um das Schiff zu begrüßen. Muha zog die Kapuze über den Kopf, denn der Nieselregen hatte wieder eingesetzt.

Außer einem Weihestein am Straßenrand erinnerte nichts an die Anwesenheit römischen Militärs. Kein Mensch war zu sehen. Der Lärm von der Anlegestelle hinter ihm war längst verklungen. Sobald Muha das Gefühl hatte, die Siedlung weit genug hinter sich gelassen zu haben, verließ er die Straße und schlug sich seitwärts in den Wald hinein. Nach ein paar Schritten lehnte er sich gegen einen vor Nässe glänzenden Buchenstamm und zog das Päckchen hervor, das ihm Valmarus gegeben hatte. Seine Finger zitterten, als er es von allen Seiten befühlte. Von wem mochte es sein? Eigentlich kamen nur Blussus oder Mattiacus infrage. Muha riss die Naht mit den Zähnen auf. Ein mit Bast umwickeltes Lederbündel kam zum Vorschein. Als er es aufgerollt hatte, fand er eine hölzerne Scheide mit einem Dolch darin. Es war ein römischer Dolch, wie an den im Griff eingravierten Zahlen und Buchstaben unschwer zu erkennen war. Rutos Dolch, fuhr es Muha durch den Kopf. Instinktiv blickte er sich um und lauschte. Aber außer den Bäumen ringsum war nichts zu sehen, und außer dem Regen, der überall aus dem Gezweig tropfte, war nichts zu hören.

Vorsichtig fuhr Muha mit dem Finger über die beidseitig geschliffene Klinge. Warum hatte Mattiacus das getan? Allein, um beruhigt zu sein, dass er, Muha, sich auf seinem Heimweg seiner Haut wehren konnte? Das sicher auch. Aber darüber hinaus musste es Mattiacus gefallen haben, gerade einem Chatten einen römischen Militärdolch in die Hand zu drücken.

Allmählich wurde es dunkel. Es regnete jetzt stärker und der Regen weckte in Muha Sehnsucht nach seinem Dorf. Er dachte an das Rascheln des Regens auf dem Schilf der Dächer, an die Wärme der großen Herdstelle und an den alten Jagdhund, der mit zuckenden Pfoten zu seinen Füßen träumte.

Am Passlager

Der Wachsoldat sah dem Fuhrwerk nach, das soeben den Schlagbaum passiert hatte und Richtung Moenus mit quietschenden Bremsen verschwand. Er steckte das Wegegeld, das ihm der Fahrer gezahlt hatte, in das bronzene Börsenarmband an seinem Handgelenk und schloss die Schranke. Dann holte er seinen Speer, der neben dem Eingang des kleinen Wachhäuschens lehnte, und stapfte hinauf zum Passlager. Er trug immer noch die rotbraune, langärmlige Wolltunika und darüber Kettenhemd, Waffengurt und Soldatenmantel. Auch der Helm war im Dienst vorgeschrieben. Tagsüber kam man bergauf schon ins Schwitzen. Doch die Nächte waren noch frostig. Er freute sich auf den Frühling.

Über ihm in der Einsattelung des Bergkammes tauchte das Nordtor mit seinem turmartigen Ausguck auf. Mit jedem seiner Schritte schien es höher aufzuwachsen. Von dieser Seite aus gesehen wirkte das Passlager mit den zinnenbekrönten Mauern überhaupt größer, als es in Wirklichkeit war. Besonders bei schlechtem Wetter, wenn die Feuerstellen nicht richtig brannten und die nassen Kleider nicht trocknen wollten, konnte es bedrückend eng werden in den *contubernia,* den Mannschaftsstuben, die sie zu acht bewohnten. Zum Glück waren fast nie alle 30 Mann der Besatzung gleichzeitig im Lager. Einige waren meistens mit Aufträgen unterwegs oder wurden für irgendwelche Aufgaben in eines der benachbarten Numeruslager abkommandiert.

Direkt vor dem Nordtor lief der Grenzweg vorbei. Er war

die Versorgungsader, die von Südosten nach Nordwesten die schier endlose Reihe von Wachtürmen und Grenzlagern miteinander verband. Auf der Rückseite der kleinen Festung, wo es an Stelle eines Südtores nur eine winzige Schlupfpforte gab, kam die gewundene Passstraße vom Nicer herauf, die die kürzeste Verbindung zum Tal des Moenus bildete.

Auf dem dreieckigen Platz vor der Westmauer, wo die beiden Straßen im spitzen Winkel zusammenliefen, brannte ein Feuer. Der Wachsoldat ging hinüber. Den ganzen Nachmittag grillten seine Kameraden dort schon ein großes Ferkel am Spieß und der Bratengeruch, der ihm entgegenzog, ließ darauf schließen, dass es nun bald fertig war. Beide Flügel des Nordtores standen weit offen. Soldaten liefen hinein und hinaus. Der Wachsoldat sah, dass sie in der Zeit, in der er das Fuhrwerk abgefertigt hatte, einen Tisch aus dem Lager herausgeschleppt hatten, dazu Krüge mit Bier, Brotlaibe, Trinkbecher und Essgeschirr. Ein bärtiger Bauer aus dem Nachbarvicus, der Heu heruntergebracht hatte, hatte sich zu den Soldaten gesellt. Der zweirädrige Karren des Bauern lehnte schräg an der Straßenböschung. Seine beiden Söhne, Zwillinge wie es schien, übten sich mitten auf der von Wagenspuren zerfurchten Straßenkreuzung im Stockfechten.

Der Wachsoldat trat ans Feuer und schnupperte. »Na, Rufus, da komme ich wohl gerade richtig.« Der Angesprochene, ein breitschultriger Rotschopf, der den Spieß drehte, blickte auf. »Ja, ich habe schon zu den anderen gesagt, lasst uns anfangen, bevor es wieder regnet.« Der Wachsoldat legte den Kopf in den Nacken und sah zum Himmel hinauf. Die Wolkendecke hatte sich wieder zugezogen. Ein leichter Wind kam auf. Heller würde es bestimmt nicht mehr werden, ohnehin neigte sich der Tag dem Ende zu. Er stützte sich auf seinen Speer und blickte hinüber zur Kreuzung. »Wo nur der Versorgungstrupp bleibt? Vielleicht ist das Schiff gar nicht gekommen.«

»Möglich wär's, die Flüsse sind schwierig zur Zeit«, gab Rufus zurück. »Aber du kannst eh nichts machen. Hol dir drüben eine Schüssel, der Braten ist fertig.«

Ein schmächtiger junger Soldat mit einem dünnen Bärtchen auf der Oberlippe, in jeder Hand einen Becher mit einem bräunlichen schäumenden Getränk, wandte den Kopf und hielt einen Moment inne. »Da, hört! Ein Horn. Das werden sie sein.« Er reichte Rufus die beiden Becher, der sie über den zischenden Braten goss.

Die beiden Buben auf der Kreuzung ließen ihre Stöcke sinken und blickten nun gleichfalls die Straße hinunter, die vom Nicer hochkam.

Wenige Augenblicke später bogen, einer hinter dem anderen, sechs Reiter um die Kehre, gefolgt von den beiden erwarteten schwer beladenen Wagen. Der Dekurio, der Anführer des Reitertrupps, hielt auf der Kreuzung und grüßte.

»Kommt her, es reicht für alle«, rief ihm Rufus entgegen.

»Da kann man nicht ablehnen, was meint ihr?«, wandte sich der Dekurio nach seinen Reitern um. Er hatte kaum zu Ende gesprochen, da waren seine Männer schon abgesprungen. Ihre Pferde am Zügel ziehend, kamen sie herüber und umringten im Halbkreis das Feuer.

Kurz darauf fanden sich auch die Wagenlenker ein, die bis zum Haupttor weitergefahren waren. Alle trugen blaue Mäntel und gehörten zur Reitertruppe der Ersten Kohorte der Sequaner und Rauriker unter Antonius Natalis. Sie verteilten die Waren des Versorgungsschiffes an die Grenzlager, die an ihrem Weg lagen.

Rufus zerlegte den Braten, und jeder spießte sich mit der Spitze seines Dolches ein Stück auf. Becher mit Bier wurden herumgereicht. Obwohl immer dunklere Wolken heranzogen und das Feuer qualmte, feierten die Soldaten weiter.

»Das nenn ich mal einen gebührenden Empfang.« Der Dekurio kaute mit vollem Mund. »Das Schiff hatte natürlich wieder Verspätung. Überall Untiefen und Sandbänke, hat mir der Kapitän erzählt.«

»Im Frühjahr sind es die Untiefen, im Sommer die Mücken, und im Herbst? Vielleicht die Pilze? War das Schiff jemals pünktlich?« Rufus lachte.

»Sie hatten auch nicht alles dabei, was wir bestellt haben«, fuhr der Dekurio fort. »Aber ich glaube, eure Liste ist vollständig.« Er zog ein Tuch heraus und wischte sich den Mund ab. »Ein paar Briefe sind dabei und eine ganze Kiste Bücher für euren Zenturio.« Er wies mit dem Kopf nach dem Lagertor. »Ist er da?«

»Er ist weggeritten«, erwiderte Rufus.

»Und lässt euch hier einfach so feiern, ich meine ohne besonderen Anlass?«

»Das geht bei uns als Geländeübung durch«, grinste ein bärtiger Britone mit einer dreieckigen Narbe auf der Wange. Rufus strafte ihn mit einem strengen Blick.

»Was heißt ohne Anlass?«, rief der junge Soldat mit dem Bärtchen. »Marcius Clemens ist zum dritten Mal Vater geworden. Da drüben«, er zeigte auf den Bauern, der das Heu gebracht hatte, »das ist sein Schwager. Der hat auch das Ferkel gestiftet.«

Alle lachten. Einer der Reitersoldaten blickte sich nach dem Dekurio um. »Bei Natalis könnten wir so was nicht machen«, sagte er leise zu dem älteren Britonen, der neben ihm stand. »Der lässt jede freie Minute mit Diensten ausfüllen. Torwache, Sattelzeug putzen, Palisaden auswechseln. Jeden Vormittag Waffenübung und alle vier Tage ins Gelände.«

»Mit den Geländeübungen steht unser Zenturio auf Kriegsfuß«, sagte der ältere Britone ebenso leise, damit Rufus es nicht hören konnte.

»Du meinst den Überlandmarsch, wo sein Zelt über ihm zusammengesunken ist?«, mischte sich sein Nachbar ein.

»Noch besser war, wie er mit seiner Gruppe in die falsche

Richtung marschiert ist, obwohl wir ihm alle wie wild Zeichen gegeben haben«, sagte der Soldat mit der dreieckigen Narbe, der zugehört hatte.

»Natalis ist rot angelaufen.«

»Er ist zu jung und zu unerfahren«, sagte der ältere Britone und hustete, weil ihm der Rauch ins Gesicht wehte. »Man hätte ihn nicht auf diesen Posten setzen sollen.«

»Ach, inzwischen haben wir uns an ihn gewöhnt, oder er sich an uns«, sagte der junge Soldat mit dem Bärtchen.

Wieder lachten alle, und Rufus und der Dekurio drehten sich um. »Und besser als so ein Menschenschinder ist er allemal«, fügte der junge Soldat hinzu.

»Du brauchst euren Zenturio nicht in Schutz zu nehmen«, sagte ein Reitersoldat und gab seinem Pferd, das sich neugierig vordrängte, einen Klapps auf die Nase.

»Ich nehme ihn nicht in Schutz. Aber es ist doch so, unter einem wie Natalis …«

»Soll das heißen, du hältst Natalis für einen Menschenschinder?«, fiel ihm der Dekurio ins Wort.

»Das hab ich nicht gesagt. Nicht gesagt und nicht gemeint«, gab der junge Soldat zurück.

»Wie soll das sonst gemeint gewesen sein?«, fragte der Dekurio.

»Ihr müsst zuerst mal eure morschen Pfosten austauschen, bevor der ganze Zaun kippt«, stichelte ein anderer Reiter. Er zog den Umhang um die Schultern, denn es begann wieder zu regnen.

»Erst mitessen und dann rumstänkern, das haben wir gerne«, beschwerte sich der Britone mit der Narbe.

»Schscht! Hört auf, da kommt Aper«, rief Rufus. Der Dekurio blickte auf und gab seinen Becher rasch dem Reiter, der neben ihm stand. Dann ging er Aper entgegen. Sie trafen sich auf halbem Wege zwischen dem Lagerfeuer und der Kastellmauer. Beide begrüßten sich förmlich. Der Dekurio der Reitertruppe war ranghöher als ein *signifer*, ein Feldzeichenträger. In Serenus' Abwesenheit jedoch galt Aper als dessen Stellvertreter.

Aper warf einen Blick auf die ums Feuer herumstehenden Soldaten, zog die Kapuze über den Kopf und wandte sich wieder dem Dekurio zu. »Ich würde sagen, wir laden ab. Es wird langsam dunkel.« Er reichte dem Reiterführer ein Holztäfelchen. »Hier, unsere Warenliste.«

Der Dekurio nahm das Täfelchen und nickte. »He, abladen! Habt ihr gehört?«, brüllte er zu den feiernden Männern hinüber. »Verdammter Regen, hätte auch noch einen Moment warten können.«

Die beiden Wagenlenker lösten sich aus der Gruppe ums Feuer, gefolgt von zwei Britonen, die ihrer Uniform nach noch im Dienst waren, und eilten zu den Wagen.

»Und wusste der Kapitän was Neues zu berichten?«, fragte Aper den Dekurio, als sie auf das Tor zugingen.

Dieser schüttelte den Kopf. »Nein, eigentlich nicht. Wir konnten auch nicht lange reden, das Schiff kam ja so spät.« Er wedelte mit Apers Holztäfelchen in der Luft herum und rief einem der Britonen, der einen Sack geschultert hatte, zu: »Halt! Halt! Nicht die Gerste. Der Weizen ist auf dem anderen Wagen.«

Der Dekurio wandte sich wieder Aper zu. »Wir hatten ja seit dem frühen Vormittag in dem sumpfigen Kaff gewartet. Was willst du da unten anfangen? Keine Taverne, nichts. Dann lungerten noch zwei so struppige Barbaren an der Anlegestelle herum. Jäger oder Fallensteller, wie es schien. Irgendwann fingen sie an, uns ihre Pelze aufzuschwatzen.«

»Ach die«, Aper winkte ab, »die ziehen schon den ganzen Winter hier rum.«

»Ziemlich aufdringlich. Was die alles wissen wollten. Wann genau das Ceres-Fest stattfindet, wo der Markt abgehalten wird und wer da alles hinkommt.«

»Mich haben sie hier auch schon gefragt«, sagte Aper. »Dabei versteht man sie kaum. Ob die Passstation am Feiertag überhaupt besetzt ist und bis wann sie die Grenze passieren können?«

»Und? Findest du das nicht komisch?«

»Ach, die sind völlig harmlos. Die wollen nur ihre Pelze verkaufen. Da ist doch nichts dabei«, antwortete Aper.

»Und was hast du ihnen gesagt?«

»Ich habe gesagt, es bleiben noch genug Leute, um den Passverkehr zu bedienen, da bräuchten sie sich keine Sorgen zu machen.« Aper lachte.

Der Dekurio zog die Stirn in Falten, aber dann wurde er wieder von seinen Soldaten abgelenkt, die immer noch beim Abladen waren.

»Vergesst die Bücherkiste für den Zenturio nicht, und die Post. Ach übrigens, wir haben ein paar Säcke Zwiebeln zu viel. Wollt ihr einen?«

Wenig später zogen die Reiter ab. Das Feuer war heruntergebrannt und der Regen löschte die letzte Glut. Die Feiernden hatten sich in die Mannschaftsunterkünfte zurückgezogen, wo es noch eine Weile laut zuging. Die Wachen hatten gewechselt. Es wurde Nacht über dem Pass.

Im Wald

Als Muha erwachte, war er steif vor Kälte. Um ihn herum tropfte es von den Bäumen, der Regen hatte aufgehört. Die Morgendämmerung drang als blasser Schimmer zwischen den Stämmen hindurch, aber am Boden war es noch dunkel. Der Wald war erfüllt vom Pfeifen und Rollen, Gurren und Tschilpen der Vögel. Und über all dem Gezwitscher vibrierte das Trommeln der schwarzen Spechte, gefolgt von ihrem langgezogenen Hochzeitsruf, der klang wie Frage und Antwort zugleich. Als Kind hatte er viel Zeit damit verbracht, diesen Ruf nachzuahmen, diesen kraftvoll begonnenen, langsam abfallenden, wehmütig hingehaltenen Ton.

Nur unwillig erhob sich Muha aus der Mulde zwischen den moosbewachsenen Wurzelarmen, in der er fest und traumlos geschlafen hatte, und versuchte sich zu orientieren. Dort, wo der Waldhang abfiel, leuchtete zwischen den Bäumen hindurch der helle Streifen des Wiesentales, das sich zwischen den bewaldeten Bergflanken hindurchschlängelte. Irgendwo zwischen Waldrand und Bachgrund zog sich auf halber Höhe der Fahrweg entlang, auf dem er gekommen war und der bis zum Pass führen sollte. Aber jetzt am helllichten Tag und so nahe vor der Grenze schien ihm dieser Weg zu gefährlich. Andererseits durfte er ihn auch nicht ganz aus den Augen verlieren. Er beschloss, ins Tal hinunterzusteigen und am Bach entlangzuwandern.

Muha aß das letzte Stück Brot aus Mattiacus' Beutel, fühlte, ob der Dolch fest in seinem Gürtel steckte, zog die Kappe über den Kopf und machte sich auf. Bei jedem Schritt streifte er Tropfen aus dem Gesträuch und der nasse Mantelsaum schlug ihm kalt um die Beine. Dünne Nebelfetzen trieben, Rauchfahnen gleich, vom Talgrund die Waldhänge empor. Während er den Abhang hinabkletterte, hörte er schon von Weitem das Wasser rauschen. Der durch die Schneeschmelze angeschwollene Bach strömte pfeilschnell dahin und unterhöhlte gluckend die Wurzeln der Erlen und Weiden. Schaumblasen strudelten um losgerissene Äste und sammelten sich in ruhigeren Buchten.

Muha kniete am Ufer nieder und trank. Das eiskalte Wasser schmeckte nach Moos und Metall und hinterließ in seinem Mund den bittersüßen Geschmack der Wildnis. Es machte ihn mit einem Schlag wach.

Muha begann, den Bach aufwärts zu wandern. Weit und breit war niemand zu sehen. Auch die Straße lag so verlassen da, als sei dort noch nie jemand entlanggegangen. Mit der Zeit betäubte das Getöse des rauschenden Wassers seine Ohren und seine Gedanken begannen vorauszueilen. Er dachte an seine Schwestern und seine Großmutter. Sicher hatten sie längst aufgegeben, auf ihn zu warten. Vielleicht waren sie weit fortgezogen? Wo sollte er sie suchen?

Und die Leute, die von seinem Stamm übrig waren, würden sie ihn wieder aufnehmen, nach allem, was geschehen war? Oder würden sie ihn verstoßen, allein aus Furcht, von Neuem den Unmut der Römer auf sich zu ziehen?

Ein Klatschen ließ ihn zusammenschrecken. Ein Fischreiher flatterte steil aus dem Wasser hoch und strich dicht über seinen Kopf davon. Muha sah auf und erstarrte. Nur wenige Schritte vor ihm stand breitbeinig, wie aus dem Boden gewachsen, ein kleiner Mann. Sein rotes Haar und seine spitze Nase gaben ihm etwas Fuchshaftes. Seine Stiefel und der Mantelsaum waren dunkel vor Nässe. In der einen Hand hielt er einen langen dünnen Fischspeer und an seinem Gürtel hing an einem aus Weidenruten zusammengebogenen Ring die Fischbeute dieses Morgens. Er hatte die freie Hand zur Faust geballt und er bebte vor Wut. Mit hochgerecktem Kinn und zusammengekniffenen Augen herrschte er Muha an: »Was suchst du hier?«

»Was kümmert's dich?« Muha machte herausfordernd einen Schritt auf den anderen zu.

»Ihr Hermunduren seid schon ein dreistes Pack«, zischte der Fischer. »Verschwinde! Das ist mein Wasser.«

Muha schüttelte den Kopf. »Ich glaube, du irrst dich. Ich bin kein Hermundure. Und womit soll ich auch fischen?«

»So, und wo willst du hin?«, fragte der Fischer immer noch misstrauisch.

»Hoch zum Pass«, erklärte Muha. »Ist es noch weit?«

»Da drüben läuft die Straße«, der Fischer machte eine Kopfbewegung zum Hang hin. »Die führt direkt hinauf.«

Seine Stimme klang schon etwas weniger angriffslustig.

»Und wenn ich nicht die Straße nehme?« Muha streifte die lederne Mütze vom Kopf und fuhr sich über das kurze Haar.

Der Fischer betrachtete ihn neugierig und ein Lächeln huschte über sein Gesicht. Er trat neben Muha, drehte sich um und wies mit seinem Speer auf einen dunklen Höhenzug, der den Blick nach Osten wie eine mächtige Barriere verstellte.

»Siehst du den Bergzug da hinten? Der trennt den Nicer vom Moenus. Oben auf seinem Kamm verläuft die Grenze, und da, wo er einknickt, da ist der Pass. Die Stelle kann man von hier aus nicht sehen.«

Er ließ den Speer sinken und schaute Muha prüfend an. »Aber ohne Passierschein lassen sie dich nicht durch.«

»Kennst du dich gut aus da oben?«, fragte Muha.

Der Fischer zuckte die Schultern. »Wie man's nimmt. Früher ging ich oft zum Jagen auf die andere Seite, aber seit sie die steinernen Türme gebaut haben und den Pfostenzaun ...« Er schüttelte den Kopf. »Alles dicht! Da kommt kein Hase mehr durch — außer den Hermunduren«, fügte er in verächtlichem Ton hinzu.

»Nicht gerade deine Freunde?«, sagte Muha.

»Unverschämtes Volk!«, knurrte der Fischer. »Plündern unsere Fischwässer, jagen die Wälder leer, verscherbeln alles für bare Münze und gehen über die Grenze ein und aus, wie's ihnen passt. Aber man kann ihnen nichts anhaben. Sie genießen den Schutz der Besatzer.«

»Besatzer«, wiederholte Muha erstaunt, »die meisten sehen es nicht so.«

»Hab nichts mit ihnen zu schaffen«, schnaubte der Fischer. Dabei war nicht ganz klar, ob er die Römer meinte oder die Hermunduren oder alle zusammen.

Dann wandte er lauschend den Kopf und blickte zur Straße hinüber. »Da, hörst du?«

Der dumpfe, allmählich lauter werdende Hufschlag von Pferden war zu hören, und bald sahen sie, halb von Gebüsch verdeckt, vier römische Reiter um die Biegung kommen. Sie hatten ihre Helme am Sattel befestigt und trabten ohne Eile paarweise nebeneinander her.

»Ein Spähtrupp«, sagte der Fischer. »Sie reiten runter zum Nicer und wieder zurück.«

Er fasste Muha, der den Reitern nachsah, am Arm und zog ihn mit sich.

»Komm!«, sagte er, »ich werde dir zeigen, wie du gehen kannst.«

Ein kaum erkennbarer Pfad führte am Fuß des gegenüberliegenden Berghangs talaufwärts. Eine ganze Weile stapften sie schweigend hintereinander her, teils über den vom Regen aufgeweichten Boden des Talgrunds, teils durch den Wald, immer begleitet vom Gurgeln und Rauschen des dahinschießenden Wassers. Die Sonne stand schon hoch am Himmel, als das Tal sich mit einem Mal weitete.

Grüne Wiesen zogen sich die Hänge hinauf und in einiger

Entfernung führte ein steinerner Steg über den Bach. Muha wollte darauf zugehen, aber der Fischer blieb stehen, drehte sich um und wies auf die rechter Hand aufsteigende Hangseite: »Von hier an darfst du nicht mehr dem Bach folgen, du musst dich oberhalb der Straße halten.«

Muhas Blick folgte seinem ausgestreckten Arm. Die Passstraße kletterte steil hügelan und verschwand mit einer geschwungenen Kehre im Wald.

»Ich kann dich auf einen Pfad bringen, der bis ganz in die Nähe der Passhöhe führt. Warte einen Moment.«

Der Fischer stieg noch einmal zum Bach hinunter, um seinen Speer und die Fische unter einer entwurzelten Ulme zu verbergen, dann kam er zurück und übernahm wieder die Führung.

Sie überquerten die Römerstraße und kletterten an einem verfallenen Knüppelzaun entlang bis zum Waldrand hinauf. Es war ein steiler, anstrengender Aufstieg, und als sie oben ankamen, waren sie beide außer Atem. Die Frühlingssonne war fast schon warm. Aus dem Laub blinzelten die dottergelben Blüten des Scharbockskrautes und in den blühenden Weiden über ihren Köpfen summte es.

Muha warf den Wollumhang ab und ließ sich zu Boden fallen. Der Fischer hockte sich neben ihn, zog einen kleinen Beutel mit geräucherten Fleischstreifen hervor und bot Muha davon an. Kauend schauten sie hinunter ins Tal.

»Ein schöner Platz«, sagte Muha. »Kommst du oft hierher?«

Der Fischer antwortete nicht gleich. Eine Weile schob er bedächtig das harte Fleisch im Mund hin und her. Schließlich sagte er, ohne den Blick abzuwenden: »Da unten bin ich geboren.«

»Wie, da unten?«, fragte Muha.

»Über den Steg dort, noch ein Stück bachaufwärts, hatten wir ein kleines Gehöft.«

Muha blickte angestrengt nach der Stelle. Der Fischer schüttelte den Kopf. »Davon steht nichts mehr. Es ist lange her. Damals, als die ersten Grenztruppen kamen und wir weg mussten, war ich ein kleines Kind.«

Muha richtete sich auf. »Sie haben euch von eurem Land verjagt?«

Der Fischer blickte Muha an. »Früher haben wir Sueben verstreut gelebt«, sagte er, »niceraufwärts und nicerabwärts und oft weit auseinander. Manche Dörfer bestanden nur aus zwei, drei Höfen, so wie hier.« Er deutete mit dem Kinn ins Tal. »Den römischen Besatzern hat das nicht gefallen. Sie wollten die Leute unter Kontrolle haben. Deshalb haben sie sie alle in dem Vicus da unten angesiedelt, wo du mit dem Schiff angekommen bist. Auch mein Vater musste seinen Hof verlassen und dort hinziehen.«

»Und das habt ihr euch einfach gefallen lassen?«

Der Fischer blickte Muha von der Seite an und runzelte die Stirn. »Ich weiß ja nicht, warum sie dir das Haar abgeschnitten haben und warum du denen da oben aus dem Weg gehen musst. Es geht mich auch nichts an, aber eins sag ich dir. Der Hase kann sich nicht gegen den Wolf auflehnen und das Rebhuhn nicht gegen den Falken. Daran ist nichts zu ändern. Alles andere führt ins Verderben.«

Muha setzte sich mit einem Ruck auf, seine Augen blitzten. »Nur weil alle so denken, nur deshalb sind sie überhaupt so weit gekommen«, rief er. »Man muss sie nur zermürben, immer wieder. Irgendwann müssen sie aufgeben.«

»Irgendwann? Mag sein, aber warte du, bis du erst Weib und Kinder hast, und Haus und Hof. Dann wirst du anders denken. Man kann sich nicht gegen Legionen auflehnen. Der Preis ist einfach zu hoch.«

Muha schwieg und blickte über die Wipfel. Mit einem Mal standen ihm alle Bilder wieder vor Augen. Er sah seine Leute aus ihren Häusern stürzen und hörte die Schreie der Frauen und Kinder, die vor den römischen Reitern flohen. Er hörte das Prasseln der Flammen auf den Dächern und das dumpfe Krachen niederstürzender Balken. Er dachte an seinen Vater und an Marald. Ja, vielleicht hatte der Fischer recht, aber trotzdem, trotzdem durfte es nicht sein.

»Du bist noch jung. Man wird klüger mit der Zeit«, sagte der Fischer. Er war aufgestanden und wandte sich dem Wald zu. Muha erhob sich ebenfalls, gürtete seinen Mantel und folgte ihm.

Nach einer Weile wandte sich der Fischer um. »Von hier an kannst du den Pfad deutlich sehen. Bleib immer auf der gleichen Höhe, dann erreichst du den Pass noch vor Sonnenuntergang.«

»Ich habe dir meinen Namen nicht genannt«, sagte Muha.

»Wir haben uns nie gesehen«, erwiderte der Fischer.

»Hab Dank«, sagte Muha. »Du hast mir sehr geholfen.«

»Ich wünsch dir, dass du gut rüberkommst.« Der Fischer drehte sich um, und im nächsten Augenblick hatte ihn das Strauchwerk verschluckt.

Es war später Nachmittag, als Muha sich dem Kamm des steilen Höhenzuges näherte. Den Pfad, der sich kaum deutlicher abzeichnete als ein Wildwechsel, hatte er endgültig verloren. Der Wald war dicht und unwegsam. Er suchte sich seinen Weg zwischen mächtigen, bemoosten Sandsteinblöcken hindurch und kletterte über umgestürzte Bäume. Ihre Kronen bildeten undurchdringliche Verhaue und unter ihren herausgerissenen Wurzeltellern klafften tiefe Trichter. Immer wieder musste er Umwege gehen und immer wieder rutschte das vom Regen aufgeweichte Erdreich unter seinen Füßen weg. Erschöpft blieb er stehen. Das Hemd klebte ihm am Rücken. Hatte er sich verlaufen? Müsste er nicht längst oben angekommen sein?

Aber es dauerte noch eine ganze Weile, bis der Wald sich mit einem Mal zu lichten begann. Halb verrottete Baumstümpfe von gewaltigem Durchmesser zeugten davon, dass der Urwald hier vor noch nicht langer Zeit gerodet worden war. An seine Stelle war ein Dickicht aus jungen Bäumen und Dornengestrüpp getreten, das das Vorankommen nicht eben leichter machte. Zweigspitzen schlugen Muha ins Gesicht und Dornenranken wickelten sich um seine Beine. Während er versuchte, in dem wilden Verhau die Richtung zu halten, stieß er plötzlich auf einen Pfad. Dieser war nicht breit, aber deutlich begangen. Er kam schräg von oben herunter, und irgendjemand schien erst kürzlich auf beiden Seiten die Zweigspitzen mit einem Messer gekappt zu haben. Muha blieb stehen und lauschte. Ganz in der Ferne meinte er Hundegebell zu hören. Hunde hätten ihm jetzt gerade noch gefehlt.

Vorsichtig kreuzte er den Pfad. Bemüht, jedes Rascheln zu vermeiden, schob er sich weiter durch das Dickicht bergan.

Es dauerte nicht lange und vor ihm schimmerte der helle Himmel durch die Zweige: die Grenzschneise. Obwohl er so lange darauf gewartet hatte, war er fast erschrocken.

Behutsam kauerte sich Muha auf den Boden und kroch darauf zu, bis ihn nur noch ein paar Zweige dürren Laubes von dem lichten Streifen trennten. Vor ihm, nur wenige Schritte weiter, verlief der Grenzweg, der rechter Hand bergan hinter einer Kuppe verschwand, während er linker Hand in einer leichten Biegung bergab führte. Dort unten musste der Bergeinschnitt liegen, den ihm der Fischer vom Tal aus gezeigt hatte. Jenseits davon, auf der anderen Seite, stieg der Bergrücken wieder an. Bis weit in die Ferne konnte Muha dem Auf und Ab der künstlich gehauenen Schneise folgen, die sich über die Höhen des Waldgebirges hinzog wie eine schlecht verheilte Narbe über den zottigen Rücken eines Wisents.

Den Pfahl selbst konnte Muha nicht sehen. Vermutlich verlief dieser jenseits des Weges, wo der Hang wieder abfiel. Schließlich wagte er sich noch ein Stück vor, und erst jetzt bemerkte er schräg gegenüber auf einer kleinen Anhöhe, höchstens einen Speerwurf entfernt, den hoch aufragenden Wachturm.

Dessen weißverputztes Mauerwerk leuchtete in der sinkenden Sonne. Über dem auf den Pass ausgerichteten Eingang im Mittelgeschoss war eine Inschriftentafel zu erkennen. Eine Leiter lehnte gegen die offene Luke. Muha starrte angestrengt hinüber. Einen Moment lang meinte er, hinter dem kleinen Doppelfenster im Obergeschoss den Kopf eines Wachpostens zu erkennen, oder täuschte er sich? Nein, da war der Soldat wieder. Jetzt sah er ihn ganz deutlich. Schaute der Posten in seine Richtung oder bildete er sich das nur ein? Muha schob sich wieder zurück in das schützende Dickicht.

Der Soldat, der im oberen Raum des Wachturmes am Fenster stand, ließ seinen Blick über die Grenzschneise schweifen. Wieder neigte sich ein ereignisloser Tag dem Ende zu. Eine Weile beobachtete er den Rauch, der in einer dünnen, geraden Säule von unten aus dem Passlager aufstieg.

»Sie kochen schon«, sagte er mehr zu sich selbst als zu seinen beiden Kameraden, die jeder auf einem Ende der grob gezimmerten, für die Signalfackeln vorgesehenen Truhe hockten. Sie starrten auf das Spielbrett, das zwischen ihnen stand.

»Guter Zug, aber es reicht dir nicht«, sagte der jüngere von beiden, den sie Sossius nannten. Er rückte einen weißen Spielstein vor. »Siehst du.«

»Wart's ab«, brummte der Ältere und schob seinen schwarzen Stein daneben.

»Jetzt hab ich dich!« Sossius schnippte den gegnerischen Stein vom Spielfeld.

»Was ist denn los, Faber, du spielst doch sonst besser?«

»Was soll schon los sein, das ist eben Glückssache«, entgegnete dieser mürrisch.

»Gib zu, du denkst an die Truppenverlegung«, warf der Soldat am Fenster ein und drehte sich um.

»Was für eine Truppenverlegung?«, Sossius blickte auf.

»Ach, wahrscheinlich nur so ein Gerücht.« Der Soldat am Fenster zuckte die Achseln. »Es gibt Leute, die wollen gehört haben, dass ein Teil unserer Einheit nach Raetien verlegt werden soll.«

»Warum das denn?«

»Ach, wer weiß, ob's stimmt. Ich hätte jedenfalls nichts dagegen. Zwei Jahre hier reichen mir schon.«

»Hören wir auf.« Faber wischte mit einer Hand die Spielsteine vom Brett und verstaute sie in einem Ledersäckchen. »Du hast gut reden«, wandte er sich an den Mann am Ausguck, »hast hier weder Frau noch Kinder.«

»Die kannst du doch mitnehmen.«

»So einfach ist das nicht«, entgegnete der Ältere mürrisch. »Meine Frau wird nicht weggehen, sie hat ihre Familie hier. Und gerade jetzt, wo wir angefangen haben, im Dorf das Haus zu bauen. Später wollte ich mich auch hier niederlassen.«

»Wie viele Jahre hast du denn noch?«, fragte Sossius.

»Mit diesem noch acht.«

»Und da jammerst du? Ich hab noch neunzehn! Ein Jahr mehr, als ein Venuswurf Punkte hat.« Sossius stand auf und spuckte aus dem Fenster.

»Wo ist eigentlich Aelius?«, fragte Faber, während er den Spielstand in ein Wachstäfelchen ritzte.

»Wasser holen«, antwortete der Soldat am Fenster und schaute auf den Postenweg hinunter.

»Dafür ist er aber schon lange weg«, brummte Sossius. Er spähte aus dem gegenüberliegenden Fenster. »Es wird bald dunkel.«

Einige Schritte weiter lag Muha immer noch hinter einer Bodenwelle im Gebüsch und beobachtete die Lichtung.

Plötzlich raschelte es hinter ihm, nahe genug, dass er nicht wagte, den Kopf in die Richtung zu drehen. Es hörte sich an, als ob ein großes Tier sich einen Weg durchs Gesträuch bahnte. Wer oder was auch immer das war, es schien geradewegs auf ihn zuzukommen.

Muha drückte sich ins Laub. Am liebsten wäre er ganz darin versunken. Das Rascheln zog links neben ihm vorbei. Augenblicke später sah er zwischen den Zweigen hindurch einen Soldaten aus dem Wald kommen. Dieser balancierte eine Tragstange auf der Schulter, die sich unter dem Gewicht zweier Ledereimer bog, aus denen bei jedem Schritt Wasser schwappte. Muha dachte an den Pfad, den er zuvor gekreuzt hatte. Wahrscheinlich führte dieser zu einer tiefer gelegenen Quelle.

Der Soldat, kaum älter als er selbst, ging so nahe an ihm vorüber, dass Muha hören konnte, wie das wippende Holz bei jedem Schritt knarrte. Er trug ein verblichenes Halstuch und sein verschwitztes Haar klebte ihm auf der Stirn. Der Soldat ging quer über die Schneise zum Turm hinüber, rief etwas hinauf und reichte dann nacheinander die beiden Eimer seinem Kameraden, der ihm über die Leiter entgegenkam. Dann verschwanden beide im Inneren. Die Luke wurde zugeschlagen, die Leiter draußen blieb stehen.

Inzwischen hatte die Sonne den Waldhorizont fast erreicht. Während ihre letzten Strahlen oben auf dem Berggrat die Kette der Wachtürme noch einmal aufglänzen ließen, stieg aus den Tälern bereits die Nacht herauf. Stück für Stück sank die rote Scheibe hinter die dunklen Hügelkuppen. Ihr Widerschein tauchte den Himmel noch einmal in ein Meer von glühendem Goldorange, doch dann siegte die Dunkelheit.

Vom Pass her ertönte das Signal zur ersten Nachtwache, zwei Mal kurz, einmal lang, drei Mal hintereinander. Klar und scharf stiegen die Töne in den Himmel. Es war das gleiche Signal, das Muha in Mogontiacum täglich mehrmals gehört hatte. Doch hier oben über den schweigenden Wäldern, die sich wie ein unergründliches dunkles Meer zu beiden Seiten hin ausdehnten, klang es fremd und überheblich.

Muha wartete, bis es völlig Nacht geworden war, erst dann wagte er sich wieder an den Rand der Schneise. Ein kalter Wind kam auf und raschelte in den Blättern. Lange spähte er hinüber zum Wachturm. Durch die Ritzen der geschlossenen Luke meinte er, ein Licht schimmern zu sehen. Er schlug einen weiten Bogen und überquerte die Grenzschneise ein Stück unterhalb des Turmes. Der Mond war noch nicht aufgegangen. Vorsichtig setzte er einen Fuß vor den anderen, überquerte die Fahrstraße und tastete sich über den unebenen Boden voran. Wo das Gelände zum Abhang hin abzufallen begann, verdichtete sich die Dunkelheit vor ihm zu einem langen, schwarzen Schatten: der Pfahl.

Prüfend ließ Muha seine Hände über die grob zurechtgehauenen Pfosten gleiten. Sie waren feucht vom nächtlichen Tau. Er musste eine geeignete Stelle zum Klettern finden. Aber das war nicht leicht, wenn man so gut wie gar nichts sah. Es blieb nichts anderes übrig, als es einfach zu versuchen. Er nahm den Mantel ab, warf ihn mit Schwung oben auf die angespitzten Pfosten und setzte den Fuß in eine Kerbe zwischen zwei Stämmen. Da wurden in einiger Entfernung Stimmen laut. Mit angehaltenem Atem lauschte Muha ins Dunkel. Alles war wieder still.

Jeden Astvorsprung nutzend, tastete er sich vorsichtig weiter, bis er rittlings über dem oberen Pfostenrand stand. Da leuchtete ein Stück oberhalb am Pfahl, ungefähr an der Stelle, wo er den Wachturm vermutete, das schwankende Licht einer Laterne auf. Ausgerechnet jetzt! Hastig ließ er sich auf der anderen Seite hinunterrutschen. Seine Arme schrammten über das raue Holz. Ohne einen Augenblick innezuhalten, stürzte er den Abhang hinunter. Erst als der dichte Buschwald wieder in Hochwald überging, gönnte er sich eine Pause.

Über ihm am Himmel funkelten die Sterne. Es wurden immer mehr. Er kannte sie alle. Er sah die Augen des Riesen Thiassi als Doppelgestirn und die Plejaden. Ein fahler Schimmer hinter den Bäumen kündigte den aufgehenden Mond an, und da kam er, Mani, der blasse Bruder der Sonne. Mit einem Mal war der Waldboden ringsum hell erleuchtet. Muha blickte auf. Was für eine Nacht! Es kam ihm vor, als wollten ihn die Götter, die sich vorher versteckt gehalten hatten, mit vollem Glanz begrüßen.

Er reckte die Fäuste zum Himmel, warf den Kopf in den Nacken und stieß einen lautlosen Schrei aus. Er hatte es geschafft, er war frei. Wie beflügelt lief er weiter und kam jetzt rasch voran. Aber in dem Maß, wie die Freude langsam abebbte, übermannte ihn die Müdigkeit. Er hatte Hunger und ihm war kalt. Wo war eigentlich sein Mantel? Er blieb wie angewurzelt stehen. Der Gedanke ernüchterte ihn wie ein kalter Guss. Verflucht! Er hatte den Mantel auf dem Pfahl vergessen.

Zum Umkehren war es zu spät. Ohnehin hätten ihn keine zehn Pferde noch einmal dort hinauf gebracht. Wenn er Glück hatte, fanden sie den Mantel erst am Morgen, und bis dahin würde er längst weit weg sein von dieser Stelle.

Nach einer Weile wurde der Waldboden flacher. Muha sog die kalte Luft durch die Nase ein und ihm war, als hinge ein feiner Rauchgeruch zwischen den Bäumen. Wenig später erreichte er eine Lichtung, auf der sich im fahlen Licht mehrere dunkle Hügel abzeichneten. Es waren Kohlenmeiler. Argwöhnisch und wie ein hungriger Wolf schlich Muha zwischen den schwelenden Haufen herum. Er spürte die Wärme, die von ihnen ausging, und er war fast enttäuscht, als er merkte, dass der Platz verlassen war. Als er gerade weitergehen wollte, stieß er auf eine Hütte. Eigentlich war es nur ein schmaler Unterschlupf aus Rinde und Moos, der gerade genug Platz zum Schlafen bot. Von Müdigkeit übermannt schlug Muha die Matte zurück, die vor dem Eingang hing und kroch hinein. Er rollte sich auf dem dick mit Farnkraut bedeckten Boden zusammen und schlief auf der Stelle ein.

Der Mantel

Serenus wachte mit stechenden Schmerzen in beiden Schläfen auf. Die schrägen Töne eines nicht sehr gelungenen Wecksignals, direkt vor seiner Tür, ließen ihn wütend hochfahren. Doch dann legte er sich wieder zurück. Draußen wurde es gerade hell. Vom Hof her hörte er die gewohnten Geräusche von zwei Dutzend Männern, die sich mit viel Lärm in einem ungemütlichen Morgen einrichteten.

Serenus' Nacht war unruhig gewesen. Wirre Träume hatten seinen Schlaf durchkreuzt. Immer wieder stand ein Bild vor seinen Augen — die junge Frau mit der blauen Kappe, die ihm aus der Hand gelesen hatte. Was wieder waren ihre Worte? Es hatte irgendwie beunruhigend geklungen. Vor allem das mit der Zahl hatte er nicht verstanden. In den letzten Tagen war er mit der Anfertigung der von Natalis gewünschten Listen fehlender Ausrüstungsgegenstände so beschäftigt gewesen, dass er kaum noch an sie gedacht hatte. Er verspürte plötzlich den brennenden Wunsch, sie zu sehen.

Widerwillig wälzte Serenus sich von seinem Lager und suchte im Halbdunkel des Raumes seine Sachen zusammen. Als er wenig später ins Freie trat, fuhr ihm eine kalte Windböe ins Gesicht. Im Latrinengraben an der rückwärtigen Mauer trieb zwischen welken Blättern eine tote Maus. Angeekelt wandte er sich ab.

Mittlerweile hatte sich die Besatzung auf dem kleinen Platz zwischen den beiden Mannschaftsunterkünften und dem Tor zum Morgenappell aufgestellt. Es war immer das Gleiche.

Serenus nahm die Morgenmeldung des wachhabenden Unteroffiziers entgegen und gab das neue Tageskennwort aus. Einen Britonen, der über Bauchschmerzen klagte, schickte er mit einem Kameraden hinauf zu Manius Magnus. Dieser hatte einen Arzt im Lager und die Soldaten, die gerade nichts zu tun hatten, beorderte er zum Brennholzschlagen in den Wald. Endlich waren alle Aufgaben verteilt und Serenus zog sich mit Aper, der als Feldzeichenträger zugleich den Posten des Schreibers innehatte, in das Mannschaftshaus zurück. Ein kleiner Raum am Kopfende des Baues diente dort als Schreibstube. Er zog einen Schemel zu sich heran, ließ sich rittlings darauf nieder und stützte mit beiden Händen seinen brummenden Schädel.

Aper hatte Serenus' Aufstellung vor sich liegen und tippte mit dem Zeigefinger auf die Liste: »Dieser Posten hier, Signalfackeln, hast du dich da nicht verschrieben?«

»Keine Ahnung, was sie damit angestellt haben, aber es sind fast keine mehr da.«

»Und das hier?«

Es klopfte. Apers Zeigefinger verharrte auf dem Posten, den er gerade angesprochen hatte. Er blickte auf. »Herein!«

Die Tür wurde geöffnet. Ein Britone mit unrasiertem Gesicht und einem Rußfleck auf der Backe spähte vorsichtig um die Ecke. Dann kam er herein und nahm Haltung an. »Melde Sossius von der Wachmannschaft aus Turm IV.«

»Was gibt's?« Serenus hob müde den Kopf.

»Hier.« Der Soldat trat bis an den Tisch vor. »Das haben wir heute Morgen gefunden.«

Er reichte Aper ein Stoffbündel, das er zusammengerollt unter dem Arm getragen hatte. Aper nahm es entgegen, rollte es mit spitzen Fingern auseinander und reichte es an Serenus weiter. Es war ein gewöhnlicher graubrauner Wollumhang, mit einem eingewebten helleren Streifen am Saum, ziemlich abgetragen und noch feucht vom Tau.

Serenus zuckte die Schultern. »Und, was sollen wir damit?«

Aper fragte den wartenden Soldaten: »Wo genau hast du ihn gefunden?«

»Auf den Palisaden, keinen Speerwurf vom Wachturm entfernt. Sah aus, als hätte ihn jemand beim Hinüberklettern vergessen.«

»Vielleicht solltest du Natalis eine Meldung zukommen lassen«, wandte sich Aper an Serenus.

»Das wäre ja wohl übertrieben.« Serenus nickte dem wartenden Wachsoldaten zu. »Du kannst gehen.«

Nachdem der Soldat den Raum verlassen hatte, sagte Aper: »Was soll das? Du hast mir doch eben erzählt, Natalis habe den strikten Befehl ausgegeben, jeden Zwischenfall zu melden.«

»Was ist das für ein Zwischenfall, wenn nachts mal ein Jäger über die Palisaden klettert?«

»Das ist eine Frage der Auslegung. Du bist Zenturio, du entscheidest. Aber an deiner Stelle würde ich lieber eine Meldung zu viel machen als zu wenig.«

Serenus wusste, dass Aper auf sein zwiespältiges Verhältnis zu Natalis anspielte. Wie fast immer folgte er auch dieses Mal seinem Rat und schickte einen Boten mit dem Mantel los. Außerdem hatte er noch einen persönlichen Grund, warum er Aper bei Laune halten musste.

Er blickte Aper an. »Aper, ich weiß, heute ist dein freier Nachmittag, aber ich muss noch einmal zu dem griechischen Händler in Valerius' Lager hinüberreiten. Es wird nicht lange dauern.«

»Kannst du mir wenigstens erklären ...«, begann Aper.

»Ich erzähle dir alles später. Bis zum Mittag bin ich zurück, großes Ehrenwort.«

Aper seufzte.

Dieses Mal hielt Serenus unterwegs nicht an, und auch an Felix' Passstation ritt er vorbei. Als der Weg wieder eben wurde, drückte er dem Pferd die Fersen in die winterzottigen Flanken und trieb es zu einem ungestümen Galopp an.

Seine Gedanken eilten voraus zu der geheimnisvollen Wahrsagerin. Er wusste nicht, was ihn mehr faszinierte, das Mädchen oder das Orakel, das sie ihm gestellt hatte.

Eine Rotte struppiger Schweine, die quiekend vor seinem Pferd auseinanderstob, riss ihn aus seinen Gedanken. Zwei Hütejungen am Wegesrand starrten ihm mit aufgerissenen Augen hinterher.

Bald hatte er den Waldrand erreicht. Vor ihm breiteten sich frisch gepflügte Äcker aus, auf denen noch nicht gesät war. Aus der Richtung des Dorfes krähte ein Hahn.

Wenig später trabte er am Haupttor von Valerius' Lager vorbei auf den gepflasterten Platz vor die Herberge. Schon von Weitem sah er die alte Wahrsagerin mit Cerialis' Frau und der Wirtin zusammenstehen. Um sie herum spielten Kinder mit einem Wurf dicker, graupelziger Hundewelpen. Ein Junge mit rotblondem Schopf, zweifellos einer von Cerialis' Söhnen, lief Serenus entgegen und hielt mit beiden Händen einen zappelnden Welpen hoch.

»Kauf ihn, Zenturio, wird mal ein prima Jagdhund. Hat mein Vater gesagt.«

Serenus glitt lachend aus dem Sattel. »Der ist mir zu klein. Behalt ihn für mich, bis er größer ist.«

Er band sein Pferd an einem Pfosten vor der Herberge fest und ging auf die alte Griechin zu.

»*Ave centurio!*« Sie erkannte ihn sofort wieder.

»Ich sehe, ich bin zu früh«, sagte er mit einem Seitenblick auf die Ladentische, die noch leer waren.

»Das macht nichts. Sag mir, was du willst, ich hole es dir.«

»Ich möchte deine Gefährtin sprechen. Das Mädchen, das mir vor ein paar Tagen aus der Hand gelesen hat.«

Die Alte sah ihn prüfend an. »Warte einen Moment.« Sie ging ins Haus.

Serenus' Augen streiften über den Platz. Die Frauen und die Kinder mit den Hunden waren hinter Cerialis' Stall verschwunden. Das Bad wurde gerade geheizt. In einem offenen Schuppen daneben trocknete Wäsche. Vor Cerialis' Haustür lag ein borstiges schwarzes Schwein reglos auf der Seite, man sah nur ab und zu die Ohren zucken.

Eine Tür klappte. Serenus drehte sich um, und einen Moment lang verschlug es ihm den Atem. Da stand sie — wie eine Fürstin. Als sie ihm entgegenkam, gleißte auf dem goldenen Band ihrer Kappe das Morgenlicht.

»Du willst mich sprechen?«

»Es ist wegen des Orakels«, begann er, »du hast mir neulich nicht alles gesagt?«

Sie senkte die Augen und wich einen Schritt zurück. »Ich habe diese Kunst von Demetrios' Frau Aglaja gelernt. Man braucht viel Erfahrung. Es ist möglich, dass ich mich geirrt habe.«

»Nein, das glaube ich nicht. Was du gesagt hast, war alles richtig.«

»Trotzdem könnte Aglaja es dir besser erklären.«

»Ich möchte es lieber von dir hören«, sagte Serenus schnell.

Sie sah ihn an. »Wenn es dein Wunsch ist, dann lass mich deine Hand noch einmal sehen.«

Sie nahm seine Hand. »Man unterscheidet die verschiedenen Linien und die göttlichen Zeichen, *litterae divinae*«, erklärte sie ihm.

»Wenn eine Linie von einer tiefen Kerbe unterbrochen wird, so wie hier die *saturnia*«, sie zeigte auf die Stelle, »dann bedeutet das einen Einschnitt im Leben. Je tiefer desto bedeutsamer. Ich sehe zwei solche Einschnitte in deiner Hand. Beim ersten warst du ein Kind. Aber das hier«, sie fuhr mit dem Zeigefinger über eine kleine Unebenheit in seiner Handfläche, »das steht dir noch bevor. Deine Hand wird von Mars regiert, mag sein, dass sich das Ereignis auf eine Schlacht bezieht. Es ist nicht gut, wenn Soldaten so etwas hören. Deshalb habe ich es neulich verschwiegen.«

Sie machte eine Pause und fuhr fort. »Außerdem kann man in den Winkeln, die diese Kerbe kreuzen, eine Zahl erkennen, die IV. Doch was das bedeutet, kann ich dir nicht sagen.«

Sie ließ seine Hand sinken und sah ihn an. »*Astra inclinant, non necessitant,* die Sterne neigen, aber sie zwingen nicht. Das Schicksal ist nicht unabänderlich.«

»Ich habe keine Angst«, sagte Serenus, und es war nicht einmal gelogen. Ihre Augen, bemerkte er, waren wirklich grün, mit ein paar winzigen braunen Sprenkeln darin. Wie geschliffenes Glas, dachte er, wie der Becher, den Demetrios ihm gezeigt hatte.

»Du bist keine Griechin, nicht wahr?«

»Nein«, sagte sie kurz.

»Und wo kommst du her?«

»Warum willst du das wissen?«

»Seltsam, ich habe, seit ich in diese Provinz kam, nie ein Mädchen gesehen wie dich.«

Jetzt musste sie doch lächeln. »Vielleicht liegt es daran, dass ich nicht aus dieser Provinz bin.« Ihre Augen wurden wieder ernst. »Ich komme von jenseits des Pfahls.« Sie warf einen Blick hinüber zu Aglaja.

»Ich muss jetzt gehen, ich muss Aglaja helfen.«

»Sag mir deinen Namen«, bat er.

»Frija, ich heiße Frija«, sagte sie schon halb im Gehen.

Serenus eilte ihr hinterher. »Wie lange werdet ihr noch hier bleiben?«

»Morgen ziehen wir weiter«, sagte sie über die Schulter, »zu dem Kohortenlager, wo am Ceres-Fest der Markt stattfindet.«

Während Serenus ihr zum Stand folgte, hatte er plötzlich eine Idee. »Ach übrigens«, wandte er sich an die Alte, »sag doch Demetrios, der Zenturio Serenus wolle das Glas doch kaufen.«

»Er ist gerade nicht da.«

»Das macht nichts. Er weiß schon, was ich meine. Es genügt, wenn er es bis zum Ceres-Fest für mich aufhebt.«

Auf dem Festungswall wurde zum Wachwechsel geblasen. Serenus dachte an Aper. Er musste zurück.

»Dann bis zum Fest!« Mit großen Schritten eilte er zu seinem Pferd. Als er es losband, bemerkte er, dass Frija ihm gefolgt war. Offensichtlich war er ihr doch nicht ganz gleichgültig. Erfreut drehte er sich um. Aber ihr Interesse galt nicht ihm, sondern seinem Pferd. Langsam ging Frija um den Hengst herum. Ihr Blick blieb kurz an der Satteldecke hängen, auf der ein Capricorn, ein Steinbock, das Wappentier von Serenus' Legion, eingestickt war. Dann streckte sie die Hand aus und berührte die weichen Nüstern des Tieres.

»Dieses Pferd«, ihre Stimme klang plötzlich verändert, »wo hast du es her?«

Serenus konnte sich ihr Verhalten nicht erklären. Er hatte auch keine Zeit dafür. »Das erzähle ich dir nächstes Mal«, rief er, während er sich in den Sattel schwang. »Ich muss jetzt los.« Er lächelte ihr zu. »Wir sehen uns am Ceres-Fest«, rief er, wendete das Pferd und preschte davon.

Inzwischen war ihr Aglaja gefolgt. »Was wollte er denn?«, fragte sie.

»Er kam wegen des Orakels. Es war nicht günstig«, antwortete Frija. Sie starrte noch immer auf die Stelle, wo Serenus um die Wegebiegung verschwunden war.

»Dieses Pferd, Aglaja. Ich bin mir sicher, ich kenne dieses Pferd.« Frija drehte sich zu Aglaja um. Sie sah verstört aus. Aglaja legte den Arm um Frija und führte sie zurück zum Haus.

Auf dem sandigen Platz vor dem Lagertor wäre Serenus beinahe mit einem Reiter zusammengestoßen, der aus der entgegengesetzten Richtung herangaloppierte. Es war Natalis' Reiterführer Maris. Serenus parierte sein Pferd scharf neben diesem.

»So in Eile?« Maris musterte Serenus von Kopf bis Fuß. Ohne eine Antwort abzuwarten, nestelte er an seinem Gürtel und reichte Serenus eine *tabula*, ein Holztäfelchen, mit Natalis' Zeichen. »Hier. Natalis dankt für den Mantel. Er möchte, dass du dich draußen ein bisschen umhörst. Du sollst für alle Fälle die Straße zum Moenus runter kontrollieren. Ich habe zwölf meiner Reiter abkommandiert«, er wies mit dem Kopf hinter sich. »Sie werden gleich hier sein.«

»Wie weit?«, fragte Serenus vorsichtig.

»Bis zur Mündung der Nemaninga, dieser Grenzposten, du weißt.«

Oh ja, er wusste. »Das sind fünfundzwanzig Meilen.« Serenus schluckte. »Wir werden erst in der Nacht zurück sein.«

»Du kannst dort kampieren oder ein paar Meilen weiter in dem Kohortenlager der Aquitaner übernachten. Das bleibt dir überlassen.« Maris senkte die Stimme. »Natalis ist besorgt. In letzter Zeit ist mehrfach fremdes Gesindel in der Gegend gesichtet worden. Vielleicht erfährst du etwas?«

»Könnte es nicht auch mit dem Ceres-Fest zusammenhängen? Ich meine, die Leute kommen von weit her zum Markt«, entgegnete Serenus.

Maris hob sich aus dem Sattel. »Hoffen wir, dass du recht behältst. Aber wie dem auch sei, nimm die Sache ernst. Ich muss weiter.« Er grüßte flüchtig, sein Pferd machte einen gewaltigen Satz nach vorne, und Maris verschwand mit wehendem Umhang in die Richtung, aus der Serenus gekommen war.

»Aufschneider!« Serenus fluchte leise. Und alles nur wegen diesem verfluchten Mantel. Hatte er nicht geahnt, dass Natalis wieder aus einer Fliege einen Elefanten machen würde. Hätten sie die Sache bloß für sich behalten. Es gab immer wieder Leute, die im Schutz der Dunkelheit über die Palisaden kletterten. Einige scheuten nur die Fragerei am Schlagbaum, manche hatten vielleicht tatsächlich etwas zu verbergen. Aber deshalb brauchte man nicht gleich halb Germanien abzusuchen. Das musste er jetzt Aper erklären. Der würde begeistert sein, ein weiteres Mal auf seinen freien Nachmittag verzichten zu müssen.

Silvanus

Wütendes Gebell riss Muha aus dem Schlaf. Helles Tageslicht schimmerte durch die Ritzen in die Hütte. Erschrocken fuhr er hoch und schob die steife Matte, die vor dem Eingang hing, einen Spaltbreit zur Seite. Draußen sprang ein schwarzer Hund mit aufgestelltem Rückenfell aufgeregt hin und her. Dahinter sah Muha im Gegenlicht zwei Gestalten, die sich mit langen Stangen auf einem der Kohlehügel zu schaffen machten. Eine der beiden Gestalten richtete sich auf und schaute zu dem Hund herüber, der sich nicht beruhigen wollte. Schließlich kletterte der Mann von dem Meiler herunter und kam, eine spitze Holzgabel abwehrbereit vor sich haltend, vorsichtig auf die Hütte zu.

»Ich tu euch nichts«, rief Muha hinter der Matte hervor, »ruf deinen Hund zurück, damit ich herauskann.«

Mit einem erstaunten Ausruf ließ der Mann seine Gabel sinken und pfiff den Hund zurück.

Auf allen Vieren kroch Muha aus der Hütte und richtete sich auf. Erde und Blätter klebten an seinen Kleidern und trockenes Farnkraut hing ihm im Haar.

»Leibhaftiger Loki!«, entfuhr es dem Köhler, während er den Hund festhielt. Dieser knurrte leise.

Auch Muha musterte sein Gegenüber vorsichtig.

Der Mann war nicht mehr jung. Er war sehr groß und flößte ihm, trotz seiner leicht vornübergebeugten Haltung, Respekt ein. Seine pelzgefütterte Winterkleidung war vom langen Gebrauch fast schwarz geworden und glänzte speckig. Das kupferfarbene Gesicht hatte fast die gleiche Farbe wie das lederne Käppchen auf seinem schütteren Haar. Er hatte eine kräftig gebogene Nase und seine wachen Augen unter den buschigen Brauen musterten Muha erstaunt, aber nicht unfreundlich.

Muha klopfte sich das Laub aus den Kleidern. »Ich, ich wollte mich nur in deiner Hütte kurz ausruhen, heute Nacht.«

Der Köhler tätschelte seinen Hund am Kopf. »Und ich dachte schon, ein toller Fuchs hätte sich darin verkrochen. Bist wohl auf dem Weg hinauf zum Pfahl?«

»Nein, ich komme von dort.«

»Vom Pass herunter? Der Weg geht doch gar nicht so weit. Wie hast du denn die Hütte gefunden?«

Muha deutete hoch zum Pass. »Ich weiß nicht, ich lief talwärts, es war Mondlicht und plötzlich stand ich davor.«

»Na, du gefällst mir«, der Köhler schmunzelte. »Ich heiße Silvanus«, fuhr er fort, »mein Haus steht unten im Tal, nicht weit von hier. Du siehst aus, als könntest du eine Mahlzeit vertragen. Wenn du magst, komm mit und sei mein Gast.«

Muha zögerte einen Moment. In seinem Magen rumorte es. Doch dann schüttelte er den Kopf. »Ich danke dir für die Einladung, aber ich muss sehen, dass ich so schnell wie möglich weiterkomme.« Er machte eine Kopfbewegung in Richtung zum Pass hin. »Es ist möglich, dass sie mich suchen.«

»Von mir aus hast du nichts zu befürchten«, sagte Silvanus, »und runter musst du sowieso. Also geh ruhig mit.«

Inzwischen hatte sich auch Silvanus' Begleiter herangewagt, ein halbwüchsiger Junge mit einer Kiepe auf dem Rücken. Er stützte sich beim Gehen auf einen Stock und Muha bemerkte, dass er das linke Bein etwas nachzog. Mit großen Augen starrte der Junge den Fremden an.

»Hadulaik, mein Ältester«, erklärte Silvanus knapp.

Bevor sie sich auf den Weg ins Tal machten, kontrollierten Vater und Sohn noch die beiden übrigen Meiler. Mit Hilfe einer Leiter stieg Silvanus auf jeden hinauf, schob die Abdeckung von den Quantelschächten und füllte etwas Holzkohle aus der Kiepe des Jungen hinein. Jedes Mal quoll beißender Qualm aus der Öffnung und nebelte sie ein. Nachdem er die Röhren alle sorgfältig wieder verschlossen hatte, prüfte Silvanus noch einmal die Windrichtung, stach hier und da ein paar Zuglöcher in die schwelenden Holzschichten und wandte sich dann endlich zum Gehen.

Den Weg hinunter ins Tal sprachen sie kein Wort. Silvanus schritt kräftig aus. An seine Fersen geheftet folgte mit hoch erhobener Rute der Hund, hinter ihm Muha und als letzter der Junge, der Mühe hatte, Schritt zu halten. Nur einmal hielt Silvanus kurz an und kniete nieder, um eine Fährte zu prüfen, die im feuchten Boden deutliche Abdrücke hinterlassen hatte: Trittsiegel eines starken Wolfes. Silvanus' geballte Faust passte hinein. Er schnalzte mit der Zunge. Der Hund hob witternd die Nase und Muha sah, wie sich sein Nackenfell sträubte.

Ein Stück weiter stieß der Weg auf die befestigte Fahrstraße, die vom Pass herunterkam. Vom Talgrund herauf hörte man Wasser rauschen. Ein mäandernder Bach mündete in einen baumumstandenen Weiher, auf dessen Oberfläche sich der Morgenhimmel spiegelte wie flüssiges Silber. Zwischen den schwarzen Stämmen alter Erlen und Weiden hindurch konnte Muha auf der anderen Seite strohgedeckte Dächer erkennen.

Silvanus wies mit der Hand hinüber. »Gleich sind wir da.«

Wie auf Kommando sprang der Hund voraus. Nachdem der Weg in einer ausladenden Biegung den Weiher umrundet hatte, lag vor ihnen, unmittelbar an der Straße, die sich hier zu einem sandigen Platz verbreiterte, ein langgestrecktes Gehöft mit mehreren Schuppen und Scheunen. An der Hauswand türmte sich ein wilder Verhau aus Gerätschaften, Brettern und Wagenrädern, zerschlissenen Körben und Holzfässern, der nur den Eingang in der Mitte frei ließ. Über der niedrigen Tür hing an einer Stange ein verbeultes Windlicht, das Zeichen einer Herberge.

Silvanus lehnte seine Gabel gegen die Wand. Irgendwo hinter dem Haus hörte man jemand Holz hacken.

Eine weißgesichtige greise Hündin kroch unter einem umgekippten Schlitten hervor und umwedelte ihren Herrn, leise winselnd vor Freude. Der Junge streifte die Kiepe von seinen Schultern, ließ sie achtlos zur Erde fallen und verschwand im Haus. Muhas Blick blieb an der Stelle hängen, wo der Junge den Korb hingeworfen hatte. Zwischen anderem Gerümpel ragte das Ende eines bemalten römischen Schildes hervor.

Silvanus, der gebückt in der niedrigen Tür wartete, sah sich nach Muha um. Dieser deutete auf den Schild. »Kommen sie bis hier herunter?«, fragte er.

»Sicher, zum Essen und zum Trinken. Aber nicht so früh am Morgen«, erwiderte Silvanus. »Sei ohne Sorge. Tritt ein!«

In dem langgestreckten niedrigen Gastraum war es warm. Muha sog den kräftigen Geruch von Kohlsuppe und Geräuchertem ein und sein leerer Magen krampfte sich zusammen. Nach einigen Augenblicken verfestigten sich die schemenhaften Konturen und er erkannte in der Mitte des Raumes eine Kochstelle. Ein Mädchen stand davor und rührte mit einem Holzlöffel in einem brodelnden Kessel. Sie brauchte beide Hände dazu und wischte sich mit dem Ärmel eine Haarsträhne aus dem erhitzten Gesicht. Nur kurz wandte sie sich nach den Eintretenden um.

Neben der Kochstelle lag, ausgestreckt in der warmen Asche, ein gestreiftes Ferkel und in der Ecke kauerte auf einem Hocker eine Greisin und zupfte mit langen Fingern ein Wollvlies auseinander.

»Nimm Platz«, Silvanus wies auf eine der langen, mit Fellen bedeckten Bänke. Diese flankierten einen grob gezimmerten Eichenholztisch, der fast die ganze Länge des Raumes einnahm. Erst jetzt bemerkte Muha die beiden Männer an dem anderen Tischende. Sie hatten ihre Pelzjacken ausgezogen, saßen mit nackten Oberkörpern vor einer Tranlampe und würfelten um ein Häufchen Münzen. Muha hatte das Gefühl, die beiden schon einmal gesehen zu haben. Vor allem der Dunkelhaarige mit dem wilden Bart, dem das verfilzte Haar bis über die Schultern fiel, kam ihm bekannt vor. Die zusammengekniffenen Augen in seinem wettergegerbten Gesicht hatten etwas Verschlagenes. Er musterte Muha misstrauisch.

Sein Kumpan hingegen vermied den direkten Blick. Er war schmal und hager, mit einer Hakennase und einem schütteren roten Kinnbart. Grinsend blickte er an Muha vorbei, wobei er eine große Zahnlücke entblößte.

Jetzt fiel es Muha wieder ein. Das waren doch die beiden Jäger, die am Landungssteg Valmarus ihre Felle angeboten hatten.

Während er noch über sie nachdachte, kam das Mädchen mit einer großen Schale, randvoll mit dampfender Suppe, an den Tisch. Sie schob ihm einen Holzlöffel hin und blickte ihn verschämt und neugierig an. Sie erinnerte Muha an seine jüngere Schwester Isa, die jetzt auch ungefähr so alt sein musste. Er wollte das Mädchen gerade nach ihrem Namen fragen, da wurde mit krachendem Schwung eine Tür in der Rückwand des Raumes aufgestoßen. Die Kleine sauste zurück zur Kochstelle. Eine kräftige Frau mit streng zurückgekämmtem Haar und rot geäderten Wangen schob sich herein und wuchtete einen Korb Feuerholz neben den Herd. Sie warf einen kurzen Blick auf die Gäste, kontrollierte den Kessel und wandte sich dann Silvanus zu, der leise mit ihr sprach. Muha, der sich hungrig über seine Suppe hergemacht hatte, merkte an ihren Blicken, dass sich das Gespräch um ihn drehte.

Auch die Jäger beobachteten ihn. Eine Weile aber gingen sie noch ihrem Spiel nach. Erst als das Mädchen, auf einen Wink der Mutter hin, Muhas Schale zum zweiten Mal gefüllt hatte, konnten sie ihre Neugierde nicht mehr bezwingen.

»Wen hast du denn da aufgegabelt, Silvanus?«, fragte der Dunkle über Muhas Kopf hinweg.

»Ist vom Pfahl runtergekommen«, erwiderte Silvanus, der im Stehen ebenfalls eine Schale Suppe schlürfte. Dabei deutete er mit dem Kopf zur Decke.

»Hast du ihn nicht gefragt, wie er heißt und wo er herkommt?«, fuhr der Jäger fort.

»Er soll sich erst ausruhen, er ist mein Gast!«, erwiderte Silvanus ruhig.

»Trägt das Haar recht kurz, findest du nicht?«, stichelte der Dunkle weiter.

»Das braucht dich nicht zu kümmern«, brummte Silvanus.

Der Jäger schwieg. Silvanus' Frau schürte heftig im Feuer, und eine Weile hörte man nur das trockene Knistern der auflodernden Flammen. Der Rothaarige rülpste und spuckte auf den Boden.

Muha tat, als hätte er von alldem nichts mitbekommen. Bedächtig löffelte er seine Suppe.

Schließlich schob er die Schale von sich und drehte sich langsam zu den Jägern um. »Wie ich sehe, habt ihr eure Pelze gut verkauft«, sagte er mit einer Kopfbewegung zu dem Silbergeld auf dem Tisch hin.

Die Jäger wechselten rasch einen Blick.

Muha ließ keine Pause entstehen. »Was bekommt man denn hier für einen Zobel?«

Der Dunkle kniff die Augen zusammen und fixierte Muha scharf. Dann nahm er eine Münze von seinem Stapel und rollte sie mit einem kleinen Schwung über den Tisch.

»So viel«, sagte er, »für einen guten.«

Das Geldstück hüpfte mit kleinen Sprüngen über die Holzplatte, rollte ein Stück geradeaus und stieß mit einem klingenden Ton gegen Muhas Suppenschale. Als es auf die Seite fiel, erkannte Muha den bärtigen Kopf des Kaisers Antoninus Pius mit Lorbeerkranz, ein Silberdenar.

»Und fünfmal so viel für einen schwarzen Fuchs«, fügte der Dunkle hinzu. »Mit schwarzen Füchsen kannst du hier reich werden.« Er stockte, und wieder war da der lauernde Ausdruck in seinen Augen. »Aber wie einer von uns siehst du nicht aus«, fuhr der Jäger fort.

»Und, wie sehe ich aus?«, fragte Muha.

»Eher wie ein Gejagter, wenn du es genau wissen willst«, platzte der andere heraus. Der Rothaarige neben ihm kicherte.

Muha fuhr hoch, aber Silvanus, der hinzugetreten war, legte ihm rasch die Hand auf die Schulter und drückte ihn zurück auf die Bank.

»Nur ruhig Blut. Da sind ja die Richtigen beisammen.« Silvanus setzte sich Muha gegenüber an den Tisch. »Willst du uns nicht erzählen, wer du bist und wohin du willst?«

Silvanus' besonnene Art brachte Muha wieder auf den Boden. Wie unhöflich musste es seinem Gastgeber erscheinen, dass er sich hier den Bauch vollschlug, ohne auch nur seinen Namen genannt zu haben. Eigentlich hatte er ja auch nur auf einen geeigneten Moment gewartet, aber diese Jäger waren ihm dazwischengekommen, und ihre hinterhältige Art machte ihn wütend.

»Ich, es tut mir leid. Mein Name ist Muha«, wandte er sich an Silvanus. »Ich will hinunter zum Moenus.«

»Hast du mir nicht heute Morgen erzählt, die Römer seien hinter dir her?«

»Ja, das heißt, ich bin nicht sicher. Es könnte sein.«

Am anderen Ende des Tisches hatten die Jäger die Würfel weggelegt. Sie lauschten.

»So bist du nicht aus der Gegend?«

»Mein Dorf liegt fünf bis sechs Tagesmärsche nördlich von Nida«, sagte Muha.

»In Nida sind wir einmal gewesen«, mischte sich der Rothaarige ins Gespräch ein. Ein Blick seines Kumpans brachte ihn aber sofort wieder zum Schweigen.

»Dann bist du ein Chatte?«, fragte Silvanus.

Muha nickte. »Mein Vater war Herr über vierzig Gefolgsleute.« Noch während er das sagte, wusste er, dass es unvorsichtig war.

»Das hab ich mir gleich gedacht, dass du kein Gemeiner bist«, bemerkte der Dunkle prompt.

»Du sagst *war*?«, fragte Silvanus, ohne den Einwurf des Jägers zu beachten.

»Er lebt nicht mehr. Die Römer haben unser Dorf überfallen und dem Erdboden gleichgemacht. Ein Straffeldzug …«

Muha stockte einen Moment. War er von Sinnen, dass er ihnen das erzählte? Aber es war zu spät. Und überhaupt, was konnte ihm noch passieren? Die Grenze lag hinter ihm, und wenn alles gut lief, bald auch der Moenus.

»Ein Straffeldzug?«, Silvanus hob die Brauen. »Ich glaube, das musst du uns genauer erzählen.«

»Kommt!«, wandte er sich an die Jäger, »rückt herüber, lasst uns zusammen einen Becher trinken.«

Die beiden ließen sich nicht zweimal bitten. Silvanus stellte vier Birkenrindenbecher auf den Tisch und ließ sich neben Muha auf der Bank nieder, während seine Frau mit einer mächtigen Holzkanne herumging und reihum einschenkte.

Anfangs versuchte Muha, den Schaden zu begrenzen, und beantwortete die Fragen, mit denen sie auf ihn eindrangen, nur zögernd und knapp. Doch in dem Maße, wie Silvanus' Gerstengebräu seine Wirkung tat, erzählte er immer lebhafter und ausführlicher. Zwar war er umsichtig genug, keine Namen zu nennen. Aber am Ende konnte er es sich nicht verkneifen, seinen Dolch hervorzuziehen und den Männern zu zeigen.

»Ein Legionsdolch«, rief Silvanus ungewohnt lebhaft.

»Lass sehen! Wo hast du den her?« Der Dunkle griff nach der Waffe und hielt sie ins Licht der Lampe, das rötlich schimmernd auf dem polierten Metall widerschien.

Muha grinste. »Das glaubst du doch nicht im Ernst, dass

ich dir das jetzt sage.« Die Männer lachten. Der Dunkle gab den Dolch an seinen Kumpan weiter. Auch die Jäger wurden allmählich immer redseliger.

Silvanus schenkte nach. Seine Frau hob einen vom Rauch geschwärzten Schinken von einem Haken über dem Herd und Silvanus schnitt großzügig davon ab. Unterdessen war auch der Junge, der das Bein nachzog, hereingekommen und hatte sich zu ihnen gesetzt. Mit einem abgebrochenen Messer begann er, an einem Stück Holz herumzuschnitzen. Es war nicht zu erkennen, ob er der Unterhaltung folgte.

Die Jäger wurden lauter. Jetzt zog jeder sein Messer hervor, sie verglichen die Klingen und brüsteten sich mit ihrer Jagdbeute. Wie Muha bereits vermutet hatte, waren die beiden Hermunduren. Der Dunkle nannte sich Rando, sein roter Kumpan hieß Wulfila. Im Winter hatten sie in den Wäldern zwischen Nicer und Moenus Fallen gestellt, um Pelze zu erbeuten. Diese verkauften sie an römische Zwischenhändler. Im Sommer zogen sie nach Norden bis in das Lagerdorf von Novaesium, um das römische Silbergeld gegen Salz einzutauschen. Jenes wiederum schafften sie, die Götter mochten wissen wie, ohne Zoll zu zahlen über die Provinzgrenze. Im Hinterland dann verhökerten sie es zu hohen Preisen an die Einheimischen.

Muha musste an die Worte des Fischers denken. »Verscherbeln alles für bare Münze, genießen den Schutz der Besatzer.« Möglich, dass der Fischer recht hatte. Aber die Mischung aus kindlicher Neugierde und Verschlagenheit ließ ihn die beiden Jäger nicht für wirklich gefährlich halten.

Inzwischen stand die Sonne schon hoch am Himmel. Silvanus' Frau warf den sorglos zechenden Männern immer wieder besorgte Blicke zu.

Auf einmal hob Silvanus' Sohn Hadulaik, der die ganze Zeit in seine Schnitzerei vertieft dagesessen hatte, den Kopf. Im gleichen Moment schlugen draußen die Hunde an. Hadulaik humpelte zur Tür, öffnete sie einen Spaltbreit und spähte hindurch. Seine Schwester, die immer noch den Kessel auf dem Herd beaufsichtigte, lief hinter ihrem Bruder her und lugte ebenfalls hinaus.

»Reiter!«, schrie sie aufgeregt, »ein ganzer Haufen.«

Muha sprang auf. Die Meldung wirkte ernüchternd wie ein Eimer kaltes Wasser. In der plötzlich eingetretenen Stille hörte man von der Straße her Stimmen und das Knirschen und Scharren von Pferdehufen im Sand. Alle blickten zu Silvanus. Dieser stand auf, winkte seinen Ältesten zu sich und fasste ihn an der Schulter. »Hadulaik«, sagte er bedächtig, »zeig unserem Gast die Pferde.«

Rasch erhob sich der Junge und bedeutete Muha, ihm durch die rückseitige Tür zu folgen.

Silvanus unterdessen holte ohne Hast den überzähligen Becher vom Tisch, reichte ihn seiner Frau und setzte sich wieder zu den Jägern.

Serenus nahm seinen Helm ab. Einen Moment lang blieb er vor der mit Schlangenlinien und seltsamen Mustern verzierten Tür von Silvanus' Haus stehen. Dann holte er tief Luft und trat ein. Es kostete ihn jedes Mal Überwindung, die düsteren, räucherigen Behausungen der Barbaren zu betreten. Allein der Geruch, der einem jedes Mal entgegenschlug.

Als sich seine Augen im Dämmerlicht zurechtfanden, sah er sich nach Silvanus um, dem einzigen, den er hier kannte. Serenus selbst war nur zwei oder drei Mal hier gewesen. Aber er wusste, dass seine britannischen Soldaten einen guten Teil ihrer freien Zeit in Silvanus' Schenke verbrachten und dass dessen Frau in dem Ruf stand, eine gute Köchin zu sein. Besonders rühmten sie ihr selbstgebrautes Bier, einen schaumigen, bräunlichen Trank, an den er sich nie gewöhnen würde.

Serenus räusperte sich. »*Salve Silvanus,* lange nicht gesehen! Habt ihr den Winter gut überstanden?« Er nickte Silvanus' Weib zu und ebenso der kauernden Greisin, die über ihrer Arbeit eingenickt war.

Silvanus hatte sich von der Bank erhoben. »Ja, Herr, endlich Frühling.« Er hatte sich im Umgang mit den Soldaten ein ziemlich britannisch gefärbtes Latein angeeignet. Immerhin, für die alltägliche Konversation reichte es. Silvanus deutete eine Verbeugung an und wies auf den Tisch. »Setzt Euch, Herr. Trinkt einen Becher mit uns.«

»Heute nicht, Silvanus, ein anderes Mal.«

Serenus sah sich um. Die beiden hermundurischen Jäger kannte er. Sie hatten sich den ganzen Winter in der Gegend herumgetrieben und manchmal sogar mehrmals am Tag den Schlagbaum passiert. Sonst sah er nur noch ein schlafendes Ferkel in der Asche.

»Ist heute schon jemand hier vorbeigekommen?«, fragte er.

Silvanus schüttelte den Kopf. »Absolut ruhig heute. Aber ich schätze, bis in drei Tagen, wenn der große Markt stattfindet, werden noch einige vom Moenus raufkommen.«

Serenus blickte Silvanus an. »Ich meine eigentlich, ob irgendjemand vom Pass heruntergekommen ist?«

»Herunter? Ist irgendwas vorgefallen?«

»Nein, nicht der Rede wert«, wiegelte Serenus rasch ab, »eine gewöhnliche Kontrolle.«

Er wandte sich zum Gehen. Hier war nichts. Hatte er es doch gleich gewusst. Hätten sie Natalis bloß nicht diesen verfluchten Mantel geschickt. Jetzt noch dieses ganze öde Tal hinunterreiten. Gut zwölf Meilen bis zum Moenus und dann noch mal so weit bis zu dem Grenzposten an der Nemaninga. Er hasste es, die Nacht im Freien zu verbringen, es war ja fast noch Winter.

Silvanus geleitete ihn zur Tür. »Dann auf ein anderes Mal«, sagte er.

Serenus hob die Hand. »Auf ein anderes Mal!«

Die Jäger

Die Rückseite des Hauses bildete zusammen mit der gegenüberliegenden felsigen Bergwand einen schmalen Hof. Unter einem strohgedeckten Schutzdach rupften ein paar zottige Pferdchen und ein kräftiger Brauner Heu aus einem Korb, der an einem Strick über ihren Köpfen baumelte. Hadulaik drängte sich zwischen ihren wolligen Bäuchen hindurch und machte sich an einer Holztür zu schaffen, die den Zugang zu einer Art Keller verschloss, der in den roten Sandstein hineingetrieben war. Der Eingang lag höher als der Erdboden, und nachdem sie gemeinsam die Tür aufgestemmt hatten, musste sich Hadulaik auf Muhas Arm abstützen, um die Stufe zu überwinden.

Muha schnupperte. Ein eigentümlich süßlicher Geruch erfüllte den Raum. Zögernd schlüpfte er hinter Hadulaik durch den Türspalt. Die Höhlung war nicht tief, aber hoch genug, dass sie zu zweit nebeneinander stehen konnten. In dem schmalen Lichtschein, der durch die geöffnete Tür fiel, sah Muha, was so roch. Ein Wildschwein und mehrere Hasen hingen an Haken von der Decke. An den Seitenwänden standen Weidenkörbe mit Eisbrocken aneinandergereiht und durch eine in den Boden eingekratzte Rinne rieselte Schmelzwasser nach draußen.

Muha half Hadulaik, die unhandliche Tür, so gut es ging, wieder vor den Eingang zu schieben. Dann kauerten sie sich auf den Boden und lauschten.

Die Hunde hatten sich beruhigt. Von der Vorderseite des

Hauses her wieherte es und eines der Pferde im Hof antwortete. Eine ganze Weile war es still. Dann hörte man eine Tür klappen und kurze Zeit später den Hufschlag der Reiter, die sich rasch entfernten. Vom Haus her ertönte ein Pfiff. Hadulaik berührte Muha mit dem Ellenbogen und zum ersten Mal lächelte er. »Gefahr vorüber«, sollte das heißen.

Als sie in die Gaststube zurückkehrten, stand die Eingangstür noch offen. Die räucherige Wärme war einem Schwall kalter Luft gewichen. Silvanus, der draußen den Reitern nachgesehen hatte, kam nachdenklich herein.

»Zwölf Mann von Natalis' Reiterkohorte und der junge Zenturio vom Passübergang, ein ziemliches Aufgebot. Schon möglich, dass sie dir auf den Fersen sind. Kommt, trinken wir auf den Schrecken.«

Aber Muha wehrte ab. »Ich breche sofort auf. Ich will dich nicht in Schwierigkeiten bringen.«

»Immer langsam mit den jungen Pferden. Jetzt müssen wir gut überlegen, wie du am besten weitergehst. Damit du ihnen nicht in die Arme läufst.«

Auch die Jäger wirkten mit einem Mal seltsam unruhig und in Eile. Sie hatten Münzen und Würfel weggepackt und begannen, ihre Pelzkleidung wieder anzuziehen.

»Wie? Ihr auch? Hat doch mit euch nichts zu tun«, Silvanus schüttelte den Kopf.

Rando räusperte sich. »Wir müssen, ich meine, wir könnten ihm den Weg zeigen, was Wulfila?« Er knuffte den Freund, der gerade seinen Gürtel über der pelzgefütterten Jacke festzurrte, unsanft in die Seite. Wulfila brummte so etwas wie Zustimmung.

»Wo wollt ihr überhaupt hin?«, fragte Silvanus erstaunt.

»Der alte Weg über den Bergrücken, was meinst du?«, fuhr Rando fort, ohne auf Silvanus' Frage einzugehen. »Ist vielleicht weiter, aber sicherer als der im Tal?«

»Zu Fuß ist das schon ein gutes Stück«, überlegte Silvanus.

»Ich glaube kaum, dass er den Moenus vor Einbruch der Dunkelheit noch erreichen kann.«

»Er kann ja das Packpferd nehmen«, schlug Rando vor.

Muha, der zugehört hatte, zögerte. »Ich will euch nicht zur Last fallen.«

Er konnte sich Randos plötzliche Hilfsbereitschaft nicht erklären. Irgendetwas stimmte nicht. Er hätte seinen Weg lieber alleine fortgesetzt. Aber da er sich in der Gegend nicht auskannte und auch Silvanus zuliebe, der über das Angebot der Jäger erleichtert zu sein schien, willigte er schließlich ein.

So kam es, dass kurze Zeit später drei Reiter dem unscheinbaren Pfad folgten, der sich den Höhenrücken hinter Silvanus' Schenke hinaufwand. Die Sonne hatte sich endlich Bahn gebrochen und warf Lichtfahnen zwischen den Stämmen hindurch auf den Waldboden. Aber keiner der Reiter hatte einen Blick dafür, denn der Boden war rutschig vom letzten Regen und neben ihnen fiel der Abhang steil ins Tal. Erst als sie die Anhöhe erreicht hatten, wurde der Weg breiter. Sogleich drängte Rando sein Pferd neben Wulfila und redete eine Weile heftig auf ihn ein. Dann gab er seinem Braunen die Fersen und galoppierte davon.

»Wo will er hin?«, rief Muha.

»Frag nicht so viel, Jüngelchen, wirst gleich sehen«, erwiderte Wulfila knapp.

Muha, der gehofft hatte, dass es nun schneller voranginge, sah sich getäuscht. Er hatte eher den Eindruck, dass Wulfila seinem Kumpan so viel Vorsprung lassen wollte wie möglich. Denn eine schier endlos erscheinende Strecke zockelten die beiden Pferdchen so gemächlich hintereinander her, dass er zu Fuß sicher schneller gewesen wäre.

Muha ärgerte sich. Was sollte dieses Hinhaltemanöver? Warum behandelten sie ihn wie ein Kind? Zwar hatte er nicht den Eindruck gehabt, dass Silvanus ihnen misstraute, doch sein anfänglicher Argwohn gewann wieder die Oberhand.

Gerade, als der Entschluss in ihm reifte, sich von ihnen zu trennen, drehte sich Wulfila zu ihm um und zeigte nach vorne — und da war Rando.

Umringt von einem kleinen Trupp Reiter, stand er vor einem mächtigen moosbewachsenen Felsblock und redete wild gestikulierend auf ihren Anführer ein. Beim Näherkommen bemerkte Muha, dass hier ein Weg kreuzte, der hinter dem Felsen bergab im Wald verschwand. Allem Anschein nach waren die Reiter von dort heraufgekommen. Ihre Pferde waren kräftig, gut genährt und mit Proviantsäcken, Wasserschläuchen und Waffen schwer bepackt. Ein bärtiger Hüne, der, die Daumen in seinen Gürtel gehakt, Rando zugehört hatte, starrte Muha an. »Wer ist das?«, hörte Muha ihn fragen, als sie herangekommen waren.

»Hat nichts mit dir zu tun.« Randos knappe Antwort ließ keine weiteren Fragen aufkommen. »Also, ihr wisst Bescheid«, beschloss er die Unterredung. »Und jetzt macht, dass ihr fortkommt.«

Einige der Männer murrten, aber auf ein Zeichen ihres Anführers hin saßen alle auf, wendeten ihre Pferde und verschwanden dahin, woher sie gekommen waren.

Auch Rando bestieg seinen Braunen und übernahm, ohne jede Erklärung, wieder die Führung. Zunächst folgten sie weiter dem Pfad, der deutlich sichtbar am Rande des breiten Bergrückens entlanglief. Obwohl die Bäume noch kahl waren, begrenzte der dichte Wald die Sicht auf ein paar Pferdelängen vor und hinter ihnen. Muha versuchte, sein Misstrauen niederzukämpfen. Sie ritten eindeutig in nördlicher Richtung. Daher gab es eigentlich keinen Grund, an der Hilfsbereitschaft der Jäger zu zweifeln. Nur Randos Verhalten war eigenartig.

Seit sie von Silvanus losgeritten waren, hatte Rando kein Wort mehr mit ihm gesprochen. Wo immer der Boden es zuließ, ritt dieser so schnell, dass die beiden kleineren Pferde Mühe hatten, Schritt zu halten. Wollte Rando neugierigen Fragen ausweichen? Oder hatte er nur Sorge, dass sie den Moenus vor Einbruch der Dunkelheit nicht erreichen könnten?

Muha schätzte, dass sie seit der Unterredung am Felsen vier oder fünf Meilen hinter sich gebracht hatten, als das Gelände allmählich abschüssiger und unwegsamer wurde. Bald konnte man beim besten Willen keinen Pfad mehr erkennen. Dünne Zweige peitschten ihm ins Gesicht und unter den Hufen des Pferdchens lösten sich Steine aus dem lockeren sandigen Boden und polterten den Hang hinunter.

Endlich drosselte Rando das Tempo und schließlich hielt er sogar an und wartete, bis Wulfila und Muha herangekommen waren. Nur wenige Schritte neben ihnen fiel der Boden fast senkrecht in eine felsige Klamm ab, auf deren Grund ein Wasserlauf zwischen bemoosten Steinen talwärts sprang. Das Rauschen des Baches wurde von den Felswänden zurückgeworfen und erfüllte die Schlucht mit einem alles übertönenden Getöse. Ein umgestürzter Baum hing verkeilt über dem Abgrund und hielt mit seinem verworrenen Wurzelwerk das Licht ab. Rando schrie Wulfila etwas zu, was Muha nicht verstand, und beide setzten sich wieder in Bewegung. Ein Stück weit ritten sie am Rand der Klippe entlang, bis sie plötzlich einer hinter dem anderen über den Rand der Böschung verschwunden waren. Muhas Pferd, um den Anschluss an seine Gefährten nicht zu verpassen, drängte eilig hinterher und kletterte, gewandt wie eine Wildziege, einen steilen, von oben nicht sichtbaren Steig den Abhang hinunter.

Unten übertönte der Lärm des Wassers jedes Wort. Muha ließ das Pferd trinken und folgte zu Fuß den beiden Männern, die, ihre Reittiere hinter sich herziehend, das sandige Bachufer entlangstapften. Plötzlich wichen die Felswände auseinander und gaben den Blick auf ein Wiesental frei. Das Getöse blieb hinter ihnen zurück und Rando verkündete, sie wollten hier Rast halten.

Die Pferde, ihrer Last ledig, begannen, das Bachufer nach

dem ersten Grün abzusuchen. Muha sah sich nach einem passenden Stein um und packte den Mundvorrat aus, den ihm Silvanus' Frau für die Reise mitgegeben hatte. In einem der sorgfältig zusammengeknoteten Tücher fanden sich kleine Fladen aus getrockneten Heidelbeeren, das zweite Bündel enthielt ein prächtiges Stück Rauchfleisch. Muha zog seinen Dolch, um den großen, schwarzen Klumpen in mundgerechte Stücke zu zerteilen. Rando, der auf dem ganzen Ritt nicht mit ihm gesprochen hatte, stand dabei breitbeinig über ihm. Gebannt sah er zu, wie die blanke Klinge glatt und widerstandslos durch die zähe Faser glitt, als wäre es ein Klumpen Talg.

»Hör mal«, sagte er unvermittelt, »drei Silberdenare für den Dolch, wie wär's?«

Muha, dem schon bei Silvanus Randos begehrliche Blicke auf den Dolch nicht entgangen waren, hatte fast damit gerechnet, dass so etwas kommen würde.

»Das ist sicher zu wenig. Aber gib dir keine Mühe, ich verkaufe ihn nicht«, entgegnete er gleichmütig, ohne im Schneiden innezuhalten.

»Bist ein Fuchs«, knurrte Rando. »Also von mir aus vier. Gutes Angebot dafür, dass das Ding gestohlen ist.«

Muha blickte auf. »Was fällt dir ein? Meinst du, ich bin ein Dieb?«

Rando lachte. »Ach, mach mir doch nichts vor. Überleg's dir. Dein Weg ist noch weit, dein Beutel ist leer. Denke, du könntest ein paar Münzen ganz gut brauchen.«

Muha richtete sich langsam auf. Er wischte den Dolch an seinem Hosenbein ab und steckte ihn zurück in die Scheide.

»Da gibt's nichts zu überlegen«, sagte er zu Rando, der dicht vor ihm stand. »Ich will den Dolch nicht verkaufen, ich brauche ihn.«

»*Manus manum lavat.*« Rando artikulierte die Worte langsam und sorgfältig. »Da staunst du, he, was der alte Rando alles weiß? Ich mein es ernst. Eine Hand wäscht die andere.

Vergiss nicht, dass wir dir geholfen haben.« Er rümpfte leicht die Oberlippe, sodass seine Zähne sichtbar wurden.

Muha verschränkte die Arme vor der Brust. »Nur dass das klar ist. Bis jetzt schulde ich dir gar nichts, Rando. Ich habe dich nicht um Hilfe gebeten. Ihr wolltet mich zum Moenus führen. Wir sind Meilen geritten, ich sehe keinen Fluss. Wo sind wir hier? Was wollt ihr von mir?«

»Das würdest du gerne wissen, he?« Rando starrte Muha herausfordernd an.

»Was soll das? Was redest du? Wer waren die Männer beim Felsen?«

»Das geht dich nichts an.« Randos Blick flackerte.

»Und wo ich meinen Dolch her habe und was ich damit mache, das geht dich nichts an. Genug, Rando! Unsere Wege trennen sich hier.«

Muha wollte an Rando vorbei, aber der trat ihm rasch in den Weg. Muha wurde lauter. »Lass mich in Frieden ziehen.«

»Misstrauisch geworden, was, Bürschchen? Traust uns nicht mehr?« Rando lachte. »Bist halt doch noch ein Grasfrosch. Gib mir den Dolch, dann kannst du gehen. Zum Moenus, von mir aus. Wenn du ihn findest.«

Muha spürte, wie sich jedes Haar in seinem Nacken einzeln aufrichtete. »Geh aus dem Weg!«, sagte er langsam.

»Oho, so leicht kommst du mir nicht davon!«, zischte Rando. Dann grinste er. »Schade, dass du mein Angebot ausgeschlagen hast, schade, schade.«

Noch im Sprechen machte Rando eine rasche Bewegung auf Muha zu, und plötzlich blitzte ein Jagdmesser in seiner Faust.

Muha wich langsam zurück. Da ließ ihn ein knackendes Geräusch in seinem Rücken herumfahren. Hinter ihm stand Wulfila und holte mit einem armdicken Ast zum Schlag aus.

Ah, so hatten sie sich das gedacht, durchzuckte es Muha. War es die Kraft der Empörung oder die Übung in Telegenus' Schule? Muha hätte es nicht sagen können. Aber es gelang ihm, sich zur Seite zu werfen. Der Asthieb krachte ins Leere. Noch im Fallen packte Muha Wulfila an den Knöcheln und riss ihn mit sich zu Boden. Augenblicke lang rollten die beiden Männer ineinander verkrallt über die Lichtung.

Der schmächtige Jäger wehrte sich verzweifelt. Muha konnte seinen verwundeten Arm noch nicht voll einsetzen. Dennoch gewann er rasch die Oberhand. Er drückte seinen Gegner an den Schultern zu Boden, riss den Dolch aus der Scheide und setzte Wulfila die Klinge an die Kehle.

»Zurück!«, brüllte Muha Rando zu. Dieser hatte dem Kampf zugesehen und kam jetzt, sein Messer noch in der Hand, dem Freund zu Hilfe. »Keinen Schritt näher!«

Muha spürte, wie seine Hand zitterte. Es war der Moment, vor dem er sich in der Arena gefürchtet hatte, der Moment, der dem Sieger keine Wahl ließ. Und Wulfila wusste das. Er begann unter Muhas Griff zu röcheln und zu wimmern. Rando blieb stehen.

»Wirf dein Messer weg«, keuchte Muha, »sonst ist es aus mit ihm.«

Rando zögerte. Dann aber öffnete er langsam die Faust und das Messer fiel zu Boden.

»Und jetzt zurück!«, befahl Muha heiser. »Los, zu dem Felsen da drüben!« Er wies mit dem Kopf nach einem großen Steinblock auf der anderen Seite des schmalen Wasserlaufes.

Sekunden stand Rando reglos und starrte ihn an. Wulfila jammerte leise. Endlich begann Rando, sich rückwärts hin zu der angegebenen Stelle zu bewegen.

Muha ließ Wulfila aufstehen. »Du kommst mit mir.«

Ohne Rando aus den Augen zu lassen, schob er den verängstigten Jäger vor sich her zu den Pferden, die sich am Bachufer verstreut hatten.

Randos Jagdmesser lag keine zehn Schritte von ihm entfernt im Gras. Muha hätte seinen Griff um Wulfila lockern müssen, um es aufzuheben. Das aber wagte er nicht.

Muha schubste Wulfila zu dem Pferd hin, das ihnen am nächsten stand. Es war Randos Brauner. Das Pferd hob erwartungsvoll den Kopf. Gut, dachte Muha. Randos Pferd war wahrscheinlich das einzige von allen dreien, das imstande war, zwei Reiter wenigstens ein Stück weit zu tragen.

Muha zwang Wulfila aufzusteigen. Dann schwang er sich hinter diesem auf den breiten Pferderücken und der Braune setzte sich schwerfällig in Bewegung.

Rando war inzwischen auf den Felsen geklettert. Er reckte die Faust. »Wir sehen uns noch«, brüllte er ihnen hinterher. Doch als Muha sich einige Augenblicke später noch einmal umschaute, war Rando spurlos verschwunden. Unterdessen hatten sich ihnen in einem gemächlichen Zockeltrab auch die beiden reiterlosen Pferde angeschlossen. So, wie es aussah, würde Rando zu Fuß gehen müssen.

»Und jetzt, wenn dir dein Leben lieb ist, führ mich zum Moenus!«, zischte Muha Wulfila zu.

Am Moenus

Als Muha auf den Felsvorsprung kletterte und den Moenus erblickte, stand die Sonne noch eine Handbreit über den Bergkuppen. Ein feiner Dunst hing schon über dem Fluss, der sich wie eine silberne Schlange zwischen bewaldeten Hängen hindurch nach Westen wand. Rechter Hand verschwand er hinter einem steilen Berghang. Links unter Muha, wo der Bach, dem er gefolgt war, in vielen Verästelungen in den Moenus mündete, breitete sich eine sumpfige, schilfbewachsene Senke aus. Ein mit Knüppeldämmen befestigter Weg und eine Holzbohlenbrücke führten darüber hin. Der Weg, der vom Nicer her den Pass mit dem Moenus verband, stieß hier am Rand des Waldgebirges auf den Fluss. Waren die Reiter, die bei Silvanus nach ihm gesucht hatten, überhaupt so weit gekommen? Muha hatte keine Spur mehr von ihnen gesehen. Doch nach dem unfreiwilligen Umweg mit den beiden Jägern war das auch nicht verwunderlich.

Es war sein Glück, dass ihm die Schicksalsgöttinnen den ängstlichen Wulfila in die Hände gespielt hatten und nicht den gefährlicheren Rando. Getrennt von seinem Kumpan, hatte sich der schmächtige Jäger widerstandslos in sein Missgeschick gefügt und ihn bereitwillig zu der Straße zurückgeführt, die vom Pass bis zum Moenus führte. Sobald er sich sicher war, auf dem richtigen Weg zu sein, hatte Muha Wulfila an einen Baum gefesselt. Nur wenig später hatte er auch das schwer lahmende Pferd zurückgelassen und war die letzten Meilen zum Moenus zu Fuß gegangen. Sicherheitshalber hatte er sich dabei immer in Sichtweite des Baches gehalten. Jetzt galt es, Mattiacus' Verwandten, den Flößer, zu finden. Dieser würde ihm dann schon weiterhelfen. Unter sich sah Muha jetzt einen Mann mit einem Lastpferd über die Brücke gehen. Die beiden zogen flussaufwärts und verschwanden hinter dem Steilhang, der ihm den Blick auf die Flussbiegung verstellte. Und gerade da, wo der Weg jenseits der Brücke wieder trockenen Boden erreichte, entdeckte Muha am Fuß des Steilhangs ein Lager mit Holzstapeln. In allen Längen und Stärken türmten sich dort die Stämme beiderseits des Weges vom Flussufer bis an den Berg hin. Inmitten der Stapel war ein langgezogener niedriger Schuppen zu erkennen. Wenn ihn nicht alles trog, wurde dort, trotz der fortgeschrittenen Stunde, noch gearbeitet.

»Grisonius' Floßlände«, sagte Muha leise. »Wo der Fluss bis an die Felsen heranreicht.« Hatte Mattiacus ihm die Stelle nicht genau so beschrieben? Hoffentlich erinnerte sich der alte Mann noch an seinen fernen Vetter in Mogontiacum. Es musste ein halbes Menschenleben her sein, seit sich die beiden zuletzt gesehen hatten.

Muha barg das Bernsteinamulett in seiner Faust, es fühlte sich glatt an und warm. Wie leicht hätte er es bei der Rauferei verlieren können? Dennoch hatten die Nächte im Freien und die Auseinandersetzung mit den Jägern ihre Spuren an seinen Kleidern hinterlassen, und seine Kappe musste er in Silvanus' Köhlerhütte vergessen haben. Daran ließ sich nichts mehr ändern. Er verbarg den Dolch im Schaft seines rechten Stiefels, krempelte die schmutzigen Ärmelränder um und zog den Gürtel enger. Einen Moment lang kam ihm das prächtige Stück Rauchfleisch in den Sinn, das er hatte zurücklassen müssen. Die Vorstellung, dass sich jetzt Rando den Bauch damit vollgeschlagen hatte, ärgerte ihn. Sei's drum. Alles in allem hatte er Glück gehabt.

Die Sonne würde bald verschwinden. Er musste sich beeilen. Da der Hang beiderseits des Felsvorsprunges nahezu senkrecht abfiel, musste er zuerst ein Stück zurückgehen, bevor er sich an den Abstieg machen konnte. Als Muha am Rande des Holzlagerplatzes anlangte, wehte ein kalter Wind vom Fluss herauf. Der säuerliche Geruch von Eichenrinde stieg ihm in die Nase. Eine Weile drückte er sich unschlüssig hinter ein paar Holzstapeln herum. Der mit Rinde übersäte Boden war vom Holzschleifen morastig und aufgewühlt. Als er sich umschaute, entdeckte er nicht weit entfernt zwei Jungen, die sich mit Hobeln an einem langen Eichenstamm abmühten. Beide waren so in ihre Arbeit vertieft, dass sie ihn zuerst gar nicht bemerkten. Erst als Muha sie ansprach, fuhren sie erschrocken herum.

»He, ich tu euch nichts. Könnt ihr mir sagen, wo ich hier den Floßherrn finde?«

Der größere der beiden Jungen richtete sich auf. Er war mager und sein verfilztes braunes Haar hing ihm wie ein Büschel Moos über die Stirn. Halb furchtsam, halb neugierig musterte er Muha. Umständlich wischte er sich mit dem zerschlissenen Hemdsärmel die Nase und zeigte dann über die Holzstapel hinweg zu dem niedrigen Schuppen auf der anderen Seite des Weges. Dies war das Gebäude, das Muha schon vom Berg aus gesehen hatte.

»Dort drüben, beim Einbinden«, sagte der Junge scheu.

Muha bedankte sich. Als er die Straße überquert hatte und auf den angegebenen Platz zuging, sah er, dass die Arbeiter, die er von ferne gesehen hatte, dabei waren, entastete Stämme mit Holztauen zu Böden zusammenzubinden.

Als sie ihn herankommen sahen, hielten sie inne.

»Suchst du wen?«, fragte ihn einer der Arbeiter.

»Den Grisonius, den Floßherrn«, antwortete Muha.

»Girisonius meinst du wohl«, der Mann feixte. »Da bist du ein bisschen zu spät.« Er sprach laut, damit es alle hören konnten. Tatsächlich kamen die anderen neugierig heran und umringten Muha.

»Aber den Floßherrn«, fuhr der Mann fort, »den haben wir hier.« Er wandte sich um und brüllte zum Schuppen hinüber. »He, Gibais, hier will dich jemand sprechen.«

Ein großer, breitschultriger Mann mit der Statur eines Grobschmiedes kam langsam herüber. Er hatte ein derbes, fleischiges Gesicht und kaute auf einem Holzsplint herum, der ihm seitlich aus dem Mundwinkel ragte. Sein schwarzes, nach römischer Mode geschnittenes Haar stand in eigenartigem Gegensatz zu den wilden Bartstoppeln um seinen Mund. Auch der von einer schweren Spange gehaltene feine Wollmantel und die sorgfältig gearbeiteten Stiefel aus Hirschleder schienen nicht so recht zu seinem Auftreten zu passen.

Gibais verschränkte die Arme vor der Brust und blickte auf Muha. »Du willst mich sprechen?«

»Ich suche den alten Girisonius«, entgegnete Muha.

Gibais spuckte den Holzsplint aus.

»Was willst du von ihm?«

»Ein Vetter von ihm hat mich gebeten, ihm etwas auszurichten.«

»Wer soll das sein?«

»Mattiacus aus Mogontiacum.«

»Kenn ich nicht.«

Muha trat einen Schritt zurück. »Also eigentlich war seine Frau mit ihm verwandt, mit Girisonius meine ich …«

»Dann geht er mich gleich gar nichts an«, fiel ihm Gibais ins Wort. »Hör zu, hier gibt es keinen Girisonius. Wenn du was willst, musst du dich schon mit mir abfinden.«

Muha überlegte. Er musste so schnell wie möglich von hier wegkommen. Hier an der Straße auf den Limes zu war es zu gefährlich. Vielleicht konnte er auf dem Floß mitfahren, das sie gerade zusammenbauten? Warum sollte nicht noch einmal gelingen, was mit der Fahrt auf Valmarus' Schiff geglückt war? Außerdem ließ sich ein Floß, wenn es erst einmal in Fahrt war, nicht so schnell anhalten wie ein Schiff. Und bei Gefahr konnte er immer noch ins Wasser springen, ans andere Ufer schwimmen und im Wald verschwinden.

»Wann geht das Holz den Fluss hinunter?«, fragte Muha.

Gibais rieb Daumen und Zeigefinger aneinander.

»Kannst du zahlen?«

»Ich kann Hand anlegen.« Die Männer lachten.

»Hand anlegen«, äffte Gibais ihn nach. »Kannst du überhaupt einen Floßhaken halten? Blöcher treiben, rollen, drehen, wenden?« Er winkte ab. »Nein, nein. Ich hab Leute genug. Scher dich fort. Gesindel ist hier nicht gern gesehen.«

Gibais drehte sich auf dem Absatz herum und wäre fast mit einem Mann zusammengestoßen, der sich von hinten eilig zwischen den Arbeitern hindurchdrängte.

Dieser war kein Flößer, das war ihm auf den ersten Blick anzusehen. Fast einen Kopf kleiner und rundlich von Gestalt, wirkte er neben dem grobschlächtigen Gibais gewandt und lebhaft, ja fast vornehm. Mit einem Gruß wich er Gibais aus und steuerte mit gewinnendem Lächeln direkt auf Muha zu.

»Moment, junger Mann. Könnten wir uns ganz kurz miteinander unterhalten?«

Er fasste Muha freundschaftlich bei der Schulter und nahm ihn ein paar Schritte zur Seite.

»Ich habe alles angehört. Welch glückliche Fügung! Dich haben die Götter geschickt. Wenn ich richtig verstanden habe, willst du flussabwärts, und ich suche dringend jemanden, der bei mir anpacken kann.«

Von dem Redeschwall überrumpelt, machte sich Muha los und trat zwei Schritte zurück.

»Habe den alten Girisonius gut gekannt«, fuhr der Mann fort, »bist du mit ihm verwandt?«

»Nicht direkt«, wich Muha aus, »eher weitläufig.« Das war nicht gelogen, immerhin war Mattiacus' Frau ja auch eine Chattin gewesen.

»Letzten Herbst haben sie ihn zu Grabe getragen.« Der

Mann senkte die Stimme. »Sein Schwiegersohn«, er deutete mit dem Kopf zu den Flößern hin, »hat jetzt hier das Sagen. Hat Streit gegeben, na ja, kommt vor.«

Er räusperte sich und fuhr dann lauter fort. »Nun, junger Freund, willst du mir nicht sagen, wo du eigentlich hinwillst?«

Muha blickte sich rasch nach beiden Seiten um. Das Erlebnis mit Rando und Wulfila hatte ihn vorsichtig gemacht. Dieser gut gekleidete, redegewandte Mann wirkte auf der morastigen Floßlände mitten in der Wildnis irgendwie fehl am Platz. Vielleicht war es eine Falle?

»Auf jeden Fall auf die andere Seite«, stieß er rasch hervor. »Gibt es hier eine Furt?« Zwar wusste er nicht, wo genau der Pfahl auf den Moenus stieß, aber auf jeden Fall, und das hatte ihm auch Silvanus noch einmal bestätigt, war das Land jenseits des Moenus freies Land.

»Über den Fluss, bei dem Hochwasser? Was willst du da drüben? Nichts als Wald.« Der Mann schüttelte verständnislos den Kopf. »Hör zu, heute Morgen auf der Herfahrt hatte ich einen Achsenbruch. Mein Wagen stürzte um und mein Knecht Bassus wurde darunter begraben. Es hat ihn böse erwischt, ich habe ihn mit dem Boot zurückgeschickt. Jetzt stehe ich ohne Hilfe da. Für einen kleinen Gefallen würde ich dich mitnehmen. Wenn du ein Stück flussaufwärts mitkommst, werde ich dir alles erklären. Ich bin sicher, wir können uns einig werden.«

Muha wandte den Kopf. Von der Holzbohlenbrücke her hörte man dumpfen Hufschlag. Zwei römische Reiter trabten nebeneinander her an der Floßlände vorbei flussaufwärts. Obwohl sie nicht einmal herüberschauten, zog Muha unwillkürlich den Kopf ein.

Sein Gegenüber blickte ihn an. »Ach so«, sagte er leise, »was ausgefressen? Bist wohl deinem Herrn entlaufen?« Muha nickte stumm. »Wie heißt du denn?«

Muha nagte an der Unterlippe. Lügen, das war ihm von Kind an eingeschärft worden, war eines der schwersten Vergehen und wurde streng bestraft. Einer seiner Altersgenossen war wegen fortgesetzter Lügen einmal nackt mit Ruten geschlagen und in den Wald gejagt worden.

Aber seitdem er auf der Flucht war, hatte er nun schon so oft einen falschen Namen genannt, dass es auf dieses eine Mal jetzt auch nicht mehr ankam.

»Felicio, ich heiße Felicio«, antwortete er ohne aufzublicken.

»So so.« Sein Gegenüber senkte den Kopf und schien einen Moment nachzudenken. Dann schaute der Mann Muha an und sagte: »Nun gut, es ändert nichts an meinem Angebot. Ich bin Geschäftsmann. Wenn du für mich arbeitest, nehme ich dich mit. Mein Wort darauf.«

Muha blickte zu den Arbeitern hinüber, ob ihnen jemand zuhörte. »Das geht nicht«, sagte er leise, »sie kontrollieren an der Grenze.«

Der Geschäftsmann lächelte. »Ich bin Ibliomarius Perpetus aus Nundinae. Ich habe einen unbefristeten Passierschein. Jeder kennt mich hier. Niemand wird uns anhalten. Aber jetzt komm schnell, es ist nicht weit.«

Ohne Muhas Zustimmung abzuwarten, drehte er sich um, hob den Saum seines Umhanges und suchte, vorsichtig die morastigen Stellen umgehend, einen Weg zur Straße.

Muha sah ihm hinterher. Was sollte er tun? Die Flößer beachteten ihn nicht mehr. Es wurde bald dunkel. Mit dem Wagen konnte er heute noch von hier wegkommen. Irgendwie musste er sich entscheiden. Also gut. Mal sehen, was Perpetus von ihm wollte.

Dieser wartete ungeduldig am Rand des Holzplatzes, bis Muha ihn eingeholt hatte.

»Hier entlang.«

Jetzt sah Muha, wohin der Weg führte, den die Reiter genommen hatten.

Auf dem Uferstreifen der Flussbiegung, wo sich die roten Felsen seit undenkbaren Zeiten dem Moenus entgegenstemmten, standen, dicht an den Berg gerückt, eine Handvoll Hütten und ein langgestreckter offener Lagerschuppen. Im Wasser lagen zwei Lastkähne hintereinander vertäut, und ein einsames Lastpferd weidete angepflockt auf der Böschung. Im Gegensatz zu der Floßlände war hier niemand mehr zu sehen, nur die Spuren zwischen Ufer und Bergwand zeugten von mühevoller Arbeit. An einigen Stellen waren tiefe Schächte in die Sandsteinfelsen getrieben. Steinquader in verschiedenen Größen, ordentlich auf Holzbohlen gesetzt, warteten auf ihren Abtransport.

Perpetus eilte voran, ja er rannte fast. »Da vorne ist es schon!« und »Gleich sind wir da!« rief er ein ums andre Mal über die Schulter, wobei er sich versicherte, dass Muha auch folgte.

Sie überquerten eine Schleifbahn, die vom Steinbruch quer über den Uferweg hinunter zu der einfachen, mit Holzpflöcken befestigten Schiffsanlegestelle führte.

Perpetus drehte sich zu Muha um. »Siehst du, kein Mensch mehr hier. Ich hatte gehofft, mir einen von Gibais' Flößern ausleihen zu können. Aber morgen geht die letzte Trift vor dem Ceres-Fest den Moenus runter. Da können sie natürlich keinen entbehren.«

Er bog hinter einem Haufen Gesteinsschutt zu einem niedrigen Haus ein, aus dessen Giebelöffnung ein dünner Rauchfaden strich. Im Hof stand ein schwerer zweirädriger Wagen, fertig angeschirrt mit drei kräftigen Maultieren.

»Hoffe, wir schaffen es zu dritt.« Perpetus zeigte auf einen grob zubehauenen, mit Holztauen umwickelten Steinblock, der neben der Haustür auf einem Holzschlitten aufgebockt war.

Er schob einen löcherigen Türvorhang zur Seite, legte die Hände zu einem Trichter zusammen und brüllte hinein.

»Wunjo! Wunjo, ich habe jemanden gefunden.«

Zuerst stoben ein paar Hühner an Perpetus vorbei ins Freie, dann erschien ein zwergenhafter, buckliger Mann mit grauen

Bartstoppeln und kleinen, tränenden Augen. Als er Muha sah, verzog er den Mund zu einem Grinsen, das ein paar schwarze Zahnstummel entblößte. Dann bückte sich der Alte nach einem Bündel zusammengerollter Strohmatten und ging damit zum Wagen. »Müsste halten«, lispelte er, während Perpetus, unter den Wagen gebeugt, die Achse begutachtete.

»Darfst halt nicht immer fahren wie beim Wagenrennen.« Der Alte grinste, warf die Strohmatten auf die Ladefläche und breitete sie dort aus.

Perpetus war die Erleichterung anzusehen. »Ich werde fahren, als hätte ich Samische Ware geladen«, sagte er und fuhr dann im gewohnten Befehlston fort. »Aber der Wagen muss näher ran.«

Der Alte hielt die Hand hinters Ohr. »Näher ran!«, brüllte Perpetus. »Zum Stein.«

Muha sah der Aufgabe mit gemischten Gefühlen entgegen. Der Steinblock war nicht klein. Aufgestellt, schätzte er, reichte er ihm mindestens bis zur Hüfte, und weder Perpetus noch das verhutzelte Männchen schienen besonders kräftig zu sein. Und er selbst konnte mit seinem verwundeten Arm noch lange nicht so zupacken wie sonst.

Es wurde dann tatsächlich eine ziemliche Plackerei. Perpetus wieselte um Muha und das alte Männlein herum und gab viele Anweisungen. Und als er dann wirklich einmal mit anfasste, quetschte er sich die Finger und unterließ jeden weiteren Versuch. Muha trug eine Abschürfung am Bein davon, und allen dreien lief der Schweiß übers Gesicht. Aber dank dem erstaunlichen Geschick des Alten, der mit untergelegten Stangen hebelte und kippte und schob, schafften sie es am Ende doch. Perpetus klopfte sich den Staub aus den Kleidern, nahm einen Schluck aus dem Krug, den ihm der Alte reichte, und gab ihn dann an Muha weiter.

»Wer arbeitet denn hier?«, fragte Muha und ließ den Blick über den Steinbruch schweifen.

»Ein Arbeitskommando der Zweiundzwanzigsten Legion. Sie sind heute Nachmittag zu dem Kohortenlager flussabwärts gefahren und werden wohl erst nach dem Ceres-Fest wiederkommen. Ich hatte noch Glück im Unglück, dass sie meinen verletzten Knecht Bassus in ihrem Boot mitgenommen haben.« Perpetus tupfte sich mit einem Tuch das Gesicht ab. »Nur ganz da oben bleibt ein Wachposten, wegen der Schiffe.« Er zeigte auf ein fahles Dach, das im Dämmerlicht oberhalb der Anlegestelle gerade noch zu erkennen war.

»Vor acht Jahren, als ich hierher kam«, fuhr Perpetus fort, »fing es gerade an mit dem Abbau. Für mich als Steinhändler ein Glücksfall. Schau dir das an«, fast zärtlich strich er über die Oberfläche des aufgeladenen Sandsteinblocks, »weiß und fein wie Marmor. Solches Material findest du im weiten Umkreis nur hier. Aber was rede ich, es ist ja schon fast dunkel, wir müssen los.«

Auf der Floßlände wurde im Schein von Fackeln immer noch gearbeitet, als der schwere Wagen wenig später langsam über die Holzbrücke rumpelte. Auf Perpetus' Anordnung hin ging Muha neben dem Gefährt her und beobachtete die Achse.

»Sieht gut aus«, meldete Muha, nachdem der Wagen die unebenen Schwellen ohne Schaden passiert hatte.

»Na, dann komm, steig auf.« Perpetus hielt an und Muha kletterte neben ihn.

»Was für ein Tag!«, stöhnte Perpetus. »Erst der Unfall, dann die Plackerei mit dem Stein und jetzt im Dunkeln den ganzen elenden Weg zurück. Hoffe bloß, dass die Achse bis zur Grenze hält.«

»Warum habt Ihr denn den Stein nicht mit dem Boot flussabwärts geschickt?«

»Weil es eilt, Junge, weil es eilt. Bis der nächste Lastkahn nach Nundinae fährt, können zehn Tage vergehen. Denk nur nicht, ich suche jeden Stein persönlich aus. Aber hier handelt es sich um einen wichtigen Auftrag.«

»Wie weit ist es denn bis Nundinae?«, fragte Muha.

Perpetus lachte. »So weit, dass wir heute nicht mehr hinkommen, nicht in dem Tempo. Erst müssen wir mal die zwölf Meilen bis zur Grenze schaffen. Dann geht es noch ein, zwei Meilen das Tal der Nemaninga hoch. Dort liegt der Hof meines Schwagers. Da werden wir übernachten.«

»Und wenn die Leute fragen?«

»Ach woher denn, bis wir ankommen, ist bald Mitternacht. Ich werde sagen, ich hätte mir einen der Floßknechte ausgeliehen. Du kannst im Stall schlafen. Morgen früh fahre ich zuerst alleine hinunter zum Moenus. Ich muss dem Benefiziarier die Entwürfe vorlegen. Danach komme ich zurück und hole dich ab. Und dann geht's in einem Stück durch bis Nundinae.«

»Was? Einen Benefiziarier gibt es da?«, fragte Muha.

Perpetus blickte ihn von der Seite an. »Kein Grund, den Mut zu verlieren. Mit Ibliomarius Perpetus kann dir nichts passieren. Was meinst du, für wen ich den Stein geholt habe? Eigentlich hätte ich heute schon dort vorsprechen müssen. Durch diesen dummen Unfall konnte ich nicht rechtzeitig zurück.«

Muha versank in Schweigen. Im Licht der Wagenlampe konnte er die Joche der Maultiere erkennen, die sich in ungleichmäßigem Rhythmus auf und ab bewegten. Das Rumpeln, Klirren und Knarren des Wagens hallte in der Stille, die sie umgab.

»Na, so schweigsam?«

Perpetus, der sich auf dem einsamen Weg in diesem Niemandsland ebenfalls nicht besonders wohl zu fühlen schien, versuchte das Gespräch am Laufen zu halten. »Erzähl mir von dir«, sagte er zu Muha. »Deinen Dialekt habe ich schon mal gehört. Lass mich raten. Du kommst aus der Ecke von Aquae Mattiacorum, hab ich recht?«

»Sehr viel weiter nördlich, jenseits der Grenze.«

»Aha, und da willst du jetzt wieder hin? Warum bist du deinem Herrn denn weggelaufen? Schlecht behandelt, was?«

»Ja, auch.« Muha starrte ins Dunkel. Zu seinem Glück scheuten gerade in diesem Moment die Zugtiere und machten einen Satz nach vorne. Der Wagen ruckte und Perpetus griff hastig nach den Zügeln. »He! Brrh!« Eine Eule, die lautlos über sie hinweggesegelt war, hatte die Tiere scheu gemacht.

»Ganz ruhig, meine Täubchen. Fehlte gerade noch, dass ihr jetzt mit der Karre durchgeht«, brummte Perpetus.

Es dauerte einige Zeit, bis sich die Tiere beruhigt hatten.

»Ich habe immer ein mulmiges Gefühl, wenn ich nachts alleine unterwegs bin. Und hier draußen ganz besonders, so weit außerhalb der Grenze. Vielleicht liegt es daran, dass ich aus einer Stadt komme. Augusta Treverorum!« Der Stolz in seiner Stimme war nicht zu überhören.

Muha zuckte die Schultern. »Den Namen kenne ich nicht.«

»Unmöglich!«, rief Perpetus. »Die prächtigste, die älteste Stadt in der ganzen Provinz Belgica. Das zweite Rom. Dagegen ist Mogontiacum ein schäbiges Dorf. Die Tempel dort, die Theater, Bäder und Aquädukte muss man gesehen haben. Meine Vorfahren haben die Stadt mit aufgebaut, fast von Anfang an.«

Muha kannte nur das Amphitheater von Mogontiacum, die Rheinbrücke dort und die Festung auf der anderen Seite, wo er gefangen gewesen war. Das genügte. Er würde für den Rest seines Lebens um jede römische Stadt einen weiten Bogen machen.

»Ich habe solche Gebäude schon gesehen«, sagte er gedehnt. »Seid Ihr denn ein Baumeister?«

»Nicht ganz. Wir sind Großhändler in Steinen, *lapidarii*. Mein Vater, mein Bruder, mein Onkel, auch ich. Wir beraten die Auftraggeber und beschaffen den Baumeistern das Material, was sie brauchen. Basalt aus der Eifel, Tuff aus dem Tal der Nette, Trachyt aus Bonna am Rhein, Granit vom Felsberg. Sogar Steine aus Syene am Nil gibt es in Augusta Treverorum.«

Keinen der genannten Namen hatte Muha je gehört. »Warum seid Ihr dann von dort weggegangen?«, fragte er vorsichtig.

»Ach, weißt du, die Augusta ist ein ausgetretenes Pflaster. Und es gibt viele dort wie mich. Ein Legionszenturio aus Nundinae hat mir damals von den rasch wachsenden Dörfern hier am Moenus erzählt. Er sagte, die ansässigen Steinmetze könnten nur Bauquader behauen«, Perpetus lachte. »Schon einen Löwen von einem Eber zu unterscheiden, sei zu viel verlangt von ihnen. Von lateinischen Buchstaben ganz zu schweigen.« Perpetus schnalzte mit der Zunge, um seine Mulis aufzumuntern, die jetzt schläfrig dahintrotteten.

»Und da dachte ich«, fuhr Perpetus fort, »dem kann man abhelfen. Inzwischen habe ich mich in Nundinae niedergelassen und mein Name ist in der ganzen Gegend bekannt. Wer ein Grabmal, einen Altar oder Gedenkstein braucht, kommt zu Ibliomarius Perpetus. Ich habe mehrere Werkstätten unter Vertrag. Ich besorge die passenden Entwürfe und kümmere mich, wie du siehst, sogar persönlich ums Material.«

»Also arbeitet Ihr fürs römische Heer?«

»Vorwiegend. Aber nicht mehr allein. Hier sind in den letzten Jahren viele reich geworden.« Perpetus hielt mit der Rechten die Zügel hoch, bückte sich unter den Sitz und zerrte mit der anderen Hand eine Decke unter dem Wagenbock hervor. »Du wirst es nicht glauben, auch Gibais, den du vorhin gesehen hast, Girisonius' Schwiegersohn, ist einer meiner Kunden. Hat ein Grabmal für den Alten und seine Bibulia bestellt, im römischen Stil, mit allem Drum und Dran. Vielleicht treibt ihn ja doch das schlechte Gewissen, die Götter mögen es wissen.« Perpetus reichte Muha die Decke. »Hier, häng dir das um. Es ist kalt. Böse Zungen behaupten ja«, fuhr Perpetus im selben Atemzug fort, »Gibais spekuliere nur auf das römische Bürgerrecht. Na, egal. Den armen Seelen sei's gegönnt.«

Perpetus zog eine zweite Decke hervor und stopfte sie um

seine Beine fest. »Geld hat er ja. Ist mit der Mainzer Legion jetzt ganz groß im Geschäft. Das ganze Holz, was sie da oben schlagen, muss ja auch zu Tal. Und das Flößen, im Frühjahr die wilden Flüsse runter, nicht ungefährlich! Das überlassen sie dann lieber den Einheimischen.« Perpetus streckte die Hand aus und berührte Muhas Schulter. »Sag mal, schläfst du?«

Muha hörte tatsächlich nur noch mit halbem Ohr zu. In der Ferne hatte er zwei Lichtpünktchen ausgemacht, die langsam größer wurden.

Auch Perpetus entdeckte sie jetzt. »Sieht aus, als hätten wir's bald geschafft.« Seiner Stimme war die Erleichterung anzuhören.

Ein Schlagbaum versperrte die Straße. Rechts und links brannten mannshohe Fackeln und ein Wachsoldat mit erhobener Lanze trat aus dem Dunkeln an den Wagen heran. »Passierschein?«

Perpetus hob eine kleine Holzplakette, die er an einer Schnur um den Hals trug. »Ibliomarius Perpetus und Knecht.«

Der Soldat nickte und trat zurück, ohne das Dokument weiter zu prüfen. Der Schlagbaum hob sich, die Maultiere zogen an und auf einmal rollte der Wagen glatt auf einer gepflasterten Straße dahin.

»Na, was habe ich gesagt? Gleich sind wir da.« Perpetus ließ die Peitsche knallen und die Maultiere, die schon den heimatlichen Stall witterten, legten sich noch einmal ins Zeug. Als sie von der gepflasterten Straße in einen holprigen Feldweg abbogen, musste Muha, der müde und zugleich angespannt war, sich auf dem schwankenden Wagen festhalten.

Er erkannte eine Mauer, die den Weg rechts und links flankierte. In einiger Entfernung vor ihnen flammte ein Licht auf. Ein Hund bellte und dann rumpelte der Wagen durch geöffnete Torflügel in einen Hof.

Kampfhähne

Die beiden Reitersoldaten hinter ihm lachten schallend. Serenus drehte sich im Sattel um und blickte sie an. Seit sie von Silvanus' Schenke losgeritten waren, rissen die beiden in einem fort anzügliche Witze, laut genug, dass er jedes Wort verstehen konnte. Glaubten sie, weil sie Natalis unterstanden, brauchten sie einem Hilfstruppenzenturio keinen Respekt entgegenbringen? Hatte Maris abfällig über ihn gesprochen? Zumindest schienen sie seinen Blick verstanden zu haben. Er hörte ihre Stimmen jetzt nur noch halblaut.

Und mit diesen Männern musste er heute Abend womöglich ein Zelt teilen. Serenus hatte wenig Erfahrung darin, im Freien zu kampieren. Er hatte sich bei solcher Gelegenheit schon einmal eine Blöße gegeben. Viel lieber wäre er bis zu dem befestigten Lager der vierten Aquitaner-Kohorte weitergeritten. Maris hatte ihm ja die Wahl gelassen. Aber den Präfekten dort kannte er überhaupt nicht.

In solche Gedanken vertieft, erreichte Serenus wenig später mit seinem Reitertrupp den Moenus. An der Stelle, wo der Fluss in einer engen Biegung hinter einem Bergzug hervorkam, stießen sie auf die Soldaten eines Sonderkommandos der Zweiundzwanzigsten, die hier, weit außerhalb des Limes, Sandstein abbauten. Diese waren eben dabei, ihr Mannschaftsboot klarzumachen, um den bevorstehenden Feiertag im nächsten Kastellvicus zu verbringen. Sie hatten einen Verletzten dabei, der allem Anschein nach mehrere Knochenbrüche erlitten hatte. Einer von Serenus' Reitern, der als Feldarzt ausgebildet war, half, den jungen Mann ins Boot und dort in eine halbwegs erträgliche Lage zu bringen. Im Übrigen hatten weder die Steinhauer noch die einheimischen Flößer, die an der nahegelegenen Furt Stämme zusammenbanden, irgendetwas Außergewöhnliches beobachtet. Nach kurzer Rast ritten sie weiter. Die Landschaft am Fluss war lieblicher und die Luft milder als oben am Pass. Die sanft gerundeten Hügel wirkten nicht so bedrückend wie die schroffen Waldhänge und die Flussufer waren schon richtig grün.

Seit Serenus seinen Posten angetreten hatte, war er noch nie so weit den Moenus heruntergekommen. Er war froh, dass die Soldaten hinter ihm jetzt schwiegen. Man hörte nur das dumpfe Klopfen der Hufe und das Klingeln der Pferdezäume. Serenus genoss die Stille und hing seinen Gedanken nach. Als der Reitertrupp am späten Nachmittag die kleine Grenzstation an der Nemaninga erreichte, stiegen auch die geübteren Reiter mit schmerzenden Schenkeln von ihren Pferden. Einige von ihnen begannen sofort, sich nach einem geeigneten Platz für die beiden mitgeführten Lederzelte umzusehen. Serenus ließ sie gewähren. Doch dann erfuhr er im Gespräch mit einem der Grenzsoldaten, dass seit ein paar Wochen ein gewisser Gaius Tettius Secundus der Aquitaner-Kohorte als neuer Präfekt vorstand. Sofort rief Serenus die Soldaten zurück. Das änderte natürlich alles. Sie kannten sich zwar nur flüchtig. Serenus hatte ihn in Mogontiacum ein paar Mal auf dem Ballspielplatz getroffen. Einmal, erinnerte er sich, waren sie auch zusammen im Theater gewesen. Auf alle Fälle würde Tettius ihn wiedererkennen.

Die Aussicht auf ein ordentliches Abendessen, ein Glas Wein und eine bequeme Liege weckten in Serenus neue Kräfte. Ein bisschen Legionsklatsch war allemal interessanter, als Hinweisen auf irgendwelche fragwürdigen Vorkommnisse am Grenzzaun nachzugehen. Und, den Göttern sei Dank, er konnte sich die ungemütliche Nacht im klammen Lederzelt am Flussufer ersparen. Während seine Reiter verdrossen wieder auf ihre Pferde kletterten, ritt Serenus schon voraus. Die Ausfallstraße führte in gerader Linie auf das Südtor, die *porta principalis dextra,* der Festung zu. Schon aus einer halben Meile Entfernung konnte Serenus über den grauen Dächern des Lagerdorfes die beiden hellen Tortürme aufragen sehen. In vielen Häusern wurde schon gekocht und ein dünner blauer Rauchschleier hing über der Siedlung. Zwei Fuhrwerke kamen ihm entgegen. Serenus zügelte sein Pferd und wartete, bis die Reiter hinter ihm aufgeschlossen und sich in Zweierreihen formiert hatten. Wie belebt die Straße hier gegen Abend noch ist, dachte er. Und wie sauber und ordentlich die Häuser mit ihren einheitlich rotgefassten Sockeln wirken. Eine Schar von kreischenden Kindern und ein paar Hunde rannten ein Stück neben ihnen her. Die Erwachsenen, die noch auf der Straße unterwegs waren, blickten dagegen kaum auf, als der Reitertrupp vorbeizog. Ein ziegelgedecktes Anwesen stach aus den anderen Häusern hervor. Das musste die neue Benefiziarierstation sein. Eine Gruppe von bärtigen Männern in Kapuzenumhängen drängte sich dort um zwei Wachsoldaten und redete gestikulierend auf sie ein.

Schon erhob sich vor ihnen das Doppeltor des Kohortenlagers. Gerade polterte ein mit Stroh beladener Wagen über die Holzbrücke und durch den Bogen.

Ein Wachposten trat ihnen entgegen. Serenus tastete an seinem Gürtel nach dem Täfelchen mit dem Kennwort von Natalis. Er fand es nicht gleich. Die Reiter hinter ihm, die inzwischen abgesessen waren, wurden unruhig. Halt, da war es ja. Serenus atmete auf. Der Wachsoldat las, nickte und gab den Weg frei. Einer hinter dem anderen führten die Reiter ihre müden Pferde durch den Toreingang. Drinnen versammelten sich alle um Serenus. Linker Hand der Lagerstraße standen zunächst die beiden *horrea,* große Speicherhäuser, vor denen gerade ein Wagen mit Holzfässern abgeladen wurde. Daran schloss sich das Wohnhaus des Präfekten an, und auf dem kleinen freien Platz davor vertrieben sich einige von Tettius' Aquitanern ihren Feierabend damit, in einer Einfriedung aus Flechtwerk Kampfhähne aufeinander loszulassen.

Während einige von ihnen mit bloßem Oberkörper über dem Zaun hingen und die aufgeplusterten Vögel mit Weidenruten noch anstachelten, boten die anderen Wetten aus. Serenus sah die Augen seiner Männer leuchten. Sobald er die Frage der Unterkunft seiner Reiter geklärt hatte und ihre Pferde versorgt waren, entließ er sie. Er sah, wie sie sich begeistert unter das fachsimpelnde Publikum der Hahnenkämpfe mischten. Umso besser.

Serenus selbst machte sich auf die Suche nach dem Präfekten. Er fand Tettius in einem der Speicher, wo dieser mit seinem Feldzeichenträger Novianus die Lebensmittel-Liste für den Feiertag kontrollierte.

Tettius, ein mittelgroßer stämmiger Mann in den Zwanzigern, begrüßte Serenus wie einen alten Freund. Gemeinsam besuchten sie zuerst das Bad. Später machten sie es sich zusammen mit Novianus auf den Liegen im *triclinium* von Tettius' Prätorium bequem.

Es war schon ziemlich spät, als ihre Unterhaltung unterbrochen wurde. Ein Wachsoldat klopfte an die Tür und machte Meldung. »Draußen vor dem Haupttor steht ein Mann, der behauptet, überfallen worden zu sein.«

»Überfallen?«, Serenus setzte sich auf.

»Ja, von Banditen oder wie?«, fragte Tettius, ohne sich zu rühren.

»Nein, also ich glaube, er sagte beraubt«, entgegnete der Soldat. »Man versteht ihn kaum. Er redet so ein Kauderwelsch. Offenbar war er mit zwei anderen unterwegs und es hat Streit gegeben. Und jetzt will er, dass wir ihm helfen.«

»Ist er verletzt?«, fragte Tettius weiter.

»Sieht nicht so aus.«

»Hat er ein Pferd?«

»Na, was sie hier so Pferd nennen.«

Tettius grinste. »Dann erklär ihm, dass er sich morgen früh an den Benefiziarier wenden soll. Der ist für solche Fälle zuständig. Ist ja wirklich nicht weit.«

Der Soldat salutierte und verschwand.

»Ja willst du denn den Mann nicht vernehmen?«, fragte Serenus. »Vielleicht hängt das mit den Überfällen zusammen, vor denen Natalis gewarnt hat?«

»Nicht nötig«, Tettius winkte ab. »Du hast ja gehört, dass es keine Bande war. Glaub mir, solche Streitereien sind hier an der Tagesordnung. Seit sich rumgesprochen hat, dass sich jetzt am Moenus schnelles Geld machen lässt, versuchen hier viele ihr Glück.« Tettius nippte an seinem Wein. »Manche dieser Leute kommen von weit her, dazu noch die fremden Soldaten. Viele können sich mit den Einheimischen kaum verständigen, na, du kannst dir vorstellen.«

Novianus nickte. »Manchmal sind es bloß Missverständnisse. Aber auch handfeste Betrügereien kommen vor. Und da draußen in den Wäldern vor der Grenze, da findet lichtscheues Gesindel immer Unterschlupf.«

»Auf jeden Fall schaffen wir das einfach nicht mehr«, fuhr Tettius fort. »Und es ist auch eigentlich nicht unsere vorrangige Aufgabe, Händel zu schlichten. Ist schon in Ordnung, dass sie einen Benefiziarier hierher gesetzt haben.« Novianus pflichtete ihm bei. »Ja, ausnahmsweise mal eine sinnvolle Maßnahme des Statthalters.«

»Dieser neue Benefiziarier, kam er nicht letzten Sommer nach dem schweren Unwetter an?«, fragte Serenus. »Im Bad wurde über das schlechte Vorzeichen gemunkelt.«

»Nein, das war schon der zweite«, erklärte Novianus, der bereits ein Jahr länger am Moenus stationiert war. »Der erste kam im Januar, vor Eurer Zeit sozusagen: Julius Vibunnius Vindex. Da war die Wachstation noch eine halbe Baustelle, außenrum alles Schnee und Schlamm. Deshalb musste er die Einweihungsfeier auf die Floralia im Mai verschieben. Die Befehlshaber aller hier stationierten Einheiten waren da. Damals habe ich auch Antonius Natalis zum ersten Mal gesehen und noch ein paar andere von eurem Pass da oben.«

»Und diesen Januar ist der dritte Benefiziarier gekommen«, unterbrach Tettius. »Titus Flavius Victor von der Zweiundzwanzigsten, den kennst du auch.«

»Kenne ich den?«, Serenus überlegte.

»Ja, sicher. Das ist der, dessen Frau mit dem jungen Hilfstruppenkommandanten durchgebrannt ist, so einem gutaussehenden Angeber«, half Novianus weiter.

»Ja doch. Ich glaube, ich weiß, wen Ihr meint.« In Wahrheit erinnerte Serenus sich sehr gut. Die Sache hatte sich ereignet, als er neu in Mogontiacum angekommen war. Es war ihm damals fast tröstlich erschienen, dass auch anderen Männern von ihren Frauen übel mitgespielt wurde. Obwohl ihn sonst wenig mit dem älteren Legionsoffizier verband, hatte er Sympathie für ihn empfunden.

Tettius grinste. »Man muss zugeben, der Kerl, mit dem sie abgehauen ist, sah nicht übel aus. So ein junger Emporkömmling. Wie für die Prätorianergarde gemacht, mindestens fünfzehn Jahre jünger als ihr Alter.«

»Ja, und Flavius?«, fragte Serenus. »Lebt er jetzt allein?«

»Scheint so. Wenn du Lust hast, schau doch mal bei ihm vorbei, bevor du morgen zurückreitest. Ist ja nur einen Speerwurf von hier. Direkt an der Straße, schönes Anwesen.«

Serenus nickte. »Wir sind daran vorbeigekommen.«

Draußen wurde zum Wachwechsel geblasen. »Was, schon so spät?«, Tettius stand auf und reckte sich. »Ich mache noch einen Rundgang auf dem Wall«, sagte er zu Serenus. »Kommst du mit? Danach sollten wir sehen, dass wir etwas Schlaf abbekommen.«

Das Eingangstor zur Amtsresidenz des Benefiziariers lag zurückgesetzt im Schutze eines Säulenvorbaus. Serenus klopfte an. Nichts rührte sich. Er wartete. Natürlich, er war viel zu früh. Aber da es unwahrscheinlich war, dass er vor Juli, wenn Flavius von seinem Nachfolger abgelöst wurde, noch einmal hier hinkam, wollte er die Gelegenheit nutzen. So war er zu Fuß die paar Schritte zur Benefiziarierstation zurückgegangen. Er klopfte noch einmal. Diesmal hörte er Schritte. Jemand machte sich an den Riegeln zu schaffen und die Tür wurde einen Spaltbreit geöffnet.

Ein grauhaariger Amtsdiener streckte den Kopf heraus. »Der Benefiziarier ist noch nicht im Dienst.«

»Ich weiß. Ich komme privat.«

Der Diener ließ seinen Blick an Serenus hinabgleiten. »Wen soll ich melden?«

»Titus Cilnius Serenus. Flavius kennt mich.«

Der Diener öffnete das Tor vollends und ließ Serenus eintreten. »Wartet hier einen Moment, Herr.« Er verbeugte sich höflich, bevor er davoneilte.

Serenus sah sich um. Die Vorhalle war eigentlich nur ein breiterer Durchgang zu einem Innenhof, von dem etwas Licht hereinfiel. Es gab zwei Türen, die zu den Amtsräumen führten, eine rechts und eine links. Eine einfache Holzbank für die Klienten und ein Lampenhalter an der ockerfarbenen Wand waren das einzige Mobiliar. Serenus ging auf dem Steinfliesenboden auf und ab. Vom Hof zog es feuchtkalt herein. Er gähnte. Die Nacht war kurz gewesen.

Einige Augenblicke später kam der Pförtner zurück.

»Flavius Victor empfängt Euch in seiner Privatwohnung. Bitte hier entlang.«

Serenus folgte dem Mann in den von Säulen umstandenen Innenhof, in dessen Mitte ein Laufbrunnen plätscherte. Von der linken Seite des Hofes her hörte er hinter einer angelehnten Tür Flavius' Stimme. »Warum ist noch nicht geheizt? Was tun die Frauenkleider dort auf der Liege? Sag Diadumenus, es ist jetzt zu spät zum Rasieren.«

Der Hausdiener trat unbeeindruckt auf die Tür zu, klopfte und ließ Serenus an sich vorbei eintreten. Dann zog er sich rasch zurück.

Das Zimmer, das nur ein kleines Fenster zum Hof besaß, wirkte düster. Ein junger Sklave beschäftigte sich gerade damit, die Lichter eines hohen Lampenständers anzuzünden. Die in weiße, gelbe und grüne Farbflächen unterteilten Wände waren mit Rankenornamenten verziert. An der rückwärtigen Querwand des Raumes stand ein Holzaltar für die Hausgötter in Form eines kleinen Tempels. Es gab Hocker, Klapptischchen und Stühle, alles ausgesuchte Möbel, die jedoch in unverständlicher Anordnung im Zimmer verteilt waren. Flavius klaubte gerade mit beiden Armen einen Haufen Kleidungsstücke von einer mit Leder gepolsterten Liege.

Als er Serenus erblickte, ließ er die Kleider zurück auf die Liege fallen und kam ihm mit ausgebreiteten Armen entgegen. »*Sereni! Amicissime mei!* Ich wusste, dass du irgendwo hier in der Wildnis stecken musst. Du glaubst gar nicht, wie ich mich freue.«

Flavius umarmte Serenus herzlich. Dieser, von Jugend auf daran gewöhnt, von allen möglichen Leuten, die ihre Laufbahn befördern wollten, hofiert zu werden, nahm die überschwängliche Begrüßung zuerst etwas reserviert entgegen. So gut kannte er Flavius nun auch wieder nicht. Doch bald fielen seine Bedenken von ihm ab. Flavius freute sich aufrichtig.

»Meine Glückwünsche zu deiner Beförderung.« Serenus musterte den Legionskameraden: Flavius, der blasse, immer etwas fahrige Bürokrat. Das Haar war noch vom Schlaf zerdrückt und der Gürtel seiner eilig zusammengerafften Tunika verdreht. Obwohl Flavius die vierzig noch nicht lange überschritten hatte, waren seine Schläfen schon grau. Unter den Augen hatte er schwere Tränensäcke und seine Mundwinkel hingen herab. Auch war er ziemlich in die Breite gegangen, seit sie sich das letzte Mal gesehen hatten. Insgeheim, so musste Serenus zugeben, konnte er ein gewisses Verständnis dafür aufbringen, dass Flavius' Frau sich mit dem jungen Kommandanten eingelassen hatte.

»Tut mir nur leid, dass ich dich nicht besser empfangen habe.« Flavius lachte und fuhr sich über das stoppelige Kinn.

Er winkte dem Sklavenjungen, der das benutzte Geschirr vom Vorabend einsammelte. »Amandus, rasch, lauf zu Salvina. Sie soll uns ein Frühstück richten und eine Kanne Wein wärmen. Und sag dem Diener, dass ich in der nächsten Stunde nicht gestört werden möchte.«

»Ich kann nicht lange bleiben«, wehrte Serenus ab. »Ich bin dienstlich unterwegs. Ich habe erst gestern von Tettius Secundus erfahren, dass du als Benefiziarier hier stationiert bist, und dachte, ich schau mal auf einen Sprung vorbei.«

»Ja, das hätte ich dir auch übel genommen, wenn du das nicht getan hättest. Komm, bis das Essen soweit ist, zeige ich dir das Haus.« Flavius nahm Serenus am Arm und führte ihn in den Hof.

»Weißt du, mir fehlen hier wirklich ein paar Gleichgesinnte, einfach zum Reden. Diese Aquitaner sind allesamt Aufschneider. Und mit dem Präfekten Gaius Tettius Secundus — du kennst ihn ja wohl — kann ich nicht warm werden. Der ganze Vicus hier ist so ein bunt gemischter Haufen. Na ja, und die Eingeborenen mit ihren kleinkarierten Streitereien.« Er seufzte. »Ehrlich gesagt, wenn ich abends den Übersetzer heimgeschickt habe, mache ich das Tor zu und will nur noch meine Ruhe haben.«

Sie blieben am Brunnen stehen, und Serenus hielt die Hand unter den dünnen Wasserstrahl, der aus der gemeißelten Löwenkopfmaske in ein massives Steinbecken fiel. »Ach«, sagte Serenus, »ein halbes Jahr ist doch schnell herum, und dann rückst du auf einen anderen Posten.« Serenus wies auf den

Brunnen. »Und hier lässt sich doch leben. Besser als Baracke und Regenwasserzisterne. Da müsstest du uns mal oben auf dem Pass besuchen.«

»Eine großzügige Stiftung meines Vorgängers«, bemerkte Flavius.

»Na, das klingt jetzt aber nicht begeistert.«

»Es ist ein offenes Geheimnis, wie er sein Geld machte. Da bedeutet so ein Brunnen kein großes Opfer.«

Flavius wandte sich um. »Da drüben, das ist die Küche, dort die Schlafräume und hier hindurch«, er schritt auf einen schmalen Durchgang zu, »kommt man in den Weihebezirk.«

Während er sprach, zog er einen sperrigen Bund verschiedener Schlüssel hervor und, nachdem er einige von ihnen probiert hatte, schwang die zweiflügelige Holztür quietschend auf. Sie betraten einen von einer Mauer eingefassten, weitläufigen, aber völlig kahlen Garten. Schon von Weitem konnte Serenus im hinteren Teil der Grasfläche mehrere Altarsteine aus dem morgendlichen Dunst aufragen sehen. Flavius schritt über einen frisch angelegten Kiesweg darauf zu. Vor dem ersten Stein bückte er sich und deutete auf die rot hervorgehobene Inschrift. »Jupiter, dem Besten und Größten. Julius Vibunnius Vindex, Benefiziarier des Statthalters«, las er feierlich vor. »Er war der Erste hier.«

»Noch jede Menge Platz«, stellte Serenus fest. Er sah sich um. »Weißt du schon, wo dein Altar stehen soll?«

»Selbstverständlich«, Flavius machte eifrig ein paar Schritte zur Seite und beschrieb mit der Schuhspitze einen Kreis. »Hier. Ich habe ihn bereits in Auftrag gegeben, bei einem Steinhändler aus Nundinae. Er ist bekannt dafür, dass er nur in den besten Werkstätten arbeiten lässt. Nicht bei solchen Dilettanten, die noch Schreibfehler in den Text hineinfabrizieren. Man muss bedenken, wie viele Generationen diese Altäre betrachten werden.«

»Ja, ich kann mir gut vorstellen, dass der Posten hier in ein paar Jahren floriert«, sagte Serenus, während sie langsam den Weg zurückschlenderten. »Kein Vergleich mit den *vici* oben am Pass.«

Aber Flavius hatte gar nicht zugehört. »Eigentlich hätte mir der Steinhändler gestern seine Entwürfe vorlegen sollen. Warum ist er nicht gekommen? Ich habe es nicht gerne, wenn man mich versetzt.«

Sie hatten den Innenhof erreicht. Flavius zog die Tür zum Weihebezirk hinter sich zu. Während er sich noch mit dem Schloss abmühte, hörte man von der Küche her lautes Gezänk. Eine schrille, sich überschlagende Mädchenstimme erhob sich gegen die Stimme einer älteren Frau. Irgendetwas ging klirrend in Scherben und im nächsten Moment flog die Tür auf. Ein junges Mädchen mit aufgelöstem Haar rannte quer über den Hof und verschwand, Türen knallend, in einer Kammer auf der anderen Seite.

Flavius schnaubte und folgte dem Mädchen ein paar Schritte. Doch dann besann er sich und kam zu Serenus zurück. »Meine Tochter.« Er schnaufte. »Flavia Donata. Sie hat das Temperament ihrer Mutter!«

Flavius fuhr sich mit den Händen durchs Haar. »Manchmal weiß ich nicht mehr, wie das weitergehen soll. Zuerst hat sie sich mit Händen und Füßen gesträubt, auf diesen abgelegenen Posten mitzukommen, und seit Neuestem huldigt sie der Kybele. Ich dachte, ich sehe nicht recht.«

»Magna Mater?«

»Kybele, Magna Mater, Ma-Bellona. Nenn es, wie du willst. Es ist ein abscheulicher, barbarischer Ritus. Von diesen Soldaten aus Kleinasien eingeschleppt. Unmöglich für ein junges Mädchen.«

»Aber ich wusste gar nicht, dass auch Frauen …«

»Ja, ich auch nicht. Ich weiß nicht, wie sie dazu kommt. Und vor allem weiß ich nicht, wie ich sie wieder davon abbringen soll. Ihre Amme ist alt und ihr längst nicht mehr gewachsen.

Manchmal denke ich, es wäre das Beste, sie zu verheiraten. Ach, bei den Laren, diesem Haus fehlt einfach die Herrin.«

Serenus nestelte an seiner Gürtelschnalle. »Ja, ich werde mich dann mal wieder auf den Weg machen.«

»Nein, bitte bleib doch«, Flavius hielt ihn zurück. »Lass uns noch zusammen essen.« Er eilte über den Hof, riss die Küchentür auf und herrschte eine ältere Frau an, die am Herd hantierte.

»Salvina, wo bleibt das Essen?«

»Lass nur«, rief Serenus, der ihm gefolgt war. »Ich bin nicht hungrig.«

»Doch komm, eine Kleinigkeit.« Flavius geleitete Serenus zurück zum Empfangszimmer. Vor der Tür stießen sie fast mit dem Hausdiener zusammen.

»Der erste Klient. Ein Hermundure, wenn ich nicht irre.«

»Aber ich habe ausdrücklich angeordnet ...«

»Verzeiht Herr. Er behauptet, er sei schon die ganze Nacht unterwegs. Er sei überfallen worden.«

Flavius seufzte. »Soll warten, ich komme gleich. Ist der Übersetzer schon da?«

»Nein, aber man versteht ihn leidlich.«

»Komm!« Flavius schob Serenus in das Zimmer, das nun geheizt war, und ließ seinen Gast auf der Liege Platz nehmen. Für sich selbst zog er einen Sessel heran. Gleich darauf kam der junge Sklave herein, stellte einen metallenen Klapptisch zwischen sie und servierte fehlerlos ein paar aufgewärmte Gerichte vom Vorabend mit frischem Brot und einer Karaffe gewürzten Weines. Flavius ließ sich in die Polster sinken.

Da klopfte der Amtsdiener erneut an die Tür.

»Verzeiht Herr, Ibliomarius Perpetus möchte vorsprechen.«

»Hundsköpfiger Anubis, gestern hatte ich ihn bestellt!«, rief Flavius.

»Er behauptet, verhindert gewesen zu sein.«

»Im Namen der Götter, bring ihn her!«

Ibliomarius Perpetus verbeugte sich tief.

»Ich muss sagen, ich habe dich für zuverlässiger gehalten«, begann Flavius gereizt.

»Verzeiht Herr, auf dem Weg zum Steinbruch hatte ich einen Unfall. Ihr wisst, die schlechten Straßen jenseits der Grenze, und keine Handwerker vor Ort.«

»Gut, gut. Ich habe nicht viel Zeit«, unterbrach Flavius. »Kommen wir gleich zur Sache. Hast du die Entwürfe dabei?«

»Die Entwürfe und auch den Stein, wenn Ihr ihn sehen wollt, Herr. Persönlich ausgesucht. Erstklassiges Material, feinkörnig, reinweiß, da braucht es keine Kalkbrühe.« Während Perpetus sprach, reichte er Flavius eine der Papyrusrollen, die er unter dem Arm trug.

Flavius rollte sie auf, betrachtete die Zeichnung mit gerunzelter Stirn und drehte sie hin und her. Schließlich tippte er fragend mit dem Finger auf eine Stelle: »Was ist das?«

»Rechts und links, wie Ihr gewünscht habt, die beiden Polsterrollen und dazwischen, als Bekrönung, eine Opferschale.«

»Wieso Opferschale? In der Mitte wollte ich doch das Legionszeichen, die beiden Capricorne.«

»Mir scheint das Giebelfeld dafür zu klein. Ein hoher abgestufter Sockel, wie er hier zu sehen ist, würde dem Altar mehr Monumentalität verleihen. Und die Capricorne kommen unten auch besser zur Geltung. Ich habe beides ausprobiert, Herr, vergleicht selbst.« Perpetus entrollte eine zweite Skizze und hielt sie Flavius vor.

»Hm, was meinst du, Serenus?«, Flavius drehte beide Rollen herum und reichte sie über den Tisch.

»Mit dem Sockel hat er recht«, sagte Serenus, »und auch die Opfergeräte auf den Schmalseiten gefallen mir gut. Das gibt dem Ganzen mehr Tiefe.« Er nickte Perpetus anerkennend zu. Bei Gesprächen über Kunst war Serenus in seinem Element. Perpetus verneigte sich.

»Also gut, gewonnen! Ich nehme den ersten Entwurf«, entschied Flavius und gab Perpetus die Rolle zurück. »Jetzt haben wir fast schon Mitte April. Bis zu den Iden des Juni hast du also gut acht Wochen Zeit. Über den Preis hatten wir bereits gesprochen. Wenn du früher lieferst, erhältst du einen Bonus.«

Perpetus verneigte sich noch einmal. »Die Götter mögen dem Benefiziarier seine Großzügigkeit vergelten.«

»Ein tüchtiger Mann«, bemerkte Flavius, nachdem Perpetus gegangen war. »Er hat den Zuschlag für das neue Mithräum in Nundinae bekommen. Übrigens, Nundinae müsstest du einmal sehen, ein Freund von mir ist dort stationiert.«

»Ein anderes Mal gerne.« Serenus erhob sich. »Ich bekomme Ärger, wenn ich nicht sofort aufbreche.«

»Ich begleite dich zum Tor.« Flavius machte dem Sklaven, der an der Tür stand, ein Zeichen, Serenus' Mantel zu bringen. »Wenn ich nicht irre, wartet da noch dieser Hermundure auf mich.«

Gemeinsam gingen sie über den Hof. Der Bittsteller, der in der Vorhalle saß, fiel sofort auf die Knie, als er den Benefiziarier kommen sah. »Hört mich, Herr!«, rief er. »Ich beraubt, Freund entführt, *amicus meus, equus, pecunia, tota rapta …«* Auf Knien kroch er Flavius entgegen. Dieser wich einen Schritt zurück. »Wie heißt du?«

Der Hermundure schlug sich auf die Brust. »Rando.«

»Dich habe ich doch gestern noch in der Herberge am Pass gesehen«, rief Serenus verblüfft.

»Ich sicher, das Kerl, Ihr sucht«, rief Rando aufgeregt, »Verbrecher sein und Dieb!«

»Wer wird gesucht?« Flavius sah Serenus fragend an.

»Nun, er übertreibt.« Serenus zog Flavius zur Seite. »Wir haben am Grenzzaun einen Mantel gefunden und zu Natalis geschickt«, sagte er leise. »Irgendjemand muss da nachts rübergeklettert sein. Und nachdem Natalis wegen der Häufung von Grenzüberfällen in letzter Zeit hellhörig geworden ist, hat er angeordnet, der Sache nachzugehen. Deshalb bin ich hier.«

Serenus wandte sich wieder an Rando. »Woher willst du eigentlich wissen, dass wir ihn gesucht haben?«

»Er selbst gesagt, Römer hinter ihm her. Er kam aus Stadt Mono…, Mogon…«

»Mogontiacum?«, fragte Flavius.

Rando nickte. »Sollen Weg zeigen zu Moenus. Wir so dumm, ihm helfen«, erklärte er. »Er danken? Nein, er uns ausgeraubt!«

»Ausgeraubt? Ein einzelner Mann?« Serenus schüttelte ungläubig den Kopf. Mussten diese Leute immer so hemmungslos übertreiben.

»Bekommst du nicht Meldung, wenn jemand gesucht wird?«, fragte er Flavius.

Der Benefiziarier zuckte die Schultern. »Wenn du wüsstest, wie viele gesucht werden. Diese Meldungen gehen in der ganzen Provinz an jeden Posten, meist komme ich gar nicht dazu, alles durchzusehen. Ich kann meinen Schreiber fragen. Fürchte bloß, dass der Gesuchte längst über alle Berge ist.«

»Auf jeden Fall hat er offensichtlich nichts mit den Bandenüberfällen zu tun«, stellte Serenus befriedigt fest. »Das kann ich schon mal Natalis berichten. Falls du Genaueres herausfindest, kannst du mir ja Nachricht geben. Ich muss gehen.«

»Und was mit mir?«, klagte Rando. »*Amicus, equus, pecunia, tota rapta …*«

»Darum kümmere ich mich jetzt.«

Flavius rief nach seinem Schreiber und öffnete die Tür zu seinem Amtszimmer.

Rando kochte vor Wut. Wulfila verschwunden, der Braune dazu, und dieser verdammte Chatte über alle Berge. Dabei machte er sich um Wulfila weniger Sorgen als um den Braunen, der die ganzen Einnahmen ihrer Jagdausbeute in seiner Satteltasche trug. Sie hatten zwar noch nicht alle Pelze verkauft, aber doch den größten Teil davon. Und dieser verschlafene römische Beamte, der ihn den halben Vormittag hatte warten lassen, machte ihm nicht viele Hoffnungen, dass er sein Eigentum je wiedersehen würde. Rando schnaubte verärgert. Den Weg hätte er sich sparen können. Er schritt kräftig aus und zog das kleine Packpferd, das einzige, das er wieder hatte einfangen können, am langen Zügel hinter sich her. Nicht, dass er vorgehabt hätte, den ganzen Weg zurück zu ihrer Höhle in der Klamm zu Fuß zu gehen. Aber vorerst hatte er keine Lust zu reiten. Das Packpferd war nicht eben bequem. Er musste die Knie ständig angewinkelt halten, damit sie nicht auf dem Boden schleiften. Außerdem tat ihm sein Hintern noch von dem Gewaltritt am Vortag weh. Nein, um Wulfila sorgte er sich nicht. Der würde schon wieder auftauchen. Aber ob ihm Silvanus das mit dem Überfall glauben würde? Am besten, er ließ sich dort vorerst eine Weile nicht blicken. Einen Vorteil hatte die ganze Geschichte mit dem Chatten ja gehabt, sie hatte die Römer auf eine falsche Fährte geführt. Und für Schadensersatz würde er schon sorgen, auf seine Weise eben.

Rando hatte noch nicht die Hälfte des Weges von der Benefiziarierstation bis zur Grenze hinter sich gebracht, als ihm ein Gespann mit drei Maultieren entgegenkam. Erst wollte er ausweichen, dann blieb er stehen: Holla! Das gab's ja wohl nicht.

In dem Augenblick, als Muha den Mann, der auf ihn zustürmte, erkannte, war es bereits zu spät. Muha hatte weder auf die Straße geachtet, noch hätte er jemals hier mit Rando gerechnet. Perpetus hatte ihn, wie versprochen, nach seinem Besuch beim Benefiziarier vom Gutshof seines Schwagers im Tal der Nemaninga abgeholt. Eben waren sie von dem holprigen Feldweg wieder auf die gepflasterte Straße eingebogen, die am Moenus entlang erst zu dem nahegelegenen Kohortenlager und dann weiter bis Nundinae führte. Perpetus, redselig wie immer, beschrieb Muha gerade in allen Einzelheiten das Anwesen des Benefiziariers, als Rando auf sie zustürzte.

Rando packte Muha am Gürtel und riss ihn vom Kutschbock herunter. Muha schlug mit dem Rücken aufs Pflaster. Die Maultiere stiegen. Er hörte Perpetus schreien. Nur eine Handbreit neben seinem Kopf kamen die großen Wagenräder knirschend zum Stehen.

Schon war Rando über ihm. Er versuchte, Muha mit seinem Gewicht zu Boden zu drücken. Seine Hände krallten sich um Muhas Hals. Muha drehte und wand sich unter ihm wie ein Fisch. Verglichen mit Wulfila war der kräftige und bis zum Äußersten gereizte Rando ein gefährlicher Gegner. Muha gelang es, unter Rando herauszukommen. Er konnte dessen Handgelenk packen. Blitzschnell drehte er ihm den Arm auf den Rücken. Rando keuchte. Aber dann schaffte es der Jäger irgendwie, mit der freien Hand sein Messer aus dem Gürtel zu reißen. Das verfluchte Messer, das Muha tags zuvor im Gras liegen gelassen hatte. Rando versuchte, mit dem Messer hinter sich auf Muha einzustechen. Muha wusste, er musste Randos Arm loslassen, um ihm das Messer zu entwinden. Sie kämpften verbissen und merkten nicht, was um sie herum vorging.

Perpetus hatte zuerst einige Male die Peitsche über ihren Köpfen knallen lassen, bevor er das Gespann plötzlich wendete und sich im Galopp aus dem Staub machte. Und auch den römischen Spähtrupp, der sich ihnen vom Kohortenlager her neugierig näherte, nahmen sie nicht wahr. Schließlich gelang es Muha, Rando das Messer aus der Hand zu schlagen. Klirrend landete es auf dem Pflaster. Muha nutzte den kurzen Moment, den Rando seinem Messer nachblickte, und zog seinen Dolch aus dem Stiefelschaft. Rando erfasste sofort die Situation. Er riss sich los und sprang auf. Dabei aber stolperte er. Muha warf ihn bäuchlings zu Boden. Rando starrte auf die scharfe Spitze der beidseitig geschliffenen Klinge dicht über seinem Gesicht.

Plötzlich wurde Muha von mehreren Händen gepackt und

von Rando weggezogen. Wütend blickte er um sich. Erst jetzt sah er die römischen Reiter, die den Kampfplatz umstellt hatten. Zuerst versuchte er, sich dem Griff der Soldaten zu entwinden. Dann fiel sein Blick auf Rando, der ebenfalls von den Soldaten festgehalten wurde. Alle schauten erwartungsvoll dem Reiterführer entgegen, der aus einiger Entfernung zugesehen hatte und jetzt herangeritten kam.

Also gut. Mochte kommen, was wollte. Muha warf den Kopf zurück. Sollte bloß keiner glauben, dass er Angst hatte. Doch dann schaute er noch einmal hin. Nicht auf den Zenturio, sondern auf dessen Pferd, das mit bedächtigem Schritt und gesenktem Kopf auf ihn zukam. Muha erstarrte. Von einem Augenblick zum anderen erlosch in ihm aller Widerstand. Nein, das konnte nicht sein, das war Zauberei. Und doch, es war kein Zweifel möglich. Zu genau kannte er dieses Pferd: Es war Rimfaxi, der Stammhengst seines Vaters, das Ross der Nacht. Ihm schwindelte. War er wach oder träumte er?

Serenus hatte einen scharfen Trab angeschlagen. Die Pferde waren ausgeruht und er überlegte gerade, wie lange sie für den Rückweg brauchen würden. Der Abstecher zu Flavius hatte sich gelohnt, hatte er ihm doch in letzter Minute noch eine Erklärung zu dem Fund des Mantels geliefert, die Natalis zufriedenstellen musste.

Sie hatten etwa die Hälfte der Entfernung zwischen den letzten Häusern des Kastellvicus und der Grenzstation an der Nemaninga zurückgelegt, als einer seiner Soldaten Serenus zurief: »Seht mal, die beiden Kampfhähne da vorne!« Serenus reckte den Kopf. In einiger Entfernung vor ihnen erblickte er ein Fuhrwerk auf der Straße und daneben zwei Männer, die miteinander rangen.

Als sie näher kamen, ließ der Gespannführer seine drei Maultiere plötzlich scharf anziehen — der Wagen holperte in einer engen Wendung über die Straßenböschung und verschwand eilends in einem Feldweg, der dort von der Straße abzweigte.

Serenus' Reiter kümmerten sich nicht weiter darum. Sie umringten die beiden Kämpfer, die sich zu ihren Füßen am Boden wälzten, und feuerten sie auch noch an. Serenus hielt sich zurück und schüttelte den Kopf. Sollten diese Wilden ihre Streitereien doch unter sich ausmachen. Er wollte weiter. Erst als er sah, dass einer der beiden plötzlich einen Dolch in der Faust hielt, entschloss er sich einzugreifen. Er befahl, die beiden zu trennen.

»Ich unschuldig. Loslassen!«, rief Rando ein ums andere Mal. Serenus horchte auf. War das nicht schon wieder dieser Hermundure? Er ritt näher heran. »Da Herr, das Dieb, Verbrecher!« Rando zeigte auf eine zerrupfte Gestalt im Klammergriff zweier Soldaten. »Zu Benefizi…, Benefizarier.« Die Reiter lachten.

»Dieser Bursche da?« Zuerst zögerte Serenus. Nach einem Verbrecher sah dieser junge Barbar nicht aus. Aber wenn sich die Sache wirklich so verhielt, wie der Hermundure behauptete, dann sollte er ihn besser nicht dem Benefiziarier überlassen. Dann hatte er einen Glücksgriff getan. Maris' Gesicht wollte er sehen. Und wenn nicht, konnten sie ihm zumindest keine Nachlässigkeit vorwerfen.

»Gut, wir nehmen ihn vorläufig mit«, wandte Serenus sich an die beiden Soldaten, die Muha festhielten. Er sah sich suchend um. »Einer muss zurückreiten«, rief er laut. »Du da, auf dem Grauen«, er deutete auf den Soldaten, der auf dem Hinweg die Witze gerissen hatte. »Erstatte Meldung in der Garnison und besorge ein zusätzliches Pferd. Wir reiten schon mal langsam weiter. »Und du«, Serenus beugte sich zu Rando hinunter, »meldest dich beim Benefiziarier. Sag ihm, dass ich mich weiter um den Fall kümmern werde.«

Es wird Flavius recht sein, dachte Serenus bei sich.

Das Verhör

Am Morgen des folgenden Tages erwachte Serenus wieder in der gewohnten Umgebung des Passlagers. Dichter Nebel war im Morgengrauen vom Tal heraufgezogen und umwaberte die Passstation. Aber nichts konnte Serenus' gute Laune trüben.

Man konnte ihn nie vorhersagen, den Nebel, und man wusste auch nie, wann er wieder verschwand. Meistens gelang es der Sonne bis spätestens zum Mittag, den Spuk zu vertreiben. Aber es gab auch Tage, gerade im Frühling und im Herbst, an denen der undurchdringliche Dunst bis zum Abend nicht mehr wich. Schon die allernächste Umgebung wirkte plötzlich schemenhaft fremd, und oft reichte der Blick dann nicht einmal mehr bis zu dem Posten auf dem Wall, geschweige denn bis zum nächsten Wachturm.

Die Britonen, von Haus aus daran gewöhnt, nahmen den Nebel gelassen hin. Serenus jedoch fühlte sich an solchen Tagen gereizt. Er hasste die feuchte, graue Luft, die sich klebrig und kalt auf Kleidung und Haaren niederschlug und die Umgebung tückisch dem Blick entzog. Manchmal beschlich ihn heimlich die Furcht, zu weit in den Bannkreis fremder Götter vorgedrungen zu sein. Das war natürlich eine absurde Idee, und doch — wenn er daran dachte, dass schon ganze Legionen im Nebel germanischer Wälder zugrunde gerichtet worden waren, schien ihm die Vorstellung gar nicht so weit hergeholt. Wie klar war dagegen doch der Himmel seiner Heimat. Wie fehlte ihm das zuverlässige grelle Licht, das die Dinge so zeigte, wie sie wirklich waren.

Heute jedoch war Serenus der Nebel gleichgültig. Wie alle im Lager dachte auch er nur an den bevorstehenden Festtag. Er würde das Mädchen wiedersehen. Und allein dieser Gedanke machte ihn froh und beschwingt.

Nach dem Morgenappell ließ er für den Wachdienst des nächsten Tages Lose ziehen. Aper hatte sich freiwillig bereit erklärt, das Kommando bis zur sechsten Stunde zu übernehmen. Dann wollten sie tauschen. Alle anderen, die vom Dienst befreit waren, konnten sich anschließend von Aper, der als Feldzeichenträger auch die Lagerkasse unter sich hatte, ihre Ersparnisse auszahlen lassen. Die Männer standen geduldig Schlange, und es dauerte eine ganze Weile, bis alle abgefertigt waren.

Später, als sie wieder alleine in der kleinen Kommandantur saßen, fragte Aper: »Was ist eigentlich mit dem jungen Wilden, den ihr unterwegs aufgegriffen habt? Hast du ihn schon verhört?«

»Dazu war es gestern wirklich zu spät«, Serenus unterdrückte ein Gähnen. »Aber gut, dass du mich daran erinnerst, ich werde ihn gleich holen lassen. Der Jäger, der sich mit ihm gerauft hat, ist einer dieser beiden Hermunduren, die sich schon den ganzen Winter hier rumtreiben. Er behauptet, der Bursche habe ihn überfallen und seinen Freund entführt. Du, das hättest du sehen müssen, wie die aufeinander losgegangen sind, auf Leben und Tod. Wären wir nicht zufällig dazugekommen, ich weiß nicht, wie das ausgegangen wäre.«

»Siehst du, doch nicht so langweilig die Gegend hier.«

»Na ja, auf jeden Fall ist wenigstens das mit dem Mantel geklärt. Hoffe nur, dass Natalis jetzt zufrieden ist.«

Das Wecksignal holte Muha aus einem tiefen Schlaf. Nur langsam kam er zu sich. Im ersten Moment glaubte er, er befände sich in seiner Zelle in Telegenus' Kampfschule. Doch allmählich erkannte er das Innere eines leeren Brennholzschuppens.

Der Boden war mit Sägespänen und Rindenstückchen bedeckt, und durch das Lattenwerk zog die klamme Morgenkälte herein. Jemand hatte ihn mit einem alten Militärmantel zugedeckt. Aber daran konnte er sich nicht mehr erinnern. Überhaupt hatte er keine klare Vorstellung von den Ereignissen des Vortages. Das Bild von Rimfaxi, des Pferdes seines Vaters, mit einem römischen Sattel tauchte darin auf wie ein Bild aus einem Traum. Muha schmerzte der Rücken und ihm fiel ein, dass er mit Rando gekämpft hatte.

Vorsichtig tastete er nach seiner Schulter. Die Wunde war wieder aufgerissen und der Hemdsärmel zerfetzt. Den Verband hatte er verloren. Benommen richtete er sich auf. Was war geschehen? Es gelang ihm nicht, die Dinge zu ordnen. Nur eines war klar. Die Götter, die ihm so lange günstig gesonnen gewesen waren, hatten sich jäh von ihm abgewandt.

Draußen machte sich jemand an der Tür zu schaffen. Ein Wachsoldat öffnete sie und bedeutete Muha, herauszukommen. Der Soldat geleitete ihn über den Hof zum Kopfbau einer der beiden einander gegenüberliegenden Mannschaftsunterkünfte.

Muha trottete mit gesenktem Kopf hinterher.

Der Raum, in den er geführt wurde, hatte einen Dielenboden und weißgetünchte Wände. Ein Bronzebecken mit glimmender Holzkohle verbreitete angenehme Wärme. Die Rückwand wurde von einem breiten Holzregal eingenommen, das mit Kästen, Schriftrollen und militärischen Utensilien vollgestopft war.

Ganz oben auf dem Regal thronte ein leicht verblasstes Tafelbild des regierenden Kaisers Antoninus Pius. Man sah diesem an, dass es schon einige Märsche mitgemacht hatte. Muha kannte das Bildnis des Kaisers, denn auch Telegenus hatte ein solches in seiner Gladiatorenschule. In der Ecke links vom Regal lehnte, in eine rote Decke gehüllt, das *signum*, das Feldzeichen der Zenturie. Mit dem Rücken zum Holzregal saß, tief über einen Tisch gebeugt, ein älterer Soldat mit eng zusammenstehenden, dichten Augenbrauen und machte mit einer Schreibfeder Eintragungen in eine Schriftrolle. Rechts neben dem Tisch hockte auf der Ecke einer eisenbeschlagenen Holztruhe ein junger Mann mit feinen, ebenmäßigen Zügen und zerzaustem schwarzem Haar. Er blickte dem Schreiber über die Schulter und als er aufsah, erkannte Muha in ihm den Zenturio, der am Vortag den Reitertrupp angeführt hatte.

»Zenturio Cilnius Serenus, hier ist der Gefangene.« Der Wachsoldat salutierte und trat an die Tür zurück.

Der Angesprochene nickte lässig. Er musterte Muha von oben bis unten und in seinen dunklen Augen mischten sich Neugier und eine Art kühle Herablassung.

Muha wusste sofort, dass er diesem Zenturio nichts erzählen würde. Der Römer sollte sich ruhig die Zähne an ihm ausbeißen. Ohnehin hatte Muha nichts mehr zu verlieren.

Serenus griff nach einem Gegenstand auf dem Tisch und hielt ihn Muha unter die Augen: Rutos Dolch. »Mit dem Ding hast du den Jäger gestern beinahe umgebracht«, sagte er und fuhr mit dem Finger über die eingravierten Buchstaben am Griff. »Kannst du das lesen?«

Muha zuckte nur leicht die Achseln.

»*COHORS II AUGUSTA NERVIA PACENSIS*«, buchstabierte ihm Serenus vor. »Diese Einheit liegt in Pannonien. Wie kommst du zu dieser Waffe?«

Muha starrte den Dolch an und schwieg.

»Ich frage dich. Von wem hast du den Dolch?«, wiederholte Serenus langsam und deutlich. »Hast du ihn gestohlen?«

Ein paar Augenblicke lang hörte man nur das Kratzen des Griffels und das leise Knistern, mit dem die Holzkohle in dem Bronzebecken zerfiel. Serenus legte den Dolch zurück auf den Tisch. »Ich fürchte, er versteht mich nicht«, wandte er sich an den Schreibenden. »Aper, du kennst dich in den germanischen Dialekten besser aus.«

Der Angesprochene hob nun den Kopf von seiner Schreibarbeit. Muha sah, wie Apers Blick an seinem Halsreif und dem Amulett und dann an seinem verletzten Arm hängen blieb, den das zerrissene Hemd nicht mehr verbergen konnte.

»Ein Chatte also.« In Apers Stimme klang ein ironischer Unterton. Mit einer entschlossenen Geste legte er den Schreibgriffel zur Seite, wischte sich die Finger an einem Lappen ab und kam hinter dem Tisch vor.

»Es wird dir nicht helfen, dass du dich dumm stellst. Ich bin sicher, du kannst mich ganz gut verstehen.«

Muha stutzte. Noch ehe er recht begriff, hatte Aper den Dolch vom Tisch genommen und mit einem glatten Schnitt den zerrissenen Hemdsärmel vollends aufgetrennt.

»Wie ich mir gedacht habe«, wandte Aper sich an Serenus.

»Was?« Serenus blickte verständnislos auf Muhas Arm und fragte: »Die Wunde?«

»Nein, das Brandzeichen. Die Lanze mit dem Siegeskranz. Kennst du das nicht?«

Serenus schüttelte den Kopf.

»Das Zeichen einer bekannten Fechtschule in Mogontiacum. Ich habe früher oft darauf gewettet.«

»Vielleicht hast du recht«, sagte Serenus nachdenklich. »Mir fällt ein, gestern beim Benefiziarier hat der Jäger den Namen Mogontiacum erwähnt.«

»Ja, ich denke, dieser junge Mann hier könnte uns eine interessante Geschichte erzählen«, sagte Aper und wandte sich an Muha. »Denn du wirst kaum behaupten können, dass du uns nicht verstehst, oder?«

»Das habe ich nicht behauptet«, antwortete Muha in korrektem Latein.

Aper und Serenus sahen sich an.

»Gut, dann beantworte beim Mercurius gefälligst unsere Fragen«, fuhr Aper Muha an. »Ich verliere die Geduld.«

Serenus stellte sich breitbeinig vor Muha auf.

»Ist es wahr, dass du die beiden Hermunduren überfallen hast?«, fragte Serenus.

»Nein, das ist nicht wahr.«

»Sondern?«

»Sie wollten meinen Dolch. Und weil ich ihnen den nicht gegeben habe, wollten sie ihn mir mit Gewalt nehmen.«

»Schon wieder dieser Dolch«, knurrte Aper, »woher hast du ihn?«

»Das kann ich nicht sagen«, entgegnete Muha entschieden.

»Und warum hast du dann den einen entführt und das Pferd mitgenommen, und das Geld?«, fragte Serenus weiter.

»Ja, was sollte ich tun?«, brauste Muha auf, »sie waren zwei gegen einen, und von dem Geld weiß ich gar nichts.«

»Wo sind sie jetzt, der Freund und das Pferd?«

»Ich hab sie im Wald zurückgelassen«, entgegnete Muha und empört fügte er hinzu: »Haltet ihr mich etwa für einen Pferdedieb?«

Aper, der wieder auf seinen Platz hinter dem Tisch zurückgekehrt war, schnaubte. »Solche Streitfälle sind wirklich besser beim Benefiziarier aufgehoben.«

»Gut«, nahm Serenus das Verhör wieder auf. »Kommen wir zu dir. Du bist aus Mogontiacum geflüchtet. Du bist nachts über den Grenzzaun geklettert und hast dabei deinen Mantel verloren. Ist das richtig?«

Muha nickte.

»Wie ist dein Name?«

»Ihr wisst nicht, wer ich bin?«, stammelte Muha und schaute verwirrt von einem zum anderen. An dem Blick, den Aper und Serenus tauschten, erkannte er, dass sie offenbar wirklich ahnungslos waren. Aber sie hatten ihn doch gesucht? Oder etwa nicht? Konnte es sein, dass er Opfer eines dummen Zufalls geworden war? Ja, vermutlich hätte er sich am Anfang sogar noch herausreden können. Jetzt hatte es keinen Sinn mehr. Dieser Aper war schlau. Es war nur eine Frage der Zeit, bis er herausbekommen würde, wer er wirklich war. Dennoch, umsonst sollten sie ihn nicht bekommen.

»Ich werde Euch meinen Namen sagen«, wandte Muha sich höflich an Serenus, »wenn ich vorher eine Frage stellen darf.«

»Meinetwegen, wenn es dann schneller geht«, entgegnete Serenus.

»Woher habt Ihr den Hengst, den Ihr gestern geritten habt?«

»Mein Pferd? Das habe ich dem Stallmeister der Legion in Mogontiacum abgekauft.«

»Wann war das?«, hakte Muha rasch nach.

»Sag mal, wer verhört hier eigentlich wen?«, raunzte Aper.

»Es ist wichtig für mich«, wandte sich Muha an Serenus.

Serenus' Mundwinkel zuckten. »Im letzten Sommer, bevor ich hierher kam. Aber ich finde auch, dass du jetzt dran bist.«

»Kann ich den Hengst einmal sehen?«

»*Iam satis est!* Genug jetzt!«, donnerte Aper. »Entweder du redest oder wir bringen dich ins Hauptquartier. Dort kriegen sie raus, was sie wissen wollen, das kannst du mir glauben. So gemütlich wie bei uns ist es dort nicht.«

Serenus warf Aper einen beschwichtigenden Blick zu.

»Ich verstehe zwar nicht, warum. Aber wenn dir so viel daran liegt, kannst du das Pferd sehen«, sagte er zu Muha. »So, und jetzt gibt es keine Ausflüchte mehr.«

Einen Moment herrschte Stille. Muha blickte zu Boden. Sie würden ihn zurückbringen. Zum Statthalter, zu Telegenus. Sein Mund wurde trocken und seine Kehle war wie zugeschnürt. Nein, dachte er. Nein, ich kann nicht. Er schloss die Augen. Aber es nützte nichts. Es gab kein Ausweichen — er hatte sein Wort gegeben.

Langsam hob er den Kopf. Er blickte zuerst Aper an und dann Serenus. »Ich heiße Muha, ich bin Asugisalars Sohn.«

»*Hoc nemo credit!* Das glaubt dir keiner!« Aper sprang von seinem Schemel auf.

»Wie? Du kennst den Namen?«, fragte Serenus verblüfft.

»Natürlich! Das ist der Chatte, der diesen Aufstand angezettelt hat«, rief Aper aufgeregt, »im vorletzten Jahr. Davon musst du doch gehört haben.«

Serenus schüttelte den Kopf. »Tut mir leid, das muss kurz vor meiner Ankunft hier gewesen sein. Könntest du mir das vielleicht erklären?«

»Später. Auf jeden Fall wird Natalis Augen machen.« Zufrieden rieb sich Aper die Hände. »Wenn dir das keine Lorbeeren einbringt«, grinste er, »dann weiß ich auch nicht.«

Serenus' schwarzer Hengst war zusammen mit einem Maulesel, der nur zum Karrenziehen taugte, in einem Anbau am Ende einer der Mannschaftsbaracken untergebracht. Als Muha hinter Serenus den Stall betrat, wandte das Tier den Kopf und spitzte die Ohren. Durch die weit geöffneten Nüstern sog es Luft ein. Muha trat an das Pferd heran und berührte seine Stirn. »Rimfaxi«, flüsterte er, »Bruder.« Das Pferd blies ihm seinen warmen Atem ins Gesicht. Muha schlang die Arme um seinen Hals und barg den mächtigen Kopf mit der lockigen Mähne an seiner Brust. Eine ganze Weile verharrten sie so.

Muha kamen die Worte des Fischers in den Sinn. Manchmal musste man Ungerechtigkeiten aushalten, um nicht in Gefahr zu bringen, was man liebte. Jetzt konnte Muha ihn verstehen. Manchmal bedeutete Aufbegehren eben nur, dass man die Folgen seines Handelns nicht überblicken konnte. Dann war das Aufbegehren nicht Stärke, sondern ein Mangel an Weitsicht. Nur dass es für diese Einsicht jetzt zu spät war. Er hatte nicht nur das Pferd verloren, er hatte alles verloren. Es war nicht mehr rückgängig zu machen. Und es sah ganz so aus, als wollten die Götter, dass er den Weg zu Ende ging. Der Rabe war davongeflogen und hatte sich nicht mehr sehen lassen. Er war allein.

Serenus, der von der Stalltür aus zugesehen hatte, kam näher und legte dem Pferd die Hand auf die Kruppe. »Seltsam«, sagte er. »Er scheint dich wirklich zu kennen.«

Reiterspiele

»Da drüben auf der Tribüne«, der Soldat wies mit dem ausgestreckten Arm auf ein überdachtes Holzgerüst am Rand des Exerzierplatzes. »Der Mann mit dem Schienenpanzer.«

Frija legte eine Hand über die Augen, aber die Entfernung war zu groß, als dass sie den Gesuchten hätte erkennen können.

Demetrios, der sie begleitet hatte, schob die Kappe auf seinem Kopf zurecht und sagte: »Ich komme mit.«

»Nicht nötig«, Frija legte ihm die Hand auf den Arm. »Ich glaube, es ist sogar besser, ich gehe allein.«

Demetrios wiegte zweifelnd den Kopf, aber er ließ sie gewähren. »Wenn du meinst. Ich warte beim Stand auf dich.«

Sie waren schon früh an diesem Morgen angekommen, und Demetrios hatte für seinen Wagen einen günstigen Platz auf dem breiten Bankett der Ausfallstraße nahe dem Haupttor des Kohortenkastells ergattert. Das ganze Lagerdorf rüstete sich für das Fest. Überall wurde gehämmert und gesägt. Hohe Stangen mit bunten Wimpeln säumten die Straße, ein Backofen qualmte, ein paar Männer verfolgten ein quiekendes Schwein und alle Festungstore standen weit offen. Im Lager selbst zimmerten Handwerker vor den *principia,* dem Stabsgebäude, einen provisorischen Altar für die Göttin Ceres, und in den Gassen wurde gekehrt, dass es staubte. Während Frija auf die Tribüne zuschritt, übertönten die Kommandos auf dem Exerzierplatz alsbald den Lärm des Dorfes.

Der Wind trieb ihr den Geruch erhitzter Pferde und feuchter Erde in die Nase und sie sah Reiter in funkelnden Rüstungen kreuz und quer über das aufgewühlte Feld jagen. Schrille Hornsignale durchstießen das Dröhnen der Hufe und das Klirren der Pferdegeschirre. Inzwischen war sie nahe genug an die Tribüne herangekommen, um die Zuschauer genauer zu erkennen. Zwischen den Soldaten mit den einförmig grauen Kettenhemden stach ein Offizier im polierten Panzer und mit rotem Umhang ins Auge.

Frijas Herz begann zu klopfen. Sie verlangsamte ihre Schritte. Die Offiziere waren so in den Anblick der Reiter vertieft, dass keiner von ihnen ihr Herankommen bemerkt hatte. Sie musste den Überraschungsmoment für sich nutzen, bevor man sie wegjagte.

Wie oft war sie auf ihrer Suche an eisenbeschlagenen Toren abgewiesen worden — eine junge Barbarin, der Sprache kaum mächtig. Das war jetzt anders, sie hatte viel gelernt. Und ohnehin gab es jetzt, kurz vor dem Ziel, kein Zurück mehr.

»Antonius Natalis!«, rief sie den Mann im roten Mantel an. Aber ihre Stimme ging in dem Lärm unter. Noch einmal nahm sie allen Mut zusammen. Fast brüllte sie seinen Namen, und dieses Mal drehte er sich um.

Die Miene des Offiziers war angespannt und streng. Eine scharfe Falte zwischen den düsteren Brauen und der schmale beherrschte Mund ließen seine Züge geradezu hart wirken. Nur in den dunklen, tief liegenden Augen blitzte ein Funken der Überraschung.

»Was willst du?«, fragte er unwirsch.

Auch die anderen Männer hatten sich umgedreht und sahen neugierig auf sie herunter.

»Ich muss mit Euch reden«, schrie sie gegen den Lärm an. »Es ist wichtig. Ich bitte Euch, hört mich an!«

»*Hic locus idoneus non est*, doch nicht hier«, rief er kopfschüttelnd.

»Ich bin von weit hergekommen, um Euch zu finden.«

Er hielt die Hand ans Ohr, um sie verstehen zu können. »Woher?«

»Aus der Colonia.«

Natalis pfiff durch die Zähne: »Das ist wahrlich weit! Aber jetzt ist es schlecht.« Er schien einen Moment zu überlegen. »Komm rauf, wenn du willst. Sieh dir die Vorführung an! Reden wir später.«

Frija erschrak über das unerwartete Angebot, aber sie zögerte keinen Augenblick. Sie war nicht Hunderte Meilen unterwegs gewesen, um jetzt unverrichteter Dinge wieder umzukehren.

Der Römer reichte ihr die Hand und half ihr auf die Tribüne. Seine Offiziere machten respektvoll Platz.

Natalis blickte herausfordernd um sich. »Man kann mir nachsagen, was man will. Aber niemand kann behaupten, dass ich jemals eine schöne Frau abgewiesen hätte.«

Die Männer lachten pflichtschuldig. Natalis schob Frija mit der linken Hand nach vorne, mit der anderen deutete er auf den zerwühlten Exerzierplatz.

Sechs Berittene galoppierten Seite an Seite in gerader Linie auf die Tribüne zu. Ihre Gesichter schimmerten wie Gold und ihre Züge wirkten starr. Gleich einer Schar glänzender Götter flogen die Reiter auf sie zu. Erst als sie ganz nahe waren, erkannte Frija, dass sie Masken trugen. Unter ihren Rüstungen blitzten scharlachrote und purpurne Gewänder hervor und ihre Helmbüsche flatterten wie Flammen im Wind. Die Pferde trugen bunte Schabracken mit glänzenden Schmuckplatten. Lederne, mit goldglänzendem Messingblech verzierte Rossstirnen schützten ihre Köpfe.

Knapp vor der Tribüne trennte sich die Gruppe. Die Reiter warfen ihre Pferde nach links und nach rechts herum und preschten haarscharf an der Absperrung vorbei zurück in die Richtung, aus der sie gekommen waren.

Die nächste Gruppe donnerte heran, und hinter dieser kam

eine weitere, immer wieder. Die Reiter unterschieden sich voneinander durch die Farben ihrer Kleidung, ihrer Schilde und auch durch ihre Standarten.

Am furchterregendsten erschienen Frija die Drachenfahnen, die die Reiter auf hohen Stangen trugen. Die Drachen blähten sich beim schnellen Ritt im Wind auf, sie heulten und zischten, als seien sie lebendig.

Nach dem Aufmarsch der verschiedenen Abteilungen begannen die Schaugefechte. Die eine Hälfte der Reiter stellte sich links von der Tribüne mit dem Rücken zur Mitte des Spielfeldes auf. Während diese Reiter die Köpfe ihrer Pferde und sich selbst so weit wie möglich nach hinten wendeten, hielten sie zugleich ihre großen Schilde schützend vor sich und die Kruppen ihrer Pferde. Zwei einzelne Reiter der Gruppe postierten sich auf dieselbe Weise ein Stück vor dieser Linie.

Die andere Hälfte der Reiter hatte sich auf der gegenüberliegenden Seite des Feldes aufgereiht. Auf ein Trompetensignal hin begannen sie, einer hinter dem anderen, in gerader Linie auf ihre Kameraden zuzugaloppieren. Jeder der Angreifer bemühte sich, möglichst viele der mitgeführten Wurfspeere auf die vorgehaltenen Schilde zu schleudern. Dabei musste der Reiter, während er mit dem Schild seine linke Seite schützte, in vollem Galopp zuerst mit der linken Hand einen Speer aus dem Köcher ziehen, ihn dann schnell in die rechte Hand hinüberwechseln und schließlich mit einer ausholenden Kreisbewegung über dem Kopf losschleudern. Schon folgten der zweite, der dritte und vierte Wurf. Den Besten gelangen zehn Würfe, manchmal sogar mehr, bevor sie nach rechts abschwenken mussten, um den Nachkommenden Platz zu machen.

Erschwert wurde die Übung dadurch, dass aus einer Bresche in der Linie der Abwehr neue Reiter hervorbrachen, die nun ihrerseits Speere auf die Angreifer abfeuerten. Zwar waren die Waffen stumpf und das ganze Spektakel nur ein Spiel, doch die schrillen Hörner, das Trampeln der Hufe und das ohrenbetäubende Kampfgeschrei ließen Frija erschaudern. Der Angriff auf ihr Dorf stand ihr wieder vor Augen. Sie versuchte, über das Spektakel hinwegzuschauen. Nur um Natalis nicht zu verstimmen, hielt sie auf der Tribüne aus.

Nachdem alle Angreifer ihre Speere geschleudert hatten und Frija schon hoffte, die Vorführung sei zu Ende, tauschten die Reitergruppen die Rollen und das Spiel begann von Neuem. Die Männer auf der Tribüne hatten nur noch Augen für den Wettkampf. Sie zählten die Treffer und kommentierten hitzig die Geschicklichkeit der einzelnen Reiter und die Wendigkeit ihrer Pferde. Sogar Natalis ließ sich mehrmals zu Pfiffen und Zurufen hinreißen.

Endlich verkündete ein Trompetensignal das Ende der Aufführung. Die Soldaten sprangen von der Tribüne auf den zerwühlten Platz hinunter und Natalis und Frija blieben alleine zurück. Frija rückte die blaue Kappe auf ihrem Kopf zurecht und tastete nach ihren Ohrgehängen. Der böige Frühlingswind zerrte an den Halteseilen der Plane und ließ die Stoffbahnen über ihnen flattern. Natalis lehnte sich mit dem Rücken zum Spielfeld gegen das Geländer, das die Tribüne auf der Vorderseite umgab. Er verschränkte die Arme vor der Brust und sah sie erwartungsvoll an. »Nun kann ich dich anhören. Warum bist du gekommen?«

Frija blickte an ihm vorbei auf die bläulich verschwimmenden Hügelketten in der Ferne. Wie sollte sie beginnen? Sie holte Luft und sah Natalis an. »Ihr habt vor zwei Jahren einen Straffeldzug gegen ein chattisches Dorf angeführt.«

Die Falte auf Natalis' Stirn zog sich leicht zusammen. »Das ist richtig.«

»Unter den Gefangenen, die Ihr weggeführt habt«, fuhr Frija fort, »war einer von Asugisalars Söhnen. Erinnert Ihr Euch?«

»Sicher, er war der Anführer.«

»Und ich, ich bin seine Schwester«, sagte Frija.

Einen Augenblick war Natalis sprachlos.

»Und was, was willst du jetzt von mir?«

»Ich will wissen, ob mein Bruder noch lebt, und ich will wissen, wo er jetzt ist.« Frijas Stimme wurde weich. »Ihr müsst es doch wissen. Bitte sagt es mir.«

Einen Moment wich die Härte aus Natalis' Gesicht. Er schüttelte leicht den Kopf. »Nein, das kann ich dir nicht sagen. Es ist ja nun schon einige Zeit her. Ich habe deinen Bruder damals dem Statthalter übergeben. Damit war meine Mission erfüllt. Kurze Zeit später wurde ich mit der Leitung dieser Einheit hier betraut. Warum bist du nicht zum Palast des Statthalters in Mogontiacum gegangen? Den weiten Weg hierher hättest du dir sparen können.«

»Das habe ich getan«, rief Frija, »mehrmals sogar, aber jedes Mal wurde ich abgewiesen. Damals war ich Eurer Sprache noch nicht mächtig, ich kannte niemanden in der Stadt. Wir Chatten sind dort nicht gerne gesehen. Ich wollte schon in mein Dorf zurückkehren, als ich einen griechischen Händler und seine Frau kennenlernte. Sie nahmen sich meiner an. Er lehrte mich das Lateinische sprechen und sie unterwies mich in der Kunst der Chiromantie.«

»Das Schicksal aus der Hand lesen? Das kannst du?«, unterbrach sie Natalis.

»Nicht so gut wie Aglaja. Man braucht die Erfahrung vieler Jahre. Sie sieht und weiß alles. Sie fand auch heraus, dass Ihr es wart, der den Straffeldzug geleitet hat, und, dass Ihr hierher an die Grenze versetzt worden seid.«

»So, so, das fand sie heraus.« Ein Lächeln huschte über Natalis' Gesicht.

Frijas Stimme wurde fester. »Den Winter verbrachten wir in der Colonia. Als das Eis zu schmelzen begann, machte sich Demetrios mit dem Schiff auf nach Nida. Und von dort zogen wir den Limes entlang, von einem Grenzlager zum anderen. Ich wusste, dass ich Euch finden würde.«

»Du hast dich ganz alleine vom Fluss Visurgis aufgemacht, um deinen Bruder zu suchen?«

Frija zuckte die Schultern. »Wer sonst hätte es tun sollen? Alle Männer in meiner Familie sind tot.«

»Wäre dein Vater auf unsere Bedingungen eingegangen, wäre euch viel Unglück erspart geblieben«, sagte Natalis streng.

Nachdenklich schüttelte Frija den Kopf. Die Bronzeanhänger klirrten leise. »Wir sind ein freier Stamm«, sagte sie, »niemals, niemals hätte mein Vater einen seiner Stammesgenossen, geschweige denn seinen eigenen Sohn, an Euch ausgeliefert.« Sie blickte zu Boden. Dann fügte sie hinzu. »Mag sein, dass mein Bruder leichtfertig gehandelt hat. Aber er war damals fast noch ein Kind.«

»Nein, das war er nicht«, sagte Natalis ernst. »Er wusste, was er tat, und es ist nur rechtens, dass er die Folgen dafür tragen muss. Leider kann ich dir nicht viel Hoffnung machen. Auch wenn du ihn tatsächlich findest, ich glaube nicht, dass ihn der Statthalter herausgibt. Einen chattischen Aufrührer — undenkbar!«

»Ich würde alles tun.« Frijas Stimme zitterte. Aber sie weinte nicht — nicht vor einem Römer.

Natalis legte die Hand in den Nacken und blickte nach oben. »Ich kann dir einen Empfehlungsbrief schreiben«, sagte er schließlich. »Das ist das einzige, was in meiner Macht steht. Ich weiß nicht, ob es viel hilft. Zumindest müssen sie dich damit beim Statthalter vorlassen. Komm morgen nach den Reiterspielen wieder hierher zur Tribüne.«

»*Gratiam tibi ago*, ich danke dir.« Frija neigte den Kopf und wandte sich zum Gehen, aber Natalis hielt sie am Ärmel fest.

»Halt, nicht so schnell. Das kostet aber etwas«, sagte er herausfordernd. Frija erschrak. Was wollte er von ihr? Natalis' Mundwinkel zuckten. »Sagtest du nicht, du wolltest alles tun für deinen Bruder?«, fragte er harmlos.

Frija wurde rot. Sie riss Natalis den Ärmel aus der Hand und trat hastig einen Schritt zurück. Da streckte er ihr seine offene Hand hin. »Ich bin nun doch neugierig, welches Schicksal die Götter in meine Hand gezeichnet haben.«

Frija sah ihn mit großen Augen an. Zögernd nahm sie seine Hand. »Du hast eine glänzende Zukunft vor dir«, sagte sie leise.

Frija ging langsam den Weg zurück, den sie gekommen war. Lerchen zwitscherten über ihr in der blauen Luft, losgelöst von aller irdischen Schwere. Es gab, überlegte Frija, in dieser Sache nur zwei Möglichkeiten. Entweder wusste Natalis mehr, als er ihr gesagt hatte, oder Aglaja, die sich so sicher gewesen war, dass sie etwas von ihrem Bruder erfahren würde, hatte sich geirrt. Es wäre das erste Mal gewesen.

Der Wolf

Unter hohem Sternenhimmel hatte im Passlager eben die dritte Nachtwache begonnen, *nocte concubia*, die Zeit des tiefsten Schlafes. Doch einige der Insassen waren noch wach. Die Soldaten oben auf dem Wehrgang und die beiden Posten am Schuppen, weil sie nicht schlafen durften, und ihr Offizier, weil er nicht schlafen konnte.

Es war nun schon die dritte Nacht, in der sich Serenus unruhig auf seinem Lager hin und her wälzte. Das Mädchen mit der blauen Kappe ließ ihn nicht los. Er fieberte dem Ceres-Fest entgegen und überlegte, was er ihr sagen wollte. Schon lange hatte er sich nicht mehr so auf ein Fest gefreut. Und jetzt auch noch dieser Glückstreffer mit dem Gefangenen, der reine Zufall. Er drehte sich auf den Rücken und blickte zur Decke. Seltsam, plötzlich lief alles zu seinen Gunsten. Unter den Augen all des Volkes, das zum Fest käme, würde er morgen durch die *porta praetoria* von Natalis' Lager reiten, ein kleiner Triumphzug. Er stellte sich Natalis' Gesicht vor, wenn er ihm den Gefangenen übergeben würde.

Endlich hielt es Serenus nicht mehr aus und stand auf. Er würde einmal die Runde machen, bloß nachsehen, ob draußen alles in Ordnung war. Die Öllampe auf dem Wandbord war erloschen. Im Dunkeln tastete er nach Schuhen und Mantel.

Auch Muha schlief nicht. Er stand an die Rückwand des Schuppens gelehnt. Seit dem Kampf mit Rando schmerzten seine Rippen und die Wunde an seinem Arm fühlte sich heiß an.

Aber das allein war es nicht. Er dachte an den kommenden Morgen.

Was würden sie im Hauptquartier mit ihm machen? Und was erwartete ihn bei Telegenus? Er dachte an Mattiacus, an Tritus und Jucundus, an seine Schwestern und an seine Großmutter. Sie alle würde er nie mehr wiedersehen. Es würgte ihn in der Kehle. Er hielt es nicht mehr aus, das Warten, die Dunkelheit und die Stille. Wenn er nur mit jemandem reden könnte, mit irgendeinem Menschen?

Durch die Ritzen des Lattenwerks hindurch konnte Muha die dunklen Umrisse der beiden britonischen Wachposten erkennen, die fröstelnd vor der Tür auf und ab gingen. Es war wirklich kalt. In dieser Nacht ging kein Wind. Die Fackeln brannten ruhig, nur manchmal lösten sich knisternd einzelne Funken und versprühten in der Dunkelheit. Unten im Tal heulte ein Wolf. Klagend verlor sich der Ruf in der Ferne.

Muha stieß sich von der Wand ab und ging zur Tür. Seine Fußfesseln klirrten auf dem Boden. Nun, da sie wussten, wen sie da in ihrem Schuppen festgesetzt hatten, wurde er Tag und Nacht bewacht. Einer der Posten draußen kam zur Tür.

»Was gibt's?«, sagte er unwirsch.

»Hast du's gehört?«, fragte Muha mit gedämpfter Stimme.

»Was?«

Wieder durchschnitt der Ruf des Wolfes die Stille.

»Da!«

»Ein Wolf, na und?«

»Das ist der Fenrir, der Fenriswolf, der in seinen Fesseln klagt und stöhnt, weil ihn die Götter überlistet haben«, sagte Muha mit rauer Kehle.

»Ach lass mich mit deinen Göttern in Frieden.«

»Du bist kein Römer, nicht wahr?«

»Verflucht, was willst du?«

»Nur ein bisschen reden.«

»Halt's Maul!« Der Soldat wandte sich ab.

»Ich kann euch die Geschichte erzählen.«

Der andere Wachposten kam heran und schlug mit der Faust gegen die Lattentür. »*Tace tandem*, gib endlich Ruhe!«

Der Wolf heulte wieder. »Den könnt ihr nicht zum Schweigen bringen!« Muha lachte, und sein Lachen klang ihm fremd.

Im Sand knirschten Schritte.

»*Quid actum est*, was ist hier los?« Muha erkannte die Stimme des jungen Zenturio, der ihn am Morgen verhört hatte.

»Er heult mit den Wölfen«, knurrte der erste Wachsoldat.

»Er erzählt uns Geschichten«, sagte der zweite, der gegen die Tür geschlagen hatte.

»Geht euch aufwärmen«, hörte Muha Serenus sagen, »ich bleibe hier.« Serenus trat an die Tür heran. »Was hast du ihnen erzählt?«

»Nichts. Sie wollten die Geschichte nicht hören.«

»Erzähl sie mir!«

Muha zögerte, aber immerhin hatte der Zenturio ihn den Rimfaxi sehen lassen. Das rechnete er ihm hoch an, und eigentlich war es auch gleich, wer ihm zuhörte.

»Ich wollte ihnen erzählen, wie die Götter den Fenrir überlistet haben«, begann er, »*dei bestiam feram decipiunt.*«

»Was für ein Tier?«

»Den Fenriswolf, ein gewaltiges Ungeheuer. Aus seinen Augen sprühen Funken und aus seinem Rachen schlägt Feuer. Es ist prophezeit, dass er Himmel und Erde verschlingen wird. Er ist unbesiegbar. Sogar die Götter fürchten sich vor ihm, deshalb versuchten sie, den Wolf in Ketten zu legen. Aber keine Fessel konnte ihn halten. Die stärksten Eisenketten zerriss er wie geflochtenes Stroh. Am Ende waren sogar die allmächtigen Götter ratlos.«

Muha machte eine Pause. Es war anstrengend, in der fremden Sprache die richtigen Worte zu finden.

»Und weiter?«

»In ihrer Not gingen die Götter zu den Zwergen und baten sie um Hilfe.«

»Zwerge, *nani*?«, fragte Serenus.

»Ja, sie leben unter der Erde und schmieden die kostbarsten Dinge aus Gold und Erz«, erzählte Muha weiter. »Man muss auf der Hut sein, denn sie sind so hinterlistig wie klug. Es gelang ihnen tatsächlich, eine Fessel zu fertigen, die der Wolf nicht zerreißen konnte. Die Zwerge sagten den Göttern, sie sei aus sechs Dingen gemacht: Aus dem Schall des Katzentrittes, dem Bart der Frauen, den Wurzeln der Berge, den Sehnen der Bären, der Stimme der Fische und dem Speichel der Vögel. Diese Fessel war so leicht und zart wie ein Seidenband. Sie war kaum zu sehen und kaum zu spüren, aber dennoch konnte keine Kraft der Welt sie zerreißen.«

Muha machte eine Pause. Er war nicht sicher, ob Serenus alles verstanden hatte.

»Und der Wolf ließ sich die Fessel einfach so anlegen?«, fragte Serenus.

»Natürlich nicht. Die Götter«, Muha suchte nach den passenden Worten, »sie griffen zu einer List. Sie schmeichelten dem Wolf, er mit seinen Riesenkräften könne ein so dünnes Band ja wohl leicht zerreißen. Aber der Fenrir war misstrauisch geworden. Er verlangte ein Unterpfand. Der Kriegsgott Tyr sollte ihm seine Hand in den Rachen legen.«

»Und das tat er?«

»Was blieb ihm anderes übrig«, fuhr Muha fort. »Erst dann ließ sich der Wolf die Schlinge über den Hals streifen. Und wirklich, zuerst spürte er sie kaum. Er streckte und schüttelte sich wie ein Hund. Dabei zog sich die Fessel enger und enger.« Muha schluckte. »Erst jetzt merkte der Wolf, dass sie sich weder abstreifen noch zerreißen ließ. Er begann zu rasen und zu toben. Er wälzte sich auf dem Boden und drehte sich um sich selbst und giftiger Geifer floss aus seinem Maul auf die Erde. Die Götter lachten. Bis auf einen — Tyr. Der lachte nicht, denn in seiner Wut hatte der Fenriswolf ihm die Hand abgebissen.«

Einen Moment war es still.

»Und was soll das Ganze bedeuten?«, fragte Serenus.

»Ich glaube«, überlegte Muha — und tatsächlich hatte er noch nie darüber nachgedacht —, »ich glaube, es bedeutet, dass auch der Mächtigste und Wehrhafteste nicht unbesiegbar ist, dass er dem unterliegt, dem seine Kraft nichts anhaben kann. Dem Gestaltlosen und Ungreifbaren, dem Nachgiebigen und Schwachen, dem, was man nicht hören und nicht sehen kann. Das ist das eine. Und außerdem sagt die Geschichte, dass man Opfer bringen muss, wenn man einer größeren Sache dienen will, so wie Tyr.«

»Sie sind furchterregend und finster, deine Götter«, sagte Serenus kopfschüttelnd.

»Sie sind mächtige Wesen. Warum sollte man sie nicht fürchten?«, erwiderte Muha mit gedämpfter Stimme. »Zwischen Himmel und Erde fahren sie frei dahin, wie es ihnen beliebt. In Sturm und Gewitter messen sie ihre Kräfte. In den Nebeln sind sie zu Hause, im Rauschen des Regens und im Funkeln des Taus. Man hört ihre Stimmen im Donnergrollen und im Wispern der Blätter, und die Vögel sind ihre Boten.«

»Und aus lauter Furcht opfert ihr ihnen sogar Menschen«, warf Serenus ein.

»Woher willst du das wissen?«

»Nun, das ist doch bekannt, eure barbarischen Sitten ...«, schnaubte Serenus.

»Sie wären keine Götter, verlangten sie nicht solche Opfer. Aber das verstehst du nicht.«

»Was gibt es da zu verstehen?«

»Ach du, was weißt du von unseren heiligen Zeremonien, über die sich selbst unsere Zauberkundigen in Schweigen hüllen, du ..., du... Römer?« Muhas Stimme wurde heiser. Mit beiden Händen packte er das Gitterwerk der Tür und rüttelte daran. »Wer sind eure Götter? Bilder aus Stein! In düstere

Tempel sperrt ihr sie ein. Mit Brot und Blumen speist ihr sie ab. Am Blut berauscht ihr euch selbst. Ist es nicht so?«

»Du redest im Zorn«, herrschte ihn Serenus an.

»Wundert dich das?« Muha lachte kalt. Er atmete schwer.

Muha und Serenus schwiegen. Sie standen sich auf Armeslänge gegenüber, getrennt nur durch die Lattenwand und den schwarzen Atem der Nacht. Jeder konnte die Erregung des anderen spüren. Die Dunkelheit schien aufgewühlt wie Wasser, in das jemand einen Stein geworfen hatte. Lange Zeit sprach keiner ein Wort, als wollten sie dem Wasser Zeit geben, sich wieder zu glätten.

Schließlich war es Serenus, der das Schweigen brach.

»Mag sein, dass ich an deiner Stelle genauso empfunden hätte«, versuchte er einzulenken. Und als Muha nicht antwortete, fuhr er fort. »Schade, dass wir uns unter solchen Umständen kennengelernt haben. Ich glaube, wir hätten uns ganz gut verstanden.«

»Und ich glaube, es ist besser, wenn du jetzt gehst.« Muha wandte sich ab. Seine Angst war verschwunden, der Zorn von ihm abgefallen. Er fühlte sich nur noch müde und erschöpft.

In seinem Zimmer versuchte Serenus, wieder an das Ceres-Fest zu denken. Aber das frühere Hochgefühl wollte sich nicht mehr einstellen. Seine Gedanken kehrten immer wieder zurück zu dem jungen Chatten mit seinen wilden Göttern, die ihm so viel lebendiger erschienen als die eigenen. Schade, wenn er den Chatten Natalis übergab, war dessen Schicksal besiegelt. Aber was blieb ihm anderes übrig? Er konnte ihn ja nicht einfach laufen lassen. Und außerdem wollte er in keinem Fall auf seinen langersehnten Triumph verzichten.

Warum bedeutete im Leben das Glück des einen so oft das Unglück des anderen? Vermutlich war es ein Naturgesetz. So oder so war es müßig, darüber nachzudenken. Er, Serenus, war Soldat, und da geschahen eben solche Dinge.

Der Turm

Mit dem ersten Tageslicht kam der Nebel. In dünnen Fetzen rauchte er vom Tal herauf. Er quoll über den Bergrücken und verschluckte das Passlager und die Wachtürme, einen nach dem anderen, als hätte es sie nie gegeben. Ein Festtag? Die germanischen Götter hohnlachten der Ceres.

Muha, der, eingehüllt in einen Soldatenmantel, in der hintersten Ecke des Schuppens geschlafen hatte, schreckte hoch. Jemand öffnete die Tür. Eine Schale mit frisch gekochtem Gerstenbrei wurde hereingeschoben und die Tür wieder geschlossen. Im Morgenlicht, das zwischen den Latten hereinfiel, sah Muha den heißen Dampf aus dem Essen in die kalte Luft aufsteigen. Nach einer Weile wurden die Schlieren immer dünner und durchsichtiger. Muha hatte keinen Hunger, nur Durst. Vorsichtig tastete er nach seinem Arm. Die Haut rings um die Wunde war hart und heiß. Draußen im Hof zwischen den Baracken klapperte Geschirr. Jemand summte ein Lied, Wasser wurde ausgeschüttet und dann ertönte das Signal, das die Besatzung zum Morgenappell zusammenrief.

Kurz darauf öffnete ein Soldat die Tür, um Muha zu holen. Dieser wickelte sich schleppend aus seinem Mantel und stand auf. Der Soldat nahm Muha die Fußeisen ab und bedeutete ihm zu folgen. Draußen im Hof zeigte er auf die Zisterne.

Muha nickte stumm. Der Soldat schöpfte ihm Wasser und wartete, bis er getrunken hatte. Dann band der Soldat Muha mit einem langen Riemen die Hände auf den Rücken und führte ihn zwischen den beiden Baracken hindurch zum Tor.

Serenus, mit Helmputz und in Paraderüstung, wartete schon neben dem gesattelten Rimfaxi. Er unterhielt sich mit Aper.

»Na, bereit zum Abmarsch?«, begrüßte er Muha. Dann befestigte er den Riemen, mit dem Muha gefesselt war, an seinem Sattel. Muha wich Serenus' Blick aus.

»Na, dann wünsche ich viel Vergnügen«, brummte Aper. »Schade, das Gesicht von Natalis hätte ich gerne gesehen.«

»Ich werde dir berichten«, lachte Serenus. »Ihr werdet hier auch genug zu tun haben. Bis zum Mittag kommt sicher noch einiges Volk über den Pass.«

Er winkte. Die Torflügel wurden geöffnet und sofort drückte der Nebel herein wie ein feindlicher Belagerer.

Doch die siebzehn Soldaten, die voll freudiger Erwartung hinter ihrem Zenturio Aufstellung genommen hatten, ließen sich vom Wetter ihre gute Laune nicht verderben. Sie rissen Witze über ihre Kameraden, die das Los vom Vergnügen ausgeschlossen hatte, und nahmen noch letzte Bestellungen und Grüße an Bekannte entgegen. Dann drängten sie aus ihrer kleinen Bastion hinaus in den grauen Morgen. Schon nach wenigen Schritten hatte der Dunst sie verschluckt.

Den Blick auf die zottigen Fesseln Rimfaxis geheftet, der mit schwerem gleichmäßigem Schritt dem gewohnten Weg folgte, trottete Muha hinter Serenus her.

Seine Gedanken verloren sich in der Erinnerung an sein Dorf und an einen anderen Frühling. Er sah Stuten mit ihren Fohlen bis zum Bauch im Wiesenschaumkraut stehen, wachsam umkreist von dem schwarzen Hengst mit der eisernen Glocke. Manchmal blieb der Hengst abrupt stehen, riss mutwillig ein Büschel Blumen ab, schüttelte die gelockte Mähne und wieherte.

Mit einem Ruck spannte sich das Seil, an das er gefesselt war. Muha schreckte auf. Das Pferd stand quer zum Weg und schnaubte unruhig. Muha blickte sich um. In dem Nebel konnte man keinen Steinwurf weit blicken. Hinter ihm tauchten die Soldaten der kleinen Kolonne einer nach dem anderen aus dem Dunst auf, vor ihnen verschwand der Weg bergan im Ungefähren. Trotzdem kam Muha die Stelle irgendwie bekannt vor. Wenn ihn nicht alles täuschte, zeichnete sich linker Hand von ihnen der dunkle Umriss eines Turmdaches ab.

Serenus tätschelte Rimfaxi beruhigend den Hals. Er wartete, bis die letzten seiner Leute aufgeschlossen hatten. Dann zeigte er zum Turm hinüber. »Wundert mich, dass sie uns noch nicht bemerkt haben.«

Ein Soldat ließ einen schrillen Pfiff ertönen. Alle horchten. Graue Schwaden wehten lautlos vorüber.

»Man schläft noch«, witzelte einer.

»He, aufwachen!«, rief ein anderer.

»Das gibt's doch nicht.« Serenus trieb Rimfaxi energisch auf den Turm zu. Muha folgte widerstrebend.

»Die Luke ist offen«, stellte Serenus fest. »Rufus, geh rein und sieh nach.«

Ein breitschultriger, rothaariger Soldat, derselbe, der Muha am Morgen aus dem Schuppen geholt hatte, löste sich aus der Gruppe. Er erklomm behände die Leiter zum Turmeingang und verschwand darin.

Ja, Muha war sich jetzt ganz sicher. Das war die Stelle, wo er den Pfahl überquert hatte. So nahe davor erkannte er auch wieder die rote Inschrift auf der Tafel über dem Eingang. Von der Luke bis zu der außen angelehnten Leiter sah alles genauso aus wie an jenem Nachmittag vor vier Tagen.

Drinnen stapfte Rufus mit schwerfälligen Schritten die Stiege hoch. Einen langen Moment war es still. Die Soldaten sahen sich an. Dann hörte man zwei, drei krachende Sprünge und gleich darauf erschien Rufus in der Türöffnung, bleich und verstört.

»Überfall!«, stieß er hervor, »Überfall. Sie haben Faber und Sossius umgebracht. Und die andern sind weg.«

Alle blickten auf Serenus. Dieser saß wie versteinert im Sattel. Ohne seinen Befehl abzuwarten, hasteten einige der Männer die Leiter in den Turm hinauf. Andere liefen auf die Rückseite des Wachturmes und kamen kurz darauf mit einem dritten Toten zurück. Sie legten ihn vorsichtig neben der Leiter auf den Boden. Muha erkannte in ihm den jungen Mann wieder, der vor vier Tagen mit den Wassereimern so nahe an ihm vorbeigegangen war. Haare und Kleider waren blutverklebt. Er hatte mehrere Stichwunden im Rücken.

Plötzlich, während die Männer noch schweigend um den Leichnam herumstanden, bäumte sich Rimfaxi mit lautem Wiehern auf. Muha wurde zu Boden gerissen. Er hörte einen gellenden Schrei, und als er den Kopf hob, sah er Serenus zusammengekrümmt am Boden liegen. Stöhnend umklammerte dieser mit beiden Händen sein linkes Bein. Aus dem Oberschenkel ragte das gefiederte Ende eines Pfeils.

»Ein Hinterhalt!«, brüllte Rufus. »In Deckung!«

Rasch packte er den Verletzten unter den Armen und schleppte ihn aus der Schusslinie weg an die seitliche, dem Pfahl abgewandte Turmmauer.

Die übrigen Soldaten rannten wild durcheinander. Einige folgten Rufus' Aufforderung und flüchteten sich ebenfalls in den Schutz der Mauer, andere zogen ihre Schwerter und stürzten in Richtung des Palisadenzaunes davon.

»Hierbleiben!«, schrie Rufus ihnen hinterher. Aber da hatte der Nebel sie bereits verschluckt.

»Alarm! Warum gibt keiner Alarm?«, stöhnte Serenus.

»Wir müssen in den Turm!«, drängte Rufus. »Schnell!«

Muha, der sich gerade aufgerappelt hatte, versuchte den scheuenden Rimfaxi, an den er immer noch angebunden war, beiseite zu ziehen. Einer der Soldaten sah es, stürzte sich auf ihn und brachte ihn erneut zu Fall. »Oh nein, du entwischst uns nicht.«

Während er Muha mit dem Knie auf den Boden presste,

setzte er ihm seinen Dolch in den Nacken und brüllte, heiser vor Erregung, zu seinen Kameraden hinüber: »Und was machen wir mit dem hier?«

»Schneid ihm die Kehle durch!«, schrie einer zurück. »Der steckt doch mit den Banditen unter einer Decke!«

Muha, das Gesicht auf der Erde, konnte kaum atmen. Er hatte Sand im Mund, aber er wagte nicht, sich zu rühren.

»Halt! Lass ihn los!« Serenus' Stimme klang schwach, aber bestimmt von der Turmmauer herüber.

Muha wusste nicht, ob er richtig verstanden hatte. Der Soldat über ihm rührte sich nicht.

»Ich sagte, lass ihn los!«, wiederholte Serenus.

»Zenturio?«

»Verflucht! Das ist ein Befehl!« Serenus' Stimme überschlug sich.

Muha spürte, wie der Soldat über ihm langsam das Knie von seinem Rücken nahm. Trotzdem hielt dieser ihn weiter fest.

»Schneid seine Fesseln durch!«, befahl Serenus.

Muha fühlte das kalte Metall des Dolches zwischen seinen Handgelenken. Im nächsten Moment waren seine Arme frei. Der Soldat sprang zurück, als habe er den Korb einer Viper geöffnet. Muha schnappte nach Luft. Er rollte sich herum und kroch zu Serenus hinüber.

Einen Augenblick später bohrten sich mehrere Pfeile an der Stelle in den Boden, an der Muha und der Soldat eben noch gelegen hatten.

Serenus packte Muha am Arm. »Du musst mir helfen!«, flüsterte er fast flehentlich. »Hol Hilfe! Es soll nicht zu deinem Schaden sein.«

Mit Rufus' Hilfe gelang es Serenus, sich halb aufzusetzen. Er blickte Muha in die Augen. »Wenn einer durchkommt«, sagte er, »dann du. Du siehst nicht aus wie ein römischer Soldat. Du bist ein guter Reiter und außerdem, ich brauche hier jeden einzelnen Mann.«

Serenus verzog schmerzerfüllt das Gesicht. Muha sah, wie ihm Schweißperlen auf die Stirn traten. Serenus umklammerte Muhas Arm und flüsterte. »Folg dem Grenzweg bis auf die Hochebene und dann halte dich nach Süden. Das kleine Lager auf der Höhe lass rechts liegen. Die sind längst alle zum Fest unterwegs. Von da sind es noch zwei Meilen bis zum Kohortenlager, dort haben sie Reiter. Bis dahin musst du's schaffen.«

Erschöpft ließ sich Serenus in Rufus' Arme zurücksinken und schloss die Augen.

Muha beugte sich über ihn. »Und wenn sie mir nicht glauben? Du musst mir etwas geben.«

Serenus hielt ihm seine Hand hin, ohne die Augen zu öffnen. »Nimm den Ring. Sag ihnen, Zenturio Cilnius Serenus schickt dich.«

Muha streifte den Ring ab und steckte ihn sich an. Geduckt kroch er zurück zu Rimfaxi. Unter den feindseligen Blicken der Soldaten riss er dem Pferd das römische Sattelzeug herunter, griff in Rimfaxis Mähne und sprang auf.

Augenblicke später galoppierte Rimfaxi den Passweg hinauf. Mehrere Pfeile flogen hinter ihnen her, aber alle verfehlten ihr Ziel. Muha hing tief über den massigen Pferdehals gebeugt und schaute weder vor noch zurück. Er vertraute darauf, dass das Tier den Weg kannte. Erst als er sich außerhalb der Gefahrenzone glaubte, wagte er es, sich aufzusetzen.

Der Nebel war unverändert dicht. Muha wusste nicht, wo er sich befand. Plötzlich tauchte unmittelbar vor ihm, wie aus dem Nichts, ein zweiter Turm auf. Auch hier stand die Luke offen. Die Leiter lag am Boden. Muha starrte angestrengt hinüber. Aber nichts rührte sich.

Jetzt kamen ihm die Reiter in den Sinn, mit denen Rando sich bei dem Felsen besprochen hatte. Sie waren bewaffnet gewesen und hatten ihre Pferde schwer bepackt. Nun war ihm klar, warum die Jäger bei Silvanus nach dem Besuch der römischen Streife so nervös geworden waren. Sie hatten die Anführer der Bande vor dem Spähtrupp warnen wollen. Vermutlich hatten sie für die Angreifer auch den günstigsten Ort und die beste Zeit ausgekundschaftet. Gegen bare Münze, versteht sich.

Genau so musste es gewesen sein. Ihn hatten sie nur mitgenommen, um ihre zwielichtigen Absichten vor Silvanus zu verschleiern — und natürlich hatten sie es auch auf seinen Dolch abgesehen. Verräter waren sie, hinterhältige Halsabschneider, mit gemeinen Räubern im Bunde!

Allmählich war der Weg eben geworden. Muha hatte die Hochfläche erreicht. Rimfaxi, der spürte, dass die unmittelbare Gefahr vorüber war, fiel in eine langsamere Gangart und auch Muha atmete auf und blickte sich um. Der Nebel war hier oben nur noch ein dünner, durchsichtiger Schleier, durch den sich Streifen dunkler Äcker und helleres Grasland abzeichneten. Irgendwo dort im Nordosten in der dunstigen Ferne lag das Land jenseits des Pfahls, freies Land. Was hielt ihn noch hier? Er wollte heim. Er hatte Rimfaxi wieder. Und so, wie es aussah, lag der Pfahl in diesem Moment über Meilen unbewacht da. Jetzt nicht zu handeln, hieße ein Geschenk der Götter zurückzuweisen.

Rimfaxi war in den Schritt gefallen. Seine Ohren spielten nach hinten. Muhas Zögern war ihm nicht entgangen.

Kurzentschlossen zog Muha Serenus' Ring vom Finger. Es war ein massiver Goldring mit drei dunkelgrünen, fein geäderten Edelsteinen. Das Stück ließ keinen Zweifel daran aufkommen, dass sein Besitzer begütert und von vornehmer Abstammung war. Doch was nützte diesem das jetzt? Und was nützte es ihm, Muha? Wer weiß, ob es ihm überhaupt gelang, Hilfe zu holen? Ob sie ihm glaubten? Ob es nicht längst zu spät war? Und was, wenn sich Serenus später nicht mehr an sein Versprechen erinnern würde? Nein, er war diesem Römer nichts schuldig.

Muha nahm den Ring und schleuderte ihn weit von sich in den frisch gepflügten Acker.

Ein Rabe flatterte krächzend auf und strich mit zerzausten Flügeln dicht über dem Boden davon. Einen Augenblick sah ihm Muha nach. Da drüben im Süden musste das große Kohortenlager liegen, von dem Serenus gesprochen hatte. Aber das ging ihn jetzt nichts mehr an. Wenn er ein Stück zurückritt und die Grenze am Rand der Hochfläche oberhalb des letzten Wachturmes passierte, müsste er unbemerkt durchkommen. Die Banditen konzentrierten sich jetzt auf den Wachturm, und bis der Kampf dort ausgefochten war, würde er längst über alle Berge sein.

Er wollte das Pferd wenden, doch Rimfaxi tanzte, plötzlich störrisch geworden, auf den Hinterbeinen im Kreis. Vermutlich wollte er einfach nicht zurück an den Ort der Gefahr. Muha drückte ihm die Fersen in die Flanken und trieb ihn energisch voran. »Lauf nur, jetzt wird alles gut«, redete er dem Tier zu. Zögernd setzte sich Rimfaxi in Bewegung.

Doch seine Worte klangen ihm wie eine Lüge in den Ohren. Muha dachte an Serenus' flehentlichen Blick. Der Zenturio hatte ihn vor dem Zorn der Soldaten gerettet und seine ganze Hoffnung auf ihn gesetzt. *Fatum*, Schicksal. Die Götter hatten ihre Wege auf merkwürdige Weise miteinander verstrickt. Was auch immer geschehen war, wie auch immer die Sache ausgehen würde, er konnte sich jetzt nicht davonstehlen. Dann wäre er ein nichtswürdiger Verräter, einer, der nur seinen eigenen Vorteil im Sinn hatte, nicht besser als Rando und Wulfila.

Zum zweiten Mal wendete Muha das Pferd. Hoffentlich war es noch nicht zu spät. Er hatte keine Zeit mehr zu verlieren.

Das Gelübde

»Sie schießen hinter ihm her«, meldete Rufus, der an der Ecke des Turmes kauerte und Muha nachblickte. Er drehte sich zu Serenus um. »Den siehst du nie wieder.«

»Mit dem einzigen Pferd«, pflichtete ihm ein grauhaariger Soldat, den sie Masclus nannten, grimmig bei.

Serenus ging nicht darauf ein. »Wie viele sind wir noch?«, fragte er leise.

»Neun, Zenturio.«

»Und der Rest?«

Er hatte die Frage kaum ausgesprochen, als einer der Soldaten, die die Angreifer in den Nebel verfolgt hatten, um die Turmecke rannte. Mit zerfetzten Kleidern und ohne Waffengurt, die Hand auf eine klaffende Wunde am Ohr gepresst, warf er sich neben Serenus zu Boden.

»Sie sind hinter mir her!«, stieß er hervor. »Los, weg hier! Worauf wartet ihr denn?«

Die Soldaten sprangen auf. Zwei packten Serenus unter den Armen. »Kannst du stehen?«

Serenus stöhnte auf. »Unmöglich!«

Die Soldaten schleppten ihn bis zur Turmecke und hielten dort inne. Das letzte Stück bis zur Leiter gab es keine Deckung.

Rufus ließ sich auf alle Viere nieder und spähte vorsichtig um die Ecke. Nebelfetzen wehten vorbei. Seine Augen suchten den milchigen Dunst ab.

»Was schätzt du, wie viele stecken da?«, wandte sich Rufus an den Geflüchteten.

Dieser zuckte die Achseln. »Ich weiß es nicht. Aber wenn wir noch lange warten, kannst du sie selbst zählen. Hinter den Palisaden saß nur eine Handvoll Bogenschützen. Doch als wir sie den Abhang hinunter verfolgten, fielen sie plötzlich von allen Seiten über uns her. Ich bin der Einzige, der entkommen ist. Und ich bin gerannt wie ein Hase.«

»Also los!«, übernahm Rufus das Kommando. »Longinus, pack mit an! Wir tragen den Zenturio, ihr übrigen lauft vor und nehmt ihn entgegen.«

Sie hatten die Leiter vor dem Turmeingang gerade erreicht, da tauchten die ersten Angreifer aus dem Dunst auf und stürmten johlend auf Serenus' kleine Schar zu.

Serenus konnte sie nicht sehen. Er hörte Rufus Anweisungen geben, während er hastig von Mann zu Mann weitergereicht wurde. Mehrere Hände zogen ihn durch die Luke ins Innere und er schob sich, so gut es ging, vom Eingang weg, um den anderen nicht im Weg zu sein. Unten auf dem Vorplatz vor der Leiter krachten Schwerter auf Schilde, Metall hieb auf Metall. Ein Soldat nach dem anderen kroch durch die Türöffnung herein und eilte an Serenus vorbei in den Wachraum hinauf. Die beiden Letzten zogen mit vereinten Kräften die Leiter herein und knallten die Luke zu.

»Halt!« Serenus richtete sich mit einem Ruck auf. Wo war Rufus? Rufus war nicht mit hereingekommen. Sie hatten Rufus vergessen. Aber die beiden Soldaten waren schon hinter den anderen her die Stiege hinauf nach oben geklettert.

Warum bei allen Göttern? Warum ausgerechnet Rufus? Erschöpft ließ sich Serenus auf die Eichenbohlen zurücksinken. Der Schmerz wühlte in seinem Bein. Er starrte auf die verriegelte Holztür. Mit groben Linien war die laufende Nummer des Wachturmes in die Bretter geritzt, eine IV.

Das Mädchen!, schoss es ihm durch den Kopf. Sie hatte alles vorhergesagt, er hatte es nur nicht verstanden.

In der Hochstimmung der letzten Tage hatte er überhaupt

nicht mehr an ihre Prophezeiung gedacht. Und stolz hatte er auch noch Natalis' Warnung in den Wind geschlagen.

Aber trotz allem, und da war er sich sicher, wäre dies hier nie geschehen ohne den Nebel. Dieser tückische Dunst, der sich wie eine dämonische Macht auf die Seite des Feindes gestellt hatte, ihn den Blicken entzog und die römische Kampftaktik von vorneherein ins Leere laufen ließ.

Nachgiebig, weich und unangreifbar — es war fast wie in der Geschichte von dem Wolf, die ihm dieser junge Barbar erzählt hatte. Nur dass das Opfer dieses Mal eine Wölfin war.

Aber sie wehrte sich, die römische Wölfin, mit Zähnen und Klauen. Noch gelang es seinen Männern, die Angreifer draußen auf Abstand zu halten. Nur, wie lange?

Seltsam, dass niemand die Passstraße heraufkam. Hatten sie nicht alle zugesagt, zum Fest zu kommen, Valerius mit seinen Leuten, Felix?

Draußen hörte man Pferdegetrappel. Hoffnungsvoll hob Serenus den Kopf. Doch das Gebrüll, das sich unten erhob, klang nicht nach Kampf, sondern eher nach Begrüßung.

Von oben polterten Longinus und Masclus die Stiege herunter. Sie schleppten zwischen sich die schwere Holztruhe, die zur Aufbewahrung von Signalfackeln vorgesehen war, und verrammelten damit die Eingangsluke.

»Die Bastarde haben Verstärkung bekommen«, keuchte Masclus.

»Woher kamen die Reiter?«, fragte Serenus.

»Vom Pass rauf.« Longinus blieb kurz neben ihm stehen. »Tut mir leid, Zenturio. Es sieht nicht gut aus.« Hinter Masclus hastete er wieder nach oben.

Serenus schlug seine Stirn gegen die Bretterwand, einmal, zweimal. Er schloss die Augen. Vom Pass herauf, das konnte nur eins bedeuten. Aper, den umsichtigen und erfahrenen Aper, hatte es ebenso erwischt wie ihn selbst.

Wie hatte das passieren können? Der Überfall musste von

langer Hand geplant gewesen sein. Die Banditen mussten vor Tagesanbruch, noch im Schutz der Dunkelheit, die dem Lager benachbarten Wachtürme ausgeschaltet haben. Dann waren sie unbehelligt über die kleine Passstation hergefallen. Und er war mit seinem kleinen Trupp gerade dazwischengeraten. Auf jeden Fall mussten sie alles genauestens ausgekundschaftet haben: den Festtag, die reduzierte Besatzung, ja sogar den Nebel.

Wie verwundbar war doch dieser kurze Grenzabschnitt zwischen den beiden Hochflächen! Man brauchte den schmalen Passweg nur an den richtigen Stellen abzuriegeln, dann war über die steilen Berghänge so schnell keine Hilfe möglich.

Von außen knallten Geschosse gegen die Holztür. Serenus hörte, wie seine Leute sich gegenseitig anfeuerten.

Sie versuchten, mit einem Hagel von Steinkugeln die Angreifer am Besetzen des Turmes zu hindern. Aber der Vorrat an Wurfgeschossen war begrenzt. Die Männer begannen, die Stiegen hinauf- und hinunterzurennen. Sie suchten zusammen, was auch immer ihnen geeignet erschien, die Belagerer ein paar Augenblicke länger auf Abstand zu halten: tönernes Geschirr und Werkzeuge, Holzscheite und ein Mahlstein. Sogar eine Amphore mit Lampenöl flog, begleitet von wilden Flüchen, vom Turm hinab.

Erneut krachte ein schwerer Gegenstand gegen den verbarrikadierten Eingang. Die hölzerne Luke erzitterte. Serenus kroch in sich zusammen.

Müsste Natalis nicht längst hier sein? Wie lange brauchte ein Reiter für die Strecke? Serenus hatte das Gefühl für die Zeit verloren, aber eines war klar: Lange hielten sie nicht mehr aus.

»Den siehst du nie wieder!«, klang Rufus' Stimme in seinen Ohren. Der rothaarige Britone hatte immer laut gesagt, was er dachte. Er war sein verlässlichster Mann gewesen. Jetzt war er draußen im Kampf geblieben. Und wie es aussah, würde er noch im Tode Recht behalten.

Serenus wischte sich mit dem Handrücken über die Stirn. Er musste von Sinnen gewesen sein, diesen Barbaren loszuschicken! Man würde eine Erklärung von ihm verlangen, wenn sie überhaupt jemals lebend hier rauskommen sollten. Aber das erschien ihm in diesem Moment schon nicht mehr sehr wahrscheinlich.

Serenus starrte auf die Tür. Wieder blieb sein Blick an der eingeritzten IV hängen. Dann senkte er den Kopf auf die Brust und begann zu beten, das erste Mal seit langem:

Oh Jupiter, Herr des Himmelslichtes,
Beschützer und Bewahrer des römischen Volkes, Vernichter seiner Feinde,
Erhöre die Stimme deines nichtswürdigen Sohnes,
Dich bitte ich und zu Dir bete ich,
Errette uns aus dieser ausweglosen Lage,
Lass diese Männer und mich
Nicht elendiglich zugrundegehen,
Treu haben wir in dieser Wildnis der Sache Roms gedient
Und diesen Turm tapfer verteidigt,
Aber nun sind wir am Ende.
Aus freien Stücken schwöre ich
An dieser Stelle hier, wo ich verwundet liege,
Einen Tempel zu errichten, der seinesgleichen sucht.
Dir und den Deinen zum Ruhm
Und zur Ehre
Will ich dieses Gelübde einlösen!

Serenus hatte die Sätze halblaut gesprochen, doch bei den letzten Worten versagte seine Stimme. Er fuhr sich mit der Zunge über die trockenen Lippen. Dann lehnte er sich zurück und schloss die Augen.

In diesem Moment hörte er über sich den Ruf »Feuer!«.

Natalis

Muha galoppierte die Straße entlang. Er hatte das zerklüftete Waldgebirge hinter sich gelassen. Zu beiden Seiten dehnte sich die weite Hochfläche aus. Hier oben kam er rasch voran. Schon tauchte aus dem Dunst in einiger Entfernung das regelmäßige Karree des ummauerten Numerus-Lagers auf, von dem Serenus gesprochen hatte. Das schwere Holztor war geschlossen. Ein eingemummter Wachposten, von dem nur Kopf und Schultern zu sehen waren, stand hinter der Brustwehr über dem Tor. Er schaute unbeteiligt auf Muha herunter, nicht ahnend, was sich zwei Meilen entfernt im Wald abspielte.

Einen Moment lang überlegte Muha, auf der Stelle Alarm zu schlagen. Er hatte viel Zeit verloren. Aber sofort verwarf er diesen Gedanken wieder. Der Posten da oben sah nicht aus, als ob er ihm ohne lange Erklärungen glauben würde. Und auch falls er ihn rasch von der Gefahr überzeugen konnte — es würde zu lange dauern, bis die Wachen ein Signalfeuer zum Brennen gebracht hatten. Bei dem Dunst und inmitten des Festtrubels im Kohortenlager würde es dort vielleicht nicht einmal gleich erkannt. In dieser Zeit war er auch selbst dorthin geritten.

Hinter der kleinen Festung verbreiterte sich der Passweg zu einer sorgfältig gepflasterten Straße, die auf beiden Seiten von den Giebeln langgestreckter Häuser und Werkstätten flankiert wurde. Die Hufe des galoppierenden Pferdes hallten auf dem Pflaster wider. Ein paar Hühner flüchteten gackernd in einen Schuppen und ein Hofhund hing gurgelnd in seiner Kette.

Doch sonst machte das Lagerdorf einen recht verlassenen Eindruck. Außer einer Familie, die gerade einen mit Palmzweigen geschmückten Ochsenkarren bestieg, war kein Mensch zu sehen.

Aber schon bald hinter dem Dorfausgang, wo die Grenzstraße in einer langen Geraden nach Süden abknickte, waren die Menschen in größeren und kleineren Gruppen unterwegs zum Markt. Muha musste sein Tempo drosseln. Er lenkte Rimfaxi zwischen fröhlich schwatzenden Frauen und Kindern in Festkleidung hindurch, überholte den schwer beladenen Wagen eines Töpfers und schließlich einen Trupp Soldaten, die Musikinstrumente mit dem Zeichen ihrer Einheit mit sich trugen. Serenus hatte recht gehabt. Wer noch nicht auf dem Festplatz eingetroffen war, war zumindest auf dem Weg dorthin.

Der Dunst, der über der Hochebene hing, wurde immer durchsichtiger. Bald konnte Muha in der Ferne den hohen Toraufbau des großen Kohortenlagers erkennen. Erst in diesem Moment wurde ihm der Wahnwitz seines Tuns bewusst: Er wurde quer durch die ganze Provinz gesucht. Er ritt mit einem Zeichen auf der Schulter, das offenbar jeder kleine Soldat kannte, auf ein Kohortenlager zu. Und er hatte Serenus' Ring weggeworfen. Sein Herz klopfte. Vielleicht würden sie ihn gar nicht anhören? Vielleicht war Serenus' Trupp längst überwältigt worden? »Vielleicht« galt nicht.

Muha drückte Rimfaxi die Fersen in die Flanken. Versuchen musste er es, wenigstens versuchen.

Umzäunte Weiden flogen an ihm vorbei. Ein Gräberfeld mit regelmäßig angeordneten Grabsteinen und ein kleiner Tempel mit rotem Ziegeldach, dann hatte er den Vicus erreicht. Rimfaxi fiel von alleine in den Schritt. Feiner Dampf stieg von seinen durchnässten Flanken auf. Ungeduldig lenkte Muha das Pferd durch die Menge hindurch, die sich wie ein träger Strom auf das Haupttor des Kohortenlagers zuschob. Die Leute schwatzten und lachten, aßen und begutachteten im Vorbeigehen die feilgebotenen Waren. Besonders viele hatten sich vor dem offenen Tor versammelt, um einen Blick auf die militärische Zeremonie zu ergattern, die gleich dort stattfinden würde. Danach sollten auf dem Exerziergelände die Reitervorführungen beginnen.

Muha drängte sich bis zu der Wachpostenkette vor, die den Zugang zum Lager abriegelte.

»Halt! Absteigen!«, befahl einer der Posten.

»Ich muss den Präfekten sprechen!«, rief Muha atemlos über die Köpfe der vor ihm Stehenden hinweg. »Es ist wichtig!«

»Unmöglich! Gleich beginnt die Zeremonie.«

Der Soldat deutete mit gestrecktem Daumen hinter sich durch das weit geöffnete Doppeltor, wo im Hintergrund ein Teil des geschmückten Ceres-Altars zu erkennen war.

»Ich habe eine Meldung. Ich darf keine Zeit verlieren, sonst ist es zu spät!«

»Woher? Wie ist dein Kennwort?«

»Ich bin kein Soldat, ich habe kein Kennwort. Zenturio Cilnius Serenus schickt mich.«

»Das soll ich dir glauben?«

Muha sah sich verzweifelt um. Warum hatte er auch den Ring weggeworfen.

»Du musst mir glauben, es geht um eure eigenen Leute. Serenus ist … er ist überfallen worden«, rief Muha, »es geht um Leben und Tod.«

In der Menschenmenge um ihn herum entstand Unruhe. Die Köpfe drehten sich zu ihm um, ein Murmeln und Raunen erhob sich, der Wachposten hob beschwichtigend die Hände.

Aber sein Nebenmann hatte begriffen. »Serenus sagst du? Ich kenne ihn. Komm!« Er packte Rimfaxi am Zügel und führte ihn und Muha durch die Absperrung auf das Tor zu.

»Ich bringe dich zum Präfekten«, rief der Posten Muha über die Schulter zu. Im Laufschritt zog der Soldat das Pferd hinter sich her durch das Tor. Sie eilten die *via praetoria* entlang, bis sie den kleinen Platz vor den *principia* erreichten. Dort hatten rings um den geschmückten Ceres-Altar schon die Reiter der *ala quingenaria* in ihren prächtigen Paradeuniformen Aufstellung genommen. Eine Gruppe von Musikern wartete auf ihren Einsatz. Alles war bereit und harrte auf den Beginn der Zeremonie.

Vor den *principia* sprang Muha ab, drückte dem erstbesten der Herumstehenden die Zügel seines Pferdes in die Hand und hastete hinter seinem Führer her. Sie durchquerten die offene Vorhalle und den sich anschließenden schmalen Hof. An der Leibwache des Präfekten vorbei rannten sie geradewegs in die von hohen Pfeilern getragene Haupthalle hinein. Dort gab der Präfekt, umringt vom engsten Kreis seiner Offiziere, vor dem Fahnenheiligtum gerade die Standarten und Feldzeichen aus, die bei den Reiterspielen getragen werden sollten.

»Im Namen des Kaisers! Ein Bote für den Präfekten«, rief der Soldat, so laut er konnte, über die Köpfe hinweg. Alle Anwesenden drehten sich zu ihnen um. Nach einem Moment kam Bewegung in die Standarten und Fahnenstangen. Der Präfekt bahnte sich einen Weg hindurch und kam mit raschen Schritten auf sie zu.

Mit weit aufgerissenen Augen starrte Muha den Befehlshaber an: Natalis!

Der Römer musterte Muha scharf. Die Muskeln an seinem Unterkiefer verhärteten sich. »Das ist dreist!«, stieß er zwischen den Zähnen hervor. »Wie kannst du es wagen, im Namen des Kaisers hier einzudringen?«

Natalis machte einen Schritt auf Muha zu. »Antworte!«, herrschte er ihn an.

Der Wachposten, der Muha geführt hatte, wich zurück und blickte zwischen den beiden hin und her.

Muha würgte es in der Kehle. Er wollte reden, doch seine Stimme gehorchte ihm nicht. »Zenturio Cilnius Serenus«, begann er heiser. »Er ist in einen Hinterhalt geraten. Er ist verwundet.« Muha sah, wie Natalis' erbleichte. Doch äußerlich blieben dessen Züge völlig beherrscht.

»Wie soll ich dir das glauben?«, fragte Natalis scharf. »Ein chattischer Aufrührer, der einen römischen Offizier retten will. Ich verlange eine Erklärung.«

Muha sah sich hilfesuchend um. Er hatte nichts, aber auch gar nichts, außer der zerschlissenen Kleidung, die er am Leib trug.

Natalis blickte zu seiner Leibwache, die hinter ihm stand. Zwei der Soldaten traten vor und zogen ihre Schwerter.

Muha trat einen Schritt zurück. »Nein!«, wehrte er mit beiden Händen ab. »Nein! Hier, sieh selbst!«, rief er Natalis zu. Hastig streifte er seinen Hemdärmel hoch, sodass man das Brandzeichen über der schmutzverkrusteten Wunde auf seiner Schulter sehen konnte. Das Zeichen von Telegenus' Gladiatorenschule. Der Siegerkranz auf der Lanze. Ohne den Blick von Muha abzuwenden, machte Natalis der Leibwache ein Zeichen, die Schwerter einzustecken. Die anderen Feldzeichenträger waren herangekommen und standen im Halbkreis um sie herum. Natalis und Muha bemerkten es nicht.

Einen langen Moment blickten sie sich an. Es war völlig still vor dem Fahnenheiligtum in der hohen Halle. »Wo?«, fragte Natalis schließlich mit beherrschter Stimme. »Wo ist es passiert?«

»Bei einem Wachturm, nicht weit von dem Pass, der zum Tal des Moenus hinunterführt.«

»Führ mich hin!« Muha nickte.

Mit wenigen Worten schilderte Natalis den Offizieren die Lage und erteilte die nötigen Anweisungen. Augenblicke später stürzten die Soldaten hinaus.

Danach ging alles ganz schnell. Signalhörner ertönten und in kürzester Zeit war die ganze Besatzung alarmiert. Die versammelte Reiterei vor den *principia* saß auf, Waffen wurden ausgegeben und man nahm Aufstellung. Kommandos hallten von einem Ende der *via praetoria* bis zum anderen.

Natalis ließ seine graue Araberstute vorführen, stieg auf und befahl Muha an seine Seite. Mit finster zusammengezogenen Brauen sah er zu, wie sich der Reiterzug in geordneten Dreierreihen in Bewegung setzte.

Die Reiter, die keine Zeit gehabt hatten, die Paraderüstungen abzulegen, schwärmten mit ihren versilberten Helmen, ihren Masken und wehenden Schabracken durch das Lagertor aus wie eine göttliche Heerschar.

Die Zuschauer, die sich vor dem Tor gesammelt hatten, drängten erschrocken zurück und öffneten den Reitern eine Gasse. Marktstände kippten, Festbesucher wurden zu Boden gestoßen und Körbe und Gefäße rollten auf die Straße. Mit großen Sprüngen setzten die Pferde über das Durcheinander hinweg.

Nachdem die Reiter das Lagerdorf hinter sich gelassen hatten, trieb Natalis sein Pferd an und setzte sich an die Spitze seiner *ala*. Das erste Stück konnte Rimfaxi, angespornt durch die jagenden Reiter um ihn herum, noch mithalten. Aber bald schon machte sich Muhas scharfer Ritt zum Lager bemerkbar. Schaum flog von Rimfaxis weit geöffneten Nüstern und sein Atem ging keuchend. Schließlich begann er Pferdelänge um Pferdelänge zurückzufallen. Rechts und links donnerten die Reiter an ihnen vorüber. Muha war es gleich. Ohnehin brauchte Natalis ihn nicht mehr.

Als Muha sich einige Zeit nach der *ala* dem Wachturm näherte, sah er schon von Weitem dicken Rauch aus dem Fenster im Dachgeschoss quellen. Der beißende Qualm vermischte sich mit dem Geruch von Pferdeschweiß und Blut. Ringsum auf der aufgewühlten Erde lagen die leblosen Körper von etwa einem Dutzend Belagerer. Muha hatte nicht gedacht, dass es so viele gewesen waren. Wie es aussah, war es einigen von ihnen gelungen, durch die Bresche im Pass zu entkommen. Der

Kampflärm entfernte sich talwärts in Richtung von Serenus' Passlager. Nur am Rande des Abhanges jagten noch zwei Reiter hinter einem versprengten Germanen her. Sie holten ihn rasch ein. Muha hörte seine Schreie. Dann war es mit einem Mal still um den Turm.

Einige Soldaten gingen herum und sammelten die herumliegenden Waffen ein. Natalis hatte in der Zwischenzeit die Einstiegsluke aufbrechen lassen.

Vom Weg aus sah Muha zu, wie Serenus vorsichtig heruntergelassen wurde. Aus der Entfernung wirkte Serenus fahl und leblos, aber so behutsam, wie ihn die Soldaten auf eine ausgebreitete Decke legten, musste er noch am Leben sein. Ein Wundarzt eilte herbei und beugte sich über ihn.

Nacheinander kamen auch die übrigen der neun Belagerten ans Tageslicht. Nachdem der Dachstuhl Feuer gefangen hatte, hatten sie sich zu ihrem verwundeten Anführer ins Untergeschoss des Turmes geflüchtet. Um ein Haar wäre ihnen dies zum Grab geworden. Mit rauchgeschwärzten Gesichtern, gezeichnet von dem ausgestandenen Schrecken, kletterten sie einer nach dem anderen die Leiter herunter. Ihre Retter empfingen sie jubelnd.

Muha wandte sich ab. Der Augenblick war günstig. Er musste ihn nutzen, bevor sich Natalis an ihn erinnerte.

Benommen, wie nach einem schweren Traum, ritt er den Grenzweg hinunter zum Pass, über dem sich die Nebelschleier lichteten. Sie schwebten nach oben und lösten sich auf, als ob sie wüssten, dass sie nicht mehr gebraucht wurden. Nun gaben sie den Blick auf das ausgeplünderte Passlager frei. Dessen halb aus den Angeln gerissene Tore hingen zur Seite wie gebrochene Flügel. Wo der Grenzweg ins Tal führte, hatten Natalis' Leute eine blutige Spur hinterlassen. Vom Tal her, wo die Reiter den Geflüchteten hinterherjagten, hörte man Hornsignale und Rufe. Muha wusste, kaum einer würde entkommen.

Vorsichtig ritt er zwischen den Toten vor dem Passlager

hindurch. Er vermied es, sie anzusehen. Insgeheim fürchtete er, Rando und Wulfila dort zu finden. Nein, er wollte es nicht wissen. Er fühlte keine Genugtuung. Auch wenn er mit den leblosen Kriegern hier am Weg nichts zu tun gehabt hatte, auch wenn sie von kleinlicher Habgier getrieben gewesen waren — standen sie ihm am Ende nicht doch näher als die fremden Besatzer? Hatten sie nicht dieselben Götter verehrt und dieselben Feste gefeiert wie er? Hatten sie nicht die Jagd und den Met mehr geliebt als die Spiele und den Wein?

Muha griff sich an die Stirn. Wie kam er dazu, sich in den Dienst der Besatzer zu stellen? Ausgerechnet er, Muha, der stets alle zum Widerstand angestachelt hatte. Ausgerechnet er, der am eigenen Leib erfahren hatte, was geschah, wenn die römischen Truppen erst einmal ins Rollen gebracht waren?

Waren diese einheimischen Diebesbanden, die sich an den römischen Grenzlagern und Landgütern bereicherten, wirklich im Unrecht? Hatten die Römer sich dieses Land nicht ebenso mit Waffengewalt angeeignet und seine Bewohner zu ihrem Vorteil ausgeplündert? Und taten sie es nicht noch immer? Aber war deswegen auch Serenus schuldig und hatte kein Mitleid verdient?

Der Pass und die Hügel verschwammen vor seinen Augen. Bisher war er sich sicher gewesen, dass die Götter gut und böse, richtig und falsch klar unterschieden hatten. Dass es nicht schwer war, richtig zu handeln, wenn man es nur wollte. Doch offensichtlich stimmte das nicht. Und wenn er ehrlich war, dann war dieser Glaube in ihm schon vor einiger Zeit ins Wanken geraten.

Einfach war gar nichts. Was gut war und was schlecht, musste jeder Einzelne selbst und stets aufs Neue entscheiden.

Die ganze Zeit war Rimfaxi mit hängenden Zügeln ziellos weitergetrottet. Jetzt blieb er am Rande des Abhanges stehen und wandte den Kopf. Muha konnte sich kaum noch auf dem Pferderücken halten. Ihm war übel, sein Arm schmerzte und

Fieberschauer schüttelten ihn. Vorsichtig ließ er sich vom Rücken des Pferdes gleiten. Einen Moment, einen kleinen Moment nur wollte er ausruhen, bevor er sich auf den langen Heimweg machte. Er lehnte sich gegen einen bemoosten Felsen und schloss die Augen.

Was er zuletzt wahrnahm, war die Stille ringsum, vollkommene Stille — *altum silentium.*

Muha erwachte von einem Geräusch, das nicht in diese Stille passte. Er versuchte, seine Augen zu öffnen. Das Licht, das von irgendwo seitlich hereinfiel, war nicht besonders hell und doch ließ es ihn blinzeln. Sein Kopf fühlte sich schwer an, und es dauerte eine Weile, bis ihm klar wurde, dass er nicht mehr an dem Abhang im Wald lag. Er sah seine Hände vor sich nebeneinander auf einer gestreiften Militärdecke liegen, als gehörten sie nicht zu ihm. Sein verletzter Arm trug einen neuen Verband, und einen Moment lang glaubte er sich bei Mattiacus.

Doch da war es wieder, ein vielstimmiges metallisches Klingeln, das eine vage Erinnerung in ihm wachrief. Jemand beugte sich über ihn, und noch ehe seine Augen in dem schemenhaft undeutlichen Gesicht Halt gefunden hatten, wusste er, es war Frija.

Sie trug ihre blaue Kappe mit dem Bronzeschmuck, und als er endlich klar sehen konnte, sah er, dass sie lächelte. Tränen glitzerten in ihren Augen.

»Du hast lange geschlafen«, sagte sie leise, »noch viel länger als dein Freund da drüben.«

Sie wies mit dem Gesicht nach der gegenüberliegenden Wand des Raumes. Muha, der Mühe hatte, den Kopf zu heben, sah nur eine Hand, die sich ihm zum Gruß entgegenstreckte. Aber er erkannte sie sofort. Erleichtert ließ er sich wieder zurücksinken. Ich werde Serenus sagen müssen, dachte er, dass ich seinen Ring fortgeworfen habe.

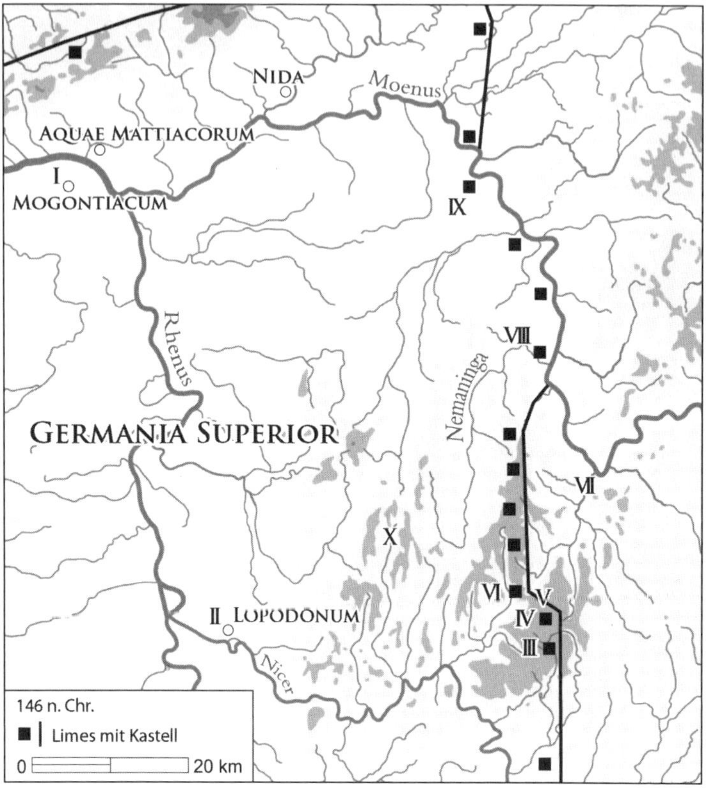

I Legionslager Mainz
II Civitas-Hauptort Ladenburg
III Kastell Oberscheidental
IV Kastell Schloßau
V Passübergang, Kampf am Wachturm und späteres Heiligtum an der Schneidershecke
VI Kastell Hesselbach
VII Mud-Mündung bei Miltenberg
VIII Kastell Obernburg
IX Kastell Seligenstadt
X Odenwald

Anhang

Historische Personen

Der Name der *Allia,* der verstorbenen Gattin von Mattiacus, findet sich auf einer Grabinschrift in Mainz: »Allia, … Jahre alt, die Mutter des Ruto, Sohn des Mattiacus, ein Cairacese aus der Curia Flacci, hat für sich und den Sohn den Grabstein gesetzt.« (Übers. Schmid, 126).

Antonius Natalis war ein Legionszenturio, der im 2. Jahrhundert n. Chr. ein Bau-Sonderkommando der Kohorte befehligte. Sein Name ist in einer Weiheinschrift genannt, die am Wachtposten Schneidershecke bei dem heutigen Ort Schloßau gefunden wurde: »Dem Jupiter, dem besten und größten, (hat) das Baukommando der berittenen 1. Kohorte der Sequaner und Rauriker unter dem Kommando des Antonius Natalis, des Zenturio der XXII. Legion Pia Fidelis, (diesen Stein) wegen der Fertigstellung des Turmes geweiht; sie löste ihr Gelübde freudig und gern (dem Jupiter gegenüber) ein, der es (durch Erfüllung der Bitte) verdient hatte.« (Übers. Trunk, 89f.).

Ateius Genialis stammte aus Trier und ist in Obernburg begraben worden. Die Inschrift auf seinem ins 2. Jahrhundert n. Chr. datierten Grabstein lautet: »Den Totengöttern. Ateius Genialis vom Stamm der Treverer. Der Erbe und Sohn hat (den Stein) setzen lassen.« (Übers. Schmuhl/Steidl, 2).

Bibulia, siehe *Girisonius.*

Auf dem Grabstein des keltischen Reeders *Blussus* aus Mainz-Weisenau ist auf der Rückseite ein Rheinschiff mit Kabine, Steuermann und drei Matrosen abgebildet. Der Stein ist ins dritte Viertel des 1. Jahrhunderts n. Chr. datiert. Blussus war also zu der Zeit, in der die Geschichte spielt, in Wirklichkeit schon tot. Die Inschrift lautet: »Reeder Blussus, Sohn des Atusirus, fünfundsiebzig Jahre alt, liegt hier begraben. Seine Frau Menimane, die Tochter des Grigio, hat das Denkmal zu ihren Lebzeiten gestiftet. Ihr Sohn Primus hat es den Eltern gesetzt aus Frömmigkeit.« (Übers. Schmid, Bildtafel 10).

Flavia Donata war die Stifterin eines Weihesteines für die Göttin Kybele, der in Stockstadt aufgefunden wurde und heute im Stiftsmuseum Aschaffenburg aufbewahrt wird. Der Stein ist ins ausgehende 2. Jahrhundert

n. Chr. datiert. Die Verwandtschaft der Flavia Donata mit dem Benefiziarier Titus Flavius Victor im Roman ist rein fiktiv.

Gaius Tettius Secundus wird auf einem ins 2. oder 3. Jahrhundert n. Chr. datierten Altarstein als Präfekt der in Obernburg stationierten 4. Aquitaner-Kohorte genannt. Die beiden zusammengehörenden Teile des Steines wurden im Abstand von rund 50 Jahren in Ingelheim gefunden, der Altar war aber ursprünglich in Obernburg aufgestellt.

Gibais, siehe *Girisonius*.

Der Grabstein des *Girisonius* und seiner Gattin wurde bereits 1889 in Obernburg ausgegraben und befindet sich heute im Römermuseum in Obernburg. Der Stein ist ins 2. Jahrhundert n. Chr. datiert. Seine Inschrift lautet: »Den Totengöttern. Dem Girisonius, Sohn des Cubus, und der Bibulia, Tochter des Verecundus. Gibais den Eheleuten.« (Übers. Schmuhl/Steidl, 6).

Julius Vibunnius Vindex, der laut seinem Altarstein Obernburg im Jahre 144 n. Chr. verließ, war einer der ersten, möglicherweise sogar der allererste Amtsinhaber der zwischen 143 und 144 n. Chr. errichteten Obernburger Benefiziarierstation.

Der Name von *Mattiacus*, dem Gatten der Allia, weist möglicherweise auf den in der Nähe von Mainz ansässigen Stamm der Mattiaker hin; siehe *Allia*.

Ruto war der Sohn von Mattiacus und Allia; siehe *Allia*.

Ein Unternehmer namens *Telegenus*, der Gladiatoren ausbildete und vermietete, ist im Text des Magerius-Mosaiks von Smirat aus dem 3. Jahrhundert n. Chr. aufgeführt. Dort wird für jeden der vier dargestellten Gladiatoren — es handelt sich um eine Tierhetze — ein Preis von 500 Denaren angesetzt: »Meine Herren aus der Mannschaft des Telegenus. Pro Leopard sollen sie großzügig den Lohn erhalten. Gib ihnen 500 Denare.« (Übers. Gessel, 60f.).

Titus Flavius Victor von der 22. Legion war im 2. Jahrhundert n. Chr. als Benefiziarier in Obernburg stationiert. Der von ihm gestiftete Altarstein, der in der Erzählung beschrieben wird, befindet sich heute in der Archäologischen Staatssammlung in München. Die Benefiziarierstation wurde zwischen 143 und 144 n. Chr. errichtet und bestand bis zu ihrer gewaltsamen Zerstörung in den dreißiger Jahren des 3. Jahrhunderts. Um die Korruption einzuschränken, wurden die Benefiziarier halbjährlich abgelöst. Vor dem Wechsel zu einer anderen Station pflegten sie dem obersten Staatsgott Jupiter und anderen Göttern einen Altar zu stiften. Von den rund 160 Weihesteinen, die in der Obernburger Station gestanden haben, sind rund 30 zu Teilen oder im Ganzen aufgefunden worden.

Titus Manius Magnus aus Sinope am Schwarzen Meer war Kommandant der Brittones Triputienses in Schloßau. Der Name ist auf einem Weihestein für die Göttin Fortuna erwähnt, der 1804 in Schloßau gefunden wurde und heute im Schlosspark in Eulbach aufgestellt ist: »Der Fortuna geweiht haben die Brittonen Triputienses, die dem Titus Manius Magnus, dem Sohn des Titus aus der Tribus Pollia aus Sinope, dem Centurio der XXII. Legion, der zuverlässigen und ergebenen, unterstehen, diesen Stein aufgestellt.« (Übers. Trunk, 76).

Vorbild für die Figur des Gastwirtes *Ursus* war der Zenturio Quintus Tarquitius Restitutus der 1. Legion Minervia, Sohn des Quintus vom Bürgerverband Camilis aus Pesaro in Umbrien, der in Bonn stationiert war. Laut einer Steininschrift hatte er innerhalb von sechs Monaten 50 Bären für die Arena von Köln gefangen und damit ein der Diana abgelegtes Gelübde »gern nach Gebühr« erfüllt. Für den Roman wurde die Figur nach Mainz versetzt.

Orts- und Flussnamen

Allobrogum — Ort in Gallien
Aquae Mattiacorum — Wiesbaden
Augusta Treverorum — Trier
Bonna — Bonn
Borbetomagus — Worms
Colonia Claudia Ara Agrippinensis (Kurzform: *Colonia*) — Köln
Lopodonum — Ladenburg
Moenus — Main
Mogontiacum — Mainz
Nemaninga — Mümling
Nicer — Neckar
Nida — Heddernheim
Novaesium — Neuss

Noviomagus — Speyer
Nundinae — vermutlich Seligenstadt
Rhenus — Rhein
Syene — Stadt am Nil
Visurgis — Weser

Stämme

Die *Chatten* gehörten im 1. Jahrhundert n. Chr. zu den hartnäckigsten und gefährlichsten Widersachern der römischen Eroberer. Erst im Chattenkrieg des Kaisers Domitian im Jahr 83 n. Chr. wurden sie von den römischen Truppen besiegt. Ihr Kernland lag ursprünglich in der Gegend des heutigen Kassel. Aber auch die Gegend um Marburg, Gießen, Limburg und Fulda gehörte zum Siedlungsgebiet dieses in viele Teilstämme zersplitterten Bauernvolkes.

Die *Heruler* waren ein ursprünglich an der südlichen Ostsee heimischer Stamm. Ihre Nachbarn waren die Dänen, von denen sie später vertrieben wurden. Auch für Mähren sind in der Völkerwanderungszeit Heruler belegt. Im 5. und 6. Jahrhundert wurde der Stamm von den Langobarden besiegt, zersplitterte und wanderte zum Teil in den Balkan ab.

Die *Hermunduren*, vor allem die Südhermunduren, galten als romfreundlich und friedlich. Die im Donaugebiet verlaufende, vor Vespasian kaum und später durch eine Kastellkette gesicherte römische Grenze durfte von den hermundurischen Handelsleuten beliebig überschritten werden. Nach Tacitus gewährten die Römer den Hermunduren bedenkenlos Zutritt zu ihren Häusern und Landgütern.

Die *Sueben*, die ursprünglich an der Elbe siedelten, finden sich im 2. Jahrhundert n. Chr. auch im Mündungsgebiet des Neckars und am unteren Main, wohin sie möglicherweise von den Römern umgesiedelt worden waren. Es gab zahlreiche Teilstämme, die laut Tacitus auf einem großen Gebiet verstreut waren. Zu den Sueben zählten die Semnonen, die der Göttin Nertus huldigten, der auch Menschenopfer dargebracht wurden. Tacitus beschreibt ebenso die stammestypische Haartracht der Sueben, das seitlich über den Kopf gekämmte und zu einem Knoten geschlungene Haar.

Ceres war die Göttin des Ackerbaues. Schon früh wurde sie der griechischen Demeter gleichgesetzt. Ceres galt auch als Göttin der Ehe und als Totengottheit. Sie war die Mutter der Proserpina, der Gattin des Pluto. Ceres, Cereris, ist abgeleitet von *crescere,* wachsen. Die Feiern zu Ehren der Göttin, die Cerealia, fanden am 12. April statt. Bei den Spielen der Ceres ließ man im Zirkus Füchse laufen, an deren Schwänze angezündete Fackeln gebunden waren.

Fortuna, die Glücksgöttin, war besonders unter Soldaten und Gladiatoren beliebt.

Jupiter, lat. *Iuppiter,* der Bruder und Gemahl der Juno, war der älteste und höchste römische Gott. Jupiter zählt neben Juno und Minerva zu den drei kapitolinischen Göttern. Er wurde schon früh mit dem griechischen Zeus gleichgesetzt. Neben der Verehrung des regierenden Kaisers gehörte die Anbetung des Jupiter zum Staatskult im sonst religionstoleranten Römischen Reich. Auf vielen Weihesteinen entlang des Limes, vor allem denjenigen mit offiziellem Charakter, finden sich daher als Widmung an erster Stelle immer die Buchstaben IOM — »Dem *Iuppiter Optimus Maximus*«.

Jupiter Dolichenus war ursprünglich der nordsyrische Himmels- und Wettergott Hadad von Doliche. Als Jupiter Optimus Maximus Dolichenus hatte er viele Anhänger in den Garnisonen und Dörfern entlang der Militärgrenze. Der Jupiter Dolichenus wurde in Feldherrnrüstung, bewaffnet mit Blitzen und Doppelaxt dargestellt. Er galt als ein erhaltender und schützender Gott. Der Kult des Dolichenus reichte nur etwa bis zur Mitte des 3. Jahrhunderts n. Chr., als sein Haupttempel in der Stadt Doliche zerstört wurde und der Kult erlosch.

Mars, der römische Wetter- und Kriegsgott, war zusammen mit Victoria eine wichtige Gottheit für das römische Heer.

Merkur, Sohn des Jupiter, war der Gott des Handels. Im germanischen Raum wurde Merkur mit dem germanischen Hauptgott Odin gleichgesetzt.

Nemesis, die strenge Göttin des gerecht zuteilenden Schicksals, wurde in den Amphitheatern viel verehrt.

Salus, die Göttin der Gesundheit und des persönlichen Wohlergehens, wurde gleichermaßen bei Soldaten und Gladiatoren verehrt.

Die Siegesgöttin *Victoria* genoss hohes Ansehen beim Militär.

Germanische Götter und mythologische Gestalten

Der *Fenris*-Wolf oder *Fenrir* war ein mythisches Ungeheuer, das der Prophezeiung nach in der Endzeit, der Götterdämmerung, die Sonne verschlingen wird. Die Überlieferung seiner Fesselung ist schriftlich erst für das 10. Jahrhundert belegt. Doch bereits auf einzelnen germanischen Schaumünzen aus dem 3. und 4. Jahrhundert n. Chr., sogenannten Brakteaten, die als Nachahmung römischer Kaisermedaillons entstanden, ist ein Mann mit der Hand im Rachen eines Tieres dargstellt.

Der Name der Göttin *Nehalennia* findet sich vor allem auf den niederländischen Inseln Walcheren und Nord-Beeveland. Aber auch in Köln sind zahlreiche Heiligtümer und Votivsteine gefunden worden. Die Steine wurden, wie auf einigen Inschriften mitgeteilt wird, zum Dank für erfolgreiche Handelstätigkeit gestiftet. Die Göttin, die mit einem Hund, mit Früchten, manchmal aber auch mit einem Ruder oder einem Schiffsbug dargestellt wird, galt auch als Gottheit der Händler und Seefahrer.

Die Göttin *Nertus* war die Fruchtbarkeitsgöttin der Semnonen, aber auch anderer Stämme. Ihr Heiligtum lag auf einer Insel im Meer, wo ihr Wagen einmal im Jahr gewaschen und ihr auch Menschenopfer dargebracht wurden. Tacitus will die Überlieferung von dem Semnonen-König Masua übernommen haben, der unter Domitian zu Verhandlungen nach Rom kam.

Odin war einer der germanischen Hauptgötter. Schon Julius Cäsar und später der römische Geschichtsschreiber Tacitus setzten ihn mit dem römischen Gott Merkur gleich. Odin wird auch als der »Einäugige« bezeichnet. Er ist ein göttlicher Arzt und Zauberer, aber auch der Gott des Krieges, dem neben Rindern vereinzelt auch Menschenopfer dargebracht wurden. Seine beiden Raben Hugin und Munin berichten ihm, was auf der Erde geschieht. Der schon auf Schaumünzen dargestellte Gott, den man heute üblicherweise mit Odin identifiziert, weist häufig zwei Vogelbegleiter auf. Der beschriebene Odinsanhänger wurde im Grab der »Fürstin« von Haßleben gefunden und stammt aus dem frühen 4. Jahrhundert n. Chr.

Der Name *Rimfaxi* bedeutet »Reifmähne« und bezeichnet das »Ross der Nacht«. Sein Gegenstück war Skinfaxi, das heißt »Glanzmähne«, und war der Name für das »Ross des Tages«. Tacitus berichtet, dass die Germanen heilige Pferde, meist Schimmel, besaßen, die in Eichenhainen gehalten wurden und als Orakel dienten. Neben den kultischen Zwecken gab es aber offensichtlich auch schon früh eine hochstehende germanische Pferdezuchttradition. In dem im römischen Heer benutzten Lehrbuch der Tiermedizin *Digestorum artis mulomedicinae libri*, das der Tierarzt Flavius Vegetius Renatus um 400 n. Chr. verfasste, werden nach den Pferden der Hunnen besonders diejenigen aus hermundurischer Zucht als fürs Heer geeignet beschrieben.

Der Gott *Tyr*, auch *Tiu*, scheint vor der Völkerwanderungszeit einer der Hauptgötter der germanischen Stämme gewesen zu sein. Später trat er in seiner Bedeutung hinter Odin zurück. Von den Römern wurde er mit Mars gleichgesetzt. Als »männermordender Mars« ist er auf einem niederländischen Weihestein des 1. Jahrhunderts n. Chr. belegt. Auf dem berühmten Goldhorn von Gallehus befindet sich eine Figur, der die linke Hand fehlt. Auf mehreren germanischen Schaumünzen aus dem 3. und 4. Jahrhundert ist ein Mann dargestellt, der seine Hand in den Rachen eines Tieres legt. Die Sage ist uralt und weltweit verbreitet. So werden auch dem Keltengott Nuada die Hände abgebissen, und auch der altrömische Held Mucius Scaevola, der im Lager der Feinde seine Hand verbrennen ließ, entspringt vermutlich diesem Sagenkreis.

Römische Kultur

Der *Abakus* ist ein antikes Rechenbrett mit beweglichen Perlen.

»*Aus einer Fliege einen Elefanten machen*« ist ein antikes Sprichwort bei dem Sophisten Zenobius, der zur Zeit Kaiser Hadrians lebte.

Die *Togaeinkleidung — liberalia* am 17. März war ein Fest, das meist im 15. oder 16. Lebensjahr eines römischen Knaben gefeiert wurde. Der Knabe legte vor den Hausgöttern, den *laren*, die Kindertoga und die *bulla*, das Kinderamulett, ab und erhielt dafür die *toga virilis*, die Toga des erwachsenen Mannes. Danach wurde der Knabe auf das Forum geführt und mit seinem vollständigen Namen in die Bürgerlisten eingetragen. Ein Opfer auf dem Capitol und ein Festessen beschlossen die Feier.

Verwendete Literatur

Für die vorliegende Erzählung habe ich zahlreiche Bücher über römische Archäologie und Kulturgeschichte zu Rate gezogen. Im Folgenden habe ich nur diejenigen Autoren aufgeführt, deren Arbeiten mich für den Roman beeinflussten und die für den Anhang Informationen lieferten. All diesen Wissenschaftlern, deren Arbeiten mich immer wieder neu inspiriert haben, möchte ich herzlich danken. Für alle Fehlinterpretationen und Irrtümer ist allein die Autorin verantwortlich.

Barbara von Wickede

Dietwulf Baatz, *Kastell Hesselbach und andere Forschungen am Odenwaldlimes*, Berlin 1973.

Dietwulf Baatz und Fritz-Rudolf Herrmann (Hg.), *Die Römer in Hessen*, Stuttgart 1982.

Günter Behm-Blancke, *Gesellschaft und Kunst der Germanen. Die Thüringer und ihre Welt*, Dresden 1973.

Wilhelm Gessel, *Monumentale Spuren des Christentums im römischen Nordafrika*, in: *Antike Welt*, Sondernummer, 12 (1981), 2–76.

Marcus Junkelmann, *Das Spiel mit dem Tod: So kämpften Roms Gladiatoren*, Mainz 2000.

Paul MacKendrick, *Deutschlands römisches Erbe*, Wiesbaden 1972.

Herbert Mark, *Deutsche Götter- und Heldensagen*, Wien 1974.

Eric Graf Oxenstierna, *Die Nordgermanen. Große Kulturen der Frühzeit*, Stuttgart 1957.

Dieter Planck (Hg.), *Die Römer in Baden-Württemberg. Römerstätten und Museen von Aalen bis Zwiefalten*, Stuttgart 2005.

Rudolf Pörtner, *Mit dem Fahrstuhl in die Römerzeit. Städte und Stätten deutscher Frühgeschichte*, 6. Auflage, München 1972.

Publius Cornelius Tacitus, *Sämtliche erhaltene Werke*. Unter Zugrundelegung der Übertragung von Wilhelm Bötticher, neu bearbeitet von Andreas Schäfer, Essen 2004.

Egon Schallmayer, *Der Odenwaldlimes. Entlang der römischen Grenze zwischen Main und Neckar*, Stuttgart 2010.

Armin und Renate Schmid, *Die Römer an Rhein und Main. Das Leben in der Obergermanischen Provinz*, Frankfurt am Main 1972.

Helmut Signon, *Die Römer in Köln. Altertümer zwischen Eifel und Rhein*, 4. Auflage, Frankfurt am Main 1970.

Rudolf Simek, *Götter und Kulte der Germanen*, 2. Auflage, München 2006.

Bernd Steidl, *Welterbe Limes. Roms Grenze am Main*, Obernburg am Main 2008.
Yvonne Schmuhl und Bernd Steidl, *Welterbe Limes. Roms Grenze am Main. Die Steindenkmüler, Mitteilungen der Freunde der bayerischen Vor- und Frühgeschichte* 121, April 2008.
Bruno Trunk, *Am Odenwaldlimes, Römerspuren in Schloßau und Umgebung. Eine Reise in die Vergangenheit*, Schloßau 2007.

Dank

Autorin und Verlag bedanken sich herzlich für die historische Fachberatung bei Dr. Bernd Steidl, Stellvertretender Direktor der Archäologischen Staatssammlung München. Bernd Steidl, Autor des Bandes *Welterbe Limes. Roms Grenze am Main* hat in den Jahren 2000 bis 2007 die Benefiziarierstation in Obernburg am Main ergraben.

Die Fachberatung zur lateinischen Sprache übernahm dankenswerterweise Uli Koch, Oberstudienrat für Latein am Hermann-Staudinger-Gymnasium in Erlenbach am Main.

Mulsum

Der köstliche *Mulsum geniale* des Trierer Weinhändlers Ateius Genialis, der in Obernburg am Mainlimes wirkte, wird nach antikem Rezept wieder hergestellt.
Der Gewürzwein ist zu beziehen beim Förderkreis Mainlimes-Museum e.V. — www.roemerverein.de.

Zur Autorin

Die Autorin Barbara von Wickede, geboren 1962, stellt mit *Rabe und Capricorn* ihre literarische Premiere vor.
Barbara von Wickede wuchs am Limes im Odenwald auf. Sie studierte Sinologie und Asiatische Kunstgeschichte. Nach einem langen Aufenthalt in Peking lebt sie in Mudau im Odenwald.

Impressum

Bibliografische Information Der Deutschen Bibliothek
Die Deutsche Bibliothek verzeichnet diese Publikation
in der Deutschen Nationalbibliografie;
detaillierte bibliografische Daten sind im Internet
über http://dnb.ddb.de abrufbar.
ISBN 978-3-939462-20-0
Erste Auflage 2012
Zweite Auflage 2013

Rosenstraße 6, D-63785 Obernburg am Main
Telefon (06022) 71988, Fax (06022) 206941
E-Mail: info@lvee.de, Website: www.lvee.de

Karte Seite 222: Daniel Nenner, Universität Würzburg
Covergemälde: © Christoph Haußner, München
Mit einer bildnerischen Rekonstruktion des im Original
nicht vollständig erhaltenen Weihesteins des Benefiziariers
Titus Flavius Victor — Benefiziarierstation Obernburg
Ch.Haussner@muenchen-mail.de
Druck: AZ Druck und Datentechnik GmbH, Kempten
Printed in Germany